Mausetot

Weltbild Taschenbuch

Die Autorin

Blaize Clement war 25 Jahre lang als Psychologin tätig, bevor sie sich dem Schreiben zuwandte. Sie hat zwei Kinder und fünf Enkel und lebt in Sarasota, Florida. Ihre Romane um die Tiersitterin Dixie Hemingway trugen der Autorin lobende Vergleiche mit Katzenkrimi-Altmeisterin Lilian Jackson Braun ein.

Blaize Clement

Mausetot

Roman

Aus dem Amerikanischen
von Christian Kennerknecht

Weltbild

Die amerikanische Originalausgabe erschien unter dem Titel
Raining Cat Sitters and Dogs bei Minotaur Books, New York.

Besuchen Sie uns im Internet:
www.weltbild.de

Copyright der Originalausgabe © 2009 by Blaize Clement
Published by Arrangement with Blaize Clement
Dieses Werk wurde im Auftrag der Jane Rotrosen Agency LLC
vermittelt durch die Literarische Agentur Thomas Schlück GmbH,
30827 Garbsen
Copyright der deutschsprachigen Ausgabe © 2012 by
Verlagsgruppe Weltbild GmbH, Steinerne Furt, 86167 Augsburg
Übersetzung: Christian Kennerknecht
Projektleitung: usb bücherbüro, Friedberg/Bay
Redaktion: Sandra Lode
Umschlaggestaltung: zeichenpool, München
Umschlagmotiv: www.shutterstock.com (© Dmitriy Lesnyak;
© Robert C. Tussey III; © Nickolay Khoroshkov)
Satz: Lydia Maria Kühn
Druck und Bindung: CPI Moravia Books s.r.o., Pohorelice
Printed in the EU
ISBN 978-3-86800-857-9

2015   2014   2013   2012
Die letzte Jahreszahl gibt die aktuelle Ausgabe an.

Danksagung

Dank schulde ich der »Küchentisch-Schreibgruppe« – Linda Bailey, Greg Jorgensen, Madeline Mora-Summonte und Jane Phelan – für ihre Unterstützung und Ermutigung. Merken Sie sich diese Namen. Sie werden Ihnen bald in den Buchläden wiederbegegnen.

Ein dickes Dankeschön geht an Suzanne Beecher von DearReader.com; netterweise hat sie Dixie Tausenden Mitgliedern ihres Buchclubs vorgestellt. Suzannes großzügige Hilfsbereitschaft Autoren gegenüber kennt nur ein Pendant – ihre Freigebigkeit im Verteilen von Chocolate Cookies. Ich fühle mich geehrt, ihre Freundin zu sein.

Vielen Dank an Chris Iorio, Mordermittler am Sheriff's Department von Sarasota County, der meine Fragen stets geduldig beantwortet. Ein dickes Dankeschön geht auch an die Handelskammer von Siesta Key für ihre Unterstützung, an alle Polizisten für das gewohnt ruhige und entspannte Leben auf Siesta Key und an die Bewohner von Siesta Key, die sich nicht daran stören, dass ich neue Wohngegenden und Geschäfte einfach so erfinde.

Dank gebührt auch Marcia Markland und Diana Szu von Thomas Dunne Books sowie all den tollen Leuten in den Abteilungen Herstellung, Promotion und Marketing, deren Effizienz und harte Arbeit den Kontakt zwischen Autoren und Lesern überhaupt erst ermöglichen.

Zu tiefem Dank verpflichtet bin ich auch den Lesern, die mir Geschichten von ihren Haustieren zukommen lassen und mir sagen, wie viel Dixie ihnen bedeutet.

Und ich danke meiner expandierenden Familie; Ihr erfüllt mich immerfort mit Freude und Stolz.

Und wären wir die dümmsten
Schüler von allen Pennen,
wir werden keinen Winter
und Sommer nachsitzen können.

Wisława Szymborska, aus »Nichts kommt zweimal« (1957)

1

Hin und wieder trifft man Menschen, die einem unmittelbar sympathisch sind, auch wenn alles darauf hinweist, dass sie Ärger bedeuten. Jaz war so ein Mensch. Als ich dem Mädchen zum ersten Mal begegnete, rannte es hysterisch schluchzend mit einem in ein Handtuch gewickelten Bündel in den Armen über den Parkplatz von Dr. Layton. Ein ziemlich großer Mann folgte ihr zögerlich und mit schweren Schritten.

Sie sah aus wie ungefähr zwölf oder dreizehn und hatte etwas von der schlaksigen Unbeholfenheit junger Mädchen. Ihre kleinen Brüste zeichneten sich pflaumengroß unter einem elastischen Schlauchtop ab. Sie hatte kakaofarbene Haut, lange, schwarz gelockte Haare, und ihre ausgefransten Shorts machten den Eindruck, als würde sie auch darin schlafen.

Der Mann war um die fünfzig, mit blassen, nicht mehr ganz straffen Wangen und angegrauten Haaren, die weniger nach Friseur denn nach Rasenmäher aussahen. Er trug einen marineblauen Anzug und eine dazu passende, etwas hellere Krawatte, beides viel zu glatt und sicher aus reinem Polyester. Mit seinen zurückgezogenen Schultern und dem eng anliegenden bügelfreien Hemd wirkte er wie ein Schuldirektor, dem zu spät klar geworden war, dass er Kinder hasste.

Ich heiße übrigens Dixie Hemingway, nicht verwandt mit Sie-wissen-schon, und ich bin Tiersitterin auf Siesta Key, einer gut zwölf Kilometer langen Insel vor Sarasota, Florida. Früher war ich mal Deputy am Sheriff's Department von Sarasota County, aber vor nun fast vier Jahren passierte etwas, das mir beinahe den Verstand geraubt hätte, und ich bin mit dem Segen des Departments ausgeschieden. Ein bisschen neben der Spur bin ich noch immer, aber nicht mehr als jeder andere auch. Wie sagt man doch so schön: Leute, die einem normal vorkommen, kennt man nur noch nicht richtig.

Mittlerweile funktioniere ich also wieder einigermaßen und arbeite mit viel Freude als selbstständige Tiersitterin, was mir das Gefühl gibt, gebraucht zu werden. Ich betreue überwiegend Katzen, auch Hunde, und ab und an mal ein Kaninchen, einen Hamster oder Vögel, aber keine Schlangen. Die überlasse ich meinen Kollegen. Nicht, dass ich eine Schlangenphobie hätte, jedenfalls keine Nennenswerte. Mir schaudert nur bei dem Gedanken, lebende kleine Geschöpfe in den offenen Schlund von Schlangen zu werfen.

An jenem Morgen wollte ich Big Bubba von der Tierärztin abholen. Big Bubba ist ein afrikanischer Graupapagei, der mir nicht ganz auf der Höhe schien, als ich tags zuvor bei ihm vorbeigeschaut hatte. Wenn ein Vogel niest und lethargisch auf der Stange sitzt, gehe ich kein Risiko ein. Wie sich herausstellte, hatte Big Bubba nur einen schlechten Tag gehabt. Dr. Layton hatte mich am Abend zuvor angerufen, um mir zu sagen, dass ich ihn am nächsten Morgen wieder abholen könne, weshalb ich also gekommen war, um ihn nach Hause zu bringen.

Das heulende Mädchen und der Mann betraten vor mir die Praxis. An der Rezeption übernahm eine von Dr. Laytons Helferinnen das Bündel aus dem Arm des Mädchens, während ihre Kollegin vom Empfang dem Mädchen die Schulter tätschelte und beruhigend auf es einredete. Die Kleine weinte so sehr, dass man kaum verstand, was sie sagte.

Ich verstand lediglich: »Er hat es überfahren!«

Die beiden Praxishelferinnen sahen den Mann vorwurfsvoll an, und er seufzte verdrießlich.

»Ist doch nur ein Kaninchen«, sagte er. »Das Tier ist mir vors Auto gelaufen. Es war ein Unfall.«

Das Mädchen drehte sich um und schrie ihn an: »Aber es ist trotzdem ein Lebewesen, vielleicht nur ein Kaninchen, aber trotzdem ein Lebewesen!«

Nun sah ich ihr Gesicht. Ihre Augen waren älter, als ich gedacht hätte, und von einem erstaunlich blassen Aquamarinblau. Zusammen mit dem dunklen Teint und den wilden schwarzen Locken ließen die ungewöhnlich blauen Augen auf die verschiedensten Vorfahren schließen, ein Mischmasch von Genen, der Segen oder Fluch sein kann. Ihre trotzig verzweifelte Art, das Kinn zu recken, brachte mich zu der Vermutung, dass es in ihrem Fall kein Segen war.

Alles an ihr schrie: *Ich bin jung, angepisst, und ich fühle mich scheiße.*

Der Mann sagte: »Okay, okay«, und blickte sich nervös um.

Dr. Layton kam aus dem hinteren Praxisbereich hervorgewuselt, eine rundliche Afroamerikanerin ungefähr in meinem Alter, nämlich dreiunddreißig, und mit der Gabe, einfühlsam und bestimmend zugleich sein zu können. Mit einem raschen Blick auf das verletzte Kaninchen, das verdächtig leblos unter seiner Decke lag, wandte sie sich unverzüglich an den Mann.

»Es ist Ihnen vors Auto gelaufen?«

»Ein Unfall. Ich war nicht schneller als dreißig. Von Rasen kann keine Rede sein.«

Das Mädchen wirkte wie kurz vor dem Kollaps. Sie bedeckte ihr Gesicht mit den Händen, und ihr Schluchzen ließ den ganzen Körper erzittern. Die beiden Helferinnen sahen aus, als würden sie aus reiner Sympathie gleich mitheulen, und sogar die Menschen und Tiere im Wartebereich reckten die Hälse nach ihr.

»Wie heißt du denn, Liebes?«, fragte Dr. Layton.

Sie erwiderte: »Jaz.« Im selben Moment sagte der Mann: »Rosemary.«

Das Mädchen funkelte ihn feindselig an, während Dr. Layton ihren Blick auf ihn richtete.

»Sind Sie der Vater des Mädchens?«

Eine Spur zu nachdrücklich sagte er: »Ihr Stiefvater.«

Dr. Layton legte dem Mädchen beruhigend die Hand auf die Schulter. »Nimm kurz Platz, Jaz. Ich seh mir das Häschen mal an und sag dir dann, was los ist.«

Zu mir sagte sie: »Dixie, könnten Sie bitte ein paar Minuten warten? Ich will mit Ihnen reden.«

Ich nickte wortlos und folgte den beiden in den Wartebereich. Er hielt sie demonstrativ mit einer Hand am Oberarm gepackt, während die Kleine weiterhin von Schluchzern geschüttelt wurde. Als sie die Stuhlkante an ihren Beinen spürte, sank sie darauf nieder und zog die Knie vors Gesicht. Dabei weinte sie, als hätte sie ihren besten Freund verloren.

Ich nahm ihr gegenüber Platz. Die verstreut im Raum sitzenden Leute und ihre Tiere sahen sie mitfühlend an. Neben ihr, auf dem übernächsten Stuhl, saß Hetty Soames mit einem neuen Welpen. Sie winkte mir von einem kurzen Lächeln begleitet diskret zu, wie jemand, der auf einer Beerdigung einen Bekannten trifft, und widmete dann ihre Aufmerksamkeit wieder dem weinenden Mädchen.

Wäre Hetty nicht damit beschäftigt, stets neue Hilfshunde heranzuziehen, könnte sie für Eileen Fisher modeln. Sie scheint nahezu alterslos, eine engagierte Dame mit glattem, silbergrauem Haar, höchst elegant in ihrer weiten Leinenhose und einer Tunika, die an jeder anderen Frau wie ein Schlafanzugoberteil gewirkt hätte. Der neue Welpe an ihrer Seite war der jüngste einer Reihe von Hunden, die sie für »Southeastern Guide Dogs« heranzieht. Zukünftige Hilfshunde großzuziehen ist etwas Besonderes. Wie andere Welpen brauchen auch sie Liebe und Aufmerksamkeit, aber sie müssen anders sozialisiert werden. Diese kleinen Racker haben sich eines Tages darauf zu konzentrieren, einzig und allein ihren Job zu machen, ohne sich von Dingen ablenken zu lassen, die andere Hunde aus Neugier genauer untersuchen würden. Damit das gelingt, sind Tausende von

Stunden geduldiger Arbeit erforderlich, ganz zu schweigen von der Herausforderung, einem Hund so viel Liebe zu schenken und ihn dann in fremde Hände abzugeben. Hetty macht das seit vielen Jahren, und ihre Trauer, wenn sie einen jungen Hund abgibt, erkennt man nur daran, dass sich ihr Blick für ein paar Wochen verschleiert, jedoch nur, um sofort wieder zu erstrahlen, sobald sie einen neuen Welpen zu sich nimmt.

Das verzweifelte Mädchen schien Hetty offenbar zu beschäftigen, ebenso wie ihren neuen Welpen, denn der drei Monate alte Labrador-Schäferhund-Mischling spitzte ständig die Ohren und beobachtete das Mädchen eindringlich. Wie wir alle.

Jaz wirkte auf mich wie eine dieser armen Kreaturen in Tierheimen, die einen so herzzerreißend ansehen, die man aber wohlweislich lieber nicht mit nach Hause nimmt. Sie saß noch immer zusammengekauert auf dem Stuhl, und man konnte sehen, dass die Goldflitter von ihren grünen Flip-Flops fast alle abgegangen waren. Ihre Zehennägel waren schwarz lackiert, und an einigen Zehen trug sie goldene und silberne Ringe. Die Fußgelenke waren amateurhaft mit kleinen Blütenranken tätowiert, an der Außenseite des rechten Gelenks jedoch prangte ein richtig gut gemachtes Tattoo in Form eines Dolchs.

Hätte ich mich in ihrem Alter tätowieren lassen, meine Großmutter hätte das Ding eigenhändig mit einem Sandstrahler entfernt.

Währenddessen machte der Mann irgendwie verlegen ständig *pscht, pscht,* als wäre ihm die ganze Situation peinlich. Verängstigte Kinder rufen bei Erwachsenen dieselbe Reaktion hervor wie ein Haustier, das in die Wohnung macht – entweder sie behalten die Geduld, oder aber sie rasten komplett aus.

Da keiner der Anwesenden etwas unternahm, hatte Hettys kleiner Welpe offenbar beschlossen, selbst einzuschreiten. Er entwischte von Frauchens Seite, stellte sich auf die Hinterbeine und strich mit der Pfote über die Zehen des Mädchens. Sie nahm die Hände vom Gesicht, sah zu ihm hinunter und lachte heiser.

Hetty richtete sich erschrocken auf, doch das Mädchen beugte sich nach unten und nahm den Welpen auf den Arm, der unverzüglich begann, ihr die Tränen von den Wangen zu lecken und sich so dicht wie möglich anzuschmiegen. Sie kicherte und gluckste, und es ging ein kollektives Aufatmen durch die Runde. So schlecht stand es also nicht um Jaz. Sie konnte immerhin noch lachen und war offen genug, sich diese liebevolle Geste gefallen zu lassen. Ich glaube, intuitiv hatten wir alle befürchtet, dass dem nicht so wäre.

Hetty sagte: »Anscheinend hast du einen neuen Freund gefunden. Er heißt Ben.«

Wie zur Bestätigung gab Ben Jaz einen feuchten Kuss auf die Nasenspitze, was sie erneut zum Glucksen brachte.

In dem Moment öffnete sich die Tür von einem der Behandlungszimmer, und Dr. Layton kam auf das Mädchen zu. »Tut mir leid, Jaz. Wir konnten nichts mehr für das Kaninchen tun. Es war vermutlich sofort tot und hat nicht mehr gelitten.«

Das sagen sie immer. Mir haben Sie das auch gesagt, als Todd und Christy ums Leben kamen. Ich wusste nie so recht, ob ich ihnen glauben konnte, und ich sah sofort, dass auch Jaz sich keinesfalls sicher war, ob sie Dr. Layton glauben konnte.

Sie drückte Ben an sich, holte tief Luft und nickte. »Okay.«

Beinahe im selben Moment stand der Mann auf und zückte eine Geldbörse aus seiner Gesäßtasche. »Wie viel bin ich Ihnen schuldig?«

»Ich bitte Sie. Nichts«, sagte Dr. Layton.

Als sie sich umwandte, ertönte eine laute Stimme aus dem hinteren Praxisbereich.

»Haltet den Kerl!«

Der Mann drehte sich blitzschnell um und griff mit der rechten Hand links unter sein Jackett.

Instinktiv fiel mir ein, was ich in meiner Polizeiausbildung gelernt hatte. Ich sprang hoch und streckte den Arm zur Seite, mit der Handfläche nach vorne wie ein Verkehrspolizist. »Hey, langsam! Lassen Sie das hübsch sein!«

Die Situation war brenzlig, Dr. Layton jedoch sagte beschwichtigend: »War doch nur ein Vogel. Ein afrikanischer Graupapagei.«

Wie auf Kommando erschien nun Dr. Laytons Helferin mit Big Bubba in einem meiner Reisekäfige. Big Bubba hasste kleine Käfige, was ihn vielleicht dazu brachte, den Kopf in meine Richtung zu drehen und abermals zu blaffen: »Haltet den Kerl!«

Peinlich berührt ergriff der Mann die Hand des Mädchens und sagte: »Komm, Rosemary.«

Jaz und Ben sahen einander traurig an, was Hetty wohl zu einem Schritt veranlasste, der mich staunen ließ.

Sie stand auf, nahm Ben wieder zu sich und sagte zu Jaz: »Ich bräuchte jemanden, der mir ab und zu mit dem Welpen hilft. Nur ein paar Stunden die Woche. Viel zahlen kann ich nicht, aber du musst auch nicht viel tun, und ich glaube, dir würde es gefallen.«

Derart geflunkert hatte Hetty Soames wahrscheinlich in ihrem ganzen Leben noch nicht. Es gab sicher viel zu tun mit Ben, aber sie hätte nie Hilfe gebraucht. Sie hatte schlicht und einfach Gefallen an dem Mädchen gefunden und wollte ihm helfen, weil sie ahnte, dass es ihm aus irgendeinem Grund nicht gut ging.

Jaz wandte sich an ihren Stiefvater, der sagte: »Dazu ist sie nicht in der Lage.«

»Doch, bin ich wohl.«

Ich unterdrückte ein Grinsen. Jeder, der Hetty kennt, weiß, dass sie meistens auch erreicht, was sie sich in den Kopf gesetzt hat. Spätestens in einer Stunde würde sie die Kleine bei sich zu Hause haben. Dr. Layton schien derselben Meinung zu sein. Mit entspannterer Miene als vorhin winkte sie mich zur Rezeption, wo mich Big Bubba in seinem Reisekäfig erwartete.

Ich warf noch schnell einen Blick über die Schulter zurück zu Jaz und ihrem Stiefvater. Beide Hände in den Hosentaschen, stierte er mit einem genervten Gesichtsausdruck zur Decke. Jaz war neben Ben in die Hocke gegangen und streichelte ihn, während sie mit Hetty sprach.

Dr. Layton sagte: »Es fand sich eine leicht erhöhte Anzahl von Eosinophilen in Big Bubbas Luftröhrenabstrich, wie bei uns allen wohl eine Reaktion auf die Algenblüte. Behalten Sie ihn in der Wohnung, bis es vorüber ist. Falls es schlechter wird, kann ich ein Antihistaminikum verabreichen, aber ich setze lieber darauf, das Allergen auszuschalten.«

Kein Wunder. Die »rote Flut« also wieder mal, eine explosionsartige Vermehrung von Mikroalgen, *Karenia brevis* genannt. Egal wie das widerliche Zeug heißt, es verursacht Atemwegsreizungen und tränende Augen bei Mensch und Tier. Zur Algenblüte kommt es bei uns fast jeden September, wenn die golfseitigen Winde auf West drehen, aber dieses Jahr waren wir einen Monat früher dran. Ich versprach Dr. Layton, Big Bubba in der nächsten Zeit im Haus zu behalten, und verließ mit ihm die Praxis.

Ich glaube nicht, dass Hetty, Jaz oder der Mann mein Weggehen bemerkten. Dazu waren sie zu sehr mit sich selbst beschäftigt.

Im Nachhinein erinnerte ich mich noch oft an diese kurze Begegnung in Dr. Laytons Wartezimmer und fragte mich, ob es eine Möglichkeit gegeben hätte, die heranrollende Gefahr aufzuhalten. Zu jenem Zeitpunkt wusste ich lediglich, dass ein Mädchen, das sich Jaz nannte und in Wirklichkeit Rosemary hieß, zutiefst unglücklich war, dass die Nerven ihres Stiefvaters blank lagen und dass er ein Schulterhalfter trug.

2

Ich verließ Dr. Laytons Praxis mit Big Bubbas Reisekäfig, den ich mit einem Tuch abgedeckt hatte und zurrte ihn auf dem Rücksitz meines Bronco fest. Die Sonne stand flach über dem Horizont und verlieh der Luft in diesen ersten Augusttagen ein leichtes Flirren; das üppige Grün und die vielen Blumen sahen dadurch noch schöner aus als ob man durch einen dünnen Schleier blickt, der die kleinen Unzulänglichkeiten der Welt verbirgt.

Siesta Key ist eine halbtropische Insel, und entsprechend grün und vielfarbig gestaltet sich unsere Landschaft. Die Pflanzen wachsen in den sandigen Böden entgegen jeder Erwartung wie verrückt, und die hiesigen Gärtner sind mehr mit Zurückschneiden als mit Düngen beschäftigt, immer einen Schritt hinterher, das unbändige Wachstum im Zaum zu halten. Bougainvilleen breiten sich epidemieartig aus, Orchideen nisten in den Astgabeln von Eichen, Hibiskussträucher in den Vorgärten treiben rote und gelbe Blüten, Ixora-Büsche werden zu rot blühenden Hecken geschnitten, und sämtliche Blütenbäume der Welt scheinen ihren Weg hierher zu finden. Wir sind ganz klar eine Insel in Technicolor.

Nach diesem Intermezzo bei der Tierärztin war ich zeitlich etwas knapp dran, fuhr aber dennoch langsamer als gewohnt, damit mir Big Bubba nicht von der Stange fiel. Durch das Tuch auf seinem Käfig konnte er die vorbeisausenden Bäume nicht sehen, aber schon die Trennung von seiner gewohnten Umgebung genügte, ihn zwischendurch immer wieder mal »Hey!« krähen zu lassen, nur um mir mitzuteilen, dass er alles andere als glücklich war.

Siesta Key erstreckt sich von Nord nach Süd zwischen dem Golf von Mexiko und der Sarasota Bay. Angeblich ist die Insel in etwa so groß wie Manhattan, was vielleicht erklärt, warum so viele New Yorker ihren Zweitwohnsitz hier haben. Ich weiß nicht, wie viele Einwohner Manhattan hat, Siesta Key jedenfalls hat ungefähr siebentausend Ganzjahresbewohner, eine Zahl, die während der »Saison«, wenn es in Manhattan und an anderen unwirtlichen Orten eisig kalt ist, auf rund zweiundzwanzigtausend anschwillt.

Mit Sarasota verbinden uns zwei Zugbrücken, und etwa jede Stunde segelt ein Hochmaster hindurch. Dann müssen die Autos warten. Alles in allem ein friedliches Plätzchen. So friedlich, dass sich nur ein einziger vereidigter Deputy des Sarasota County um unsere Verbrechen kümmert – »vereidigt« heißt in dem Fall bewaffnet. In allen anderen Fragen – Dingen wie abhandengekommene Fahrräder oder Streitereien darüber, wer für den Schaden durch herabstürzende Äste verantwortlich ist – sorgen unvereidigte Sheriffs der örtlichen Polizeiwache für Recht und Ordnung.

Die Midnight Pass Road, unsere Hauptverkehrsader, durchzieht die Insel der Länge nach, gesäumt von Appartementblocks, Touristenhotels und hinter Mauern verborgenen Privatanwesen; schmale Seitenstraßen erschließen weitere Wohnsiedlungen. Das fünfzig Meilen lange Kanalnetz, das es auf unserer Insel auch noch gibt, führt dazu, dass die meisten unserer Straßen ebenso verschlungen sind wie die Kanäle, denen sie folgen. Unsere Sonnenuntergänge sind die spektakulärsten der Welt, in unseren Bäumen wimmelt es von Singvögeln, an unseren Stränden tummeln sich staksige Wasservögel, und unsere Gewässer werden nicht nur von Fischen bewohnt, sondern auch von verspielten Delfinen und sanftmütigen Seekühen. Ich habe niemals woanders gewohnt und werde es auch nie tun. Alles andere wäre für mich unvorstellbar.

***

Auf Siesta Key wohnt man entweder auf der zur Bay oder der zum Golf hingewandten Seite der Midnight Pass Road. Big Bubba wohnte an der Südspitze, an der Bay, in einer abgeschiedenen, ruhigen Wohngegend, die nicht einmal einen richtigen Namen hatte, so lang gab es sie schon. Ein breiter Streifen Naturschutzgebiet trennte die Privathäuser von einem vornehmen Urlaubsresort an der Bay.

Big Bubbas Besitzerin war Reba Chandler, Psychologin im Ruhestand, die bis vor Kurzem am New College gelehrt hatte und nun auf irgendeinem Fluss in Südfrankreich herumschipperte. Reba hatte ich schon kennengelernt, als ich noch auf der Highschool war und sie mir Big Bubba zur Pflege anvertraute, wenn sie verreiste. Für einen Teenager war das damals leicht verdientes Geld. Heute ist es mein Beruf. Seltsam, wie sich die Dinge im Leben wiederholen.

Wie die meisten der Häuser in diesem Refugium im Alt-Florida-Stil lag auch Rebas Haus am Ende einer mit Muschelschalen befestigten Zufahrt, mit einer dichten Wand aus Palmen und Meertrauben als Sichtschutz gegen die Straße. Reba nannte es ihr »Vogelhaus«, weil es zu einer Zeit gebaut worden war, als die Menschen noch gegen Flutwellen vorsorgten, und deshalb auf hohen Stelzen stand. Die meisten Häuser aus dieser Zeit wurden mittlerweile »unten« geschlossen, Reba jedoch hat ihres im Originalzustand erhalten, mit Farn darunter und mit einer Treppe hinauf zu einer schmalen, von einem Geländer gesäumten Veranda. Das Haus bestand aus silbergrau verwittertem Zypressenholz, und die ehemals tief türkisfarbenen Hurrikanläden waren im Lauf der Jahre wässrig blau ausgeblichen, was dem Haus das Aussehen einer charmanten, im Alter zunehmend liebenswerten Frau verlieh.

Als ich auf das Haus zufuhr, machten die Reifen meines Bronco ein knirschendes Geräusch auf den Muschelschalen, das Big Bubba erkannt haben musste.

Aus seinem abgedeckten Käfig heraus zwitscherte er: »Hallöchen! Hallöchen! Hast du mich vermisst?«

Ich parkte in der Einfahrt und machte die hintere Tür auf, um den Käfig herauszuholen. »Geschafft, Big Bubba. Wir sind zu Hause.«

Er machte gurrende Geräusche und plapperte: »Hast du mich vermisst?« Ich lächelte, weil Reba diesen Satz gern gesagt hatte, wenn sie von der Uni nach Hause kam.

Ich trug ihn die Treppe hinauf und öffnete die Haustür. Normalerweise lebt Big Bubba in einem großen Käfig auf dem weitläufigen *Lanai* – ein hawaiianischer Ausdruck, mit dem hier auf Siesta Key große, überdachte Terrassen bezeichnet werden –, aber um ihn vor den Folgen der Algenplage zu schützen, setzte ich ihn in seinen kleineren Käfig im verglasten Sonnenzimmer. Kongo-Graupapageien sind temperamentvolle Vögel. Wenn sie aufgeregt sind, kann es schon mal passieren, dass sie einem ein Stück aus dem Finger herauspicken, also platzierte ich den Reisekäfig exakt so, dass er selbstständig von einem Käfig in den anderen überwechseln konnte. Zurück in seinem gewohnten Territorium, trippelte er auf der Sitzstange hin und her, nickte heftig mit dem Kopf und warf mir diesen typischen einäugigen Vogelblick zu, während ich frische Saaten und Wasser für ihn bereitstellte.

Kongo-Graupapageien, die gesprächigsten und intelligentesten aller Papageien, sind noch dazu auffallend schön. In ihrem glänzend grauen Gefieder prangen weiße Ringe um die Augen, die wie Brillen aussehen, und unter ihren Schwanzfedern blitzen ab und an rote Farbtupfer keck hervor. Wie alle intelligenten Wesen brauchen sie viel Abwechslung, damit sie keine selbstzerstörerischen Tendenzen entwickeln und sich aus lauter Langeweile die Federn ausrupfen. Die Besitzer afrikanischer Graupapageien müssen deshalb verdammt klug und erfinderisch sein, oder sie haben schnell ein gerupftes Huhn im Käfig.

Big Bubba rief: »Hast du mich vermisst?«

Ich sagte: »Ich habe jede Minute gezählt, die wir getrennt waren.«

Er lachte und nickte mit dem Kopf im Rhythmus seiner eigenen *He-he-he*-Klänge.

Ich sagte: »Das ist gar nicht lustig. Du bist ein richtiger Herzensbrecher.«

Reba bewahrt Big Bubbas Saaten in Deckelgläsern auf, die nebeneinander aufgereiht auf einem langen Tisch neben seinem Käfig stehen. Während ich mir also einen witzigen verbalen Schlagabtausch mit einem Papagei lieferte, ließ ich frische Saaten aus den Gläsern in seine Futternäpfe rieseln. Dann wischte ich die Gläser und den Tisch gründlich ab. Reinlichkeit geht mir über alles.

Die Papiertücher, die ich zum Saubermachen verwendet hatte, warf ich in den Mülleimer und sagte: »Ich verlasse dich jetzt, Big Bubba. Am Nachmittag sehen wir uns wieder.«

Er rief: »Auf ihn! Auf ihn! Haltet den Kerl!«

Big Bubba plapperte gern, was aber ein richtiges Gespräch nicht ersetzte.

Sein Fernseher stand auf dem Tisch mit den Saatengläsern, und ich beugte mich herunter, um seine Lieblings-Polizeiserie anzustellen. Big Bubba war verrückt nach Sendungen mit wilden Verfolgungsjagden, bei denen Obststände zu Bruch gingen. Ich weiß nicht, ob es die schnellen Autos waren oder das herumfliegende Obst, was ihn so faszinierte, jedenfalls konnte er nicht genug davon kriegen.

Kurz vorm Einschalten des Apparats vernahm ich hinter mir plötzlich ein Geräusch und fuhr hoch. In einem schmalen Streifen Sonnenlicht, der durch die Fenster hereinfiel, standen Schulter an Schulter drei junge Männer.

Möglicherweise habe ich vor Schreck kurz aufgeschrien, ich bin mir nicht sicher. Ich bin stark und weiß mich zu verteidigen, aber sie waren zu dritt, und ich war alleine.

Dem Aussehen nach waren sie ungefähr im Oberstufenalter, und ihr gespielt furchterregendes Gebaren wirkte geradezu komisch – die Augenlider auf Halbmast, die Lippen höhnisch verzogen, die Haare so verstrubbelt wie Spinnweben. Ihre Jeans, und das fand ich nun wirklich lächerlich, saßen so tief auf dem Po, dass die Unterhosen an den Hüften herausquollen.

Der Größte, Älteste und Fieseste von ihnen sagte: »Wir suchen Jaz.«

Irgendwie überraschte es mich gar nicht, ausgerechnet den Namen dieses Mädchens aus der Tierarztpraxis zu hören. Menschen mit starker Persönlichkeit tauchen scheinbar überall auf, und sei es nur als Name, und Jaz hatte gewiss eine starke Persönlichkeit. Mich erstaunte auch nicht, dass sie diese jungen Männer kannte. Sie hatte diese Mischung aus harter Schale und weichem Kern, die sie anfällig machte für großkotzig auftretende Straßenjungs.

Ich schluckte den Kloß in meiner Kehle hinunter und überlegte, ob es einen Gegenstand in Reichweite gab, den ich als Schlagwaffe gebrauchen konnte.

Ich sagte: »Jaz? Ich kenne niemanden, der so heißt.«

Drei Augenpaare starrten mich finster an. Einen Moment lang blieben alle stumm, und ich dachte schon, sie würden vielleicht abziehen.

Dann sagte der Große, wohl ihr Anführer: »Verarsch uns nicht, Lady.«

Ich trat einen halben Schritt zurück, machte einen auf ahnungsloses Dummchen und sagte mit hoher Piepsstimme: »Kennen Sie Jaz vielleicht von der Schule her?«

Einer der Jungs kicherte höhnisch, worauf der Große ihn finster anblickte. »Wir stellen hier die Fragen. Kapiert? Und jetzt her mit Jaz.«

Der mittlere Junge, dessen Jeans so weit herunterhing, dass der Schritt zwischen den Knien baumelte, sagte: »Wir tun ihr nichts, Ma'am.«

»Halt's Maul, Paulie!«, fuhr der Große ihn an.

Ich zeichnete mit dem Finger ein X auf meine Brust. »Ich schwöre bei Gott, ich kenne niemanden namens Jaz. Diese Häuser sehen alle gleich aus, vielleicht haben Sie sich in der Adresse geirrt.«

Der Regisseur in meinem Kopf sagte: *Gut so. Verhalte dich nicht wie bei einem Überfall, verhalte dich wie bei einem normalen Besuch von Freunden. Wenn sie dich angreifen, schnapp dir eines dieser Körnergläser und knall es ihnen auf die Rübe.*

Big Bubba fühlte sich scheinbar just in dem Moment vernachlässigt. »Halloooo«, krähte er, »hast du mich vermisst?«

Der Finsterste von den dreien ließ den Arm vorschnellen. In seiner Hand blitzte ein Schnappmesser.

Der Junge namens Paulie sagte: »Nein, tu das nicht.«

Ich wich einen weiteren halben Schritt zurück. Mein Herz schlug wie ein Presslufthammer, aber nichtsdestotrotz stellte ich mein breitestes Grinsen zur Schau.

»Das ist ein afrikanischer Graupapagei. Es klingt, als würde er wissen, was er sagt, aber er imitiert nur Laute, die er gehört hat.«

Der Junge mit dem Messer sagte: »Der Vogel ist echt aus Afrika?«

»Ja«, erwiderte ich, »aber ich hab ihn nicht selbst dort abgeholt.«

Als hätte er plötzlich eine Erleuchtung, schlurfte Paulie, der Mittlere von den Dreien, zu dem Tisch, auf dem Big Bubbas Körnergläser standen. Seine Hose musste er mit einer Hand festhalten, damit sie nicht herunterrutschte. Er nahm ein Glas Sonnenblumenkerne in die Hand und begutachtete es. Vielleicht war das einer der wenigen Gegenstände, die er je genau studiert hatte.

»Vogelfutter, oder? Hab ich's doch immer gewusst. Oh Mann, und meine Schwester knabbert das Zeug tonnenweise!«

Der mit dem Messer sagte: »Ich hab mal 'ne Sendung

gesehen, da hockten Menschen aus Afrika in einem Schiff zusammen, ganz eng und in Ketten. Mann, das war scheiße!«

Der Große sah aus, als wollte er ihre Köpfe gegeneinanderballern. »Der Vogel da war auf keinem Sklavenschiff, Vollidiot.«

Paulie stellte das Glas mit den Körnern zurück auf den Tisch. Seine Finger hatten eklige Spuren darauf hinterlassen, und am liebsten hätte ich die Papiertücher aus dem Mülleimer geholt und von ihm verlangt, es sauberzumachen.

Ich trat einen weiteren halben Schritt zurück und wünschte, ich hätte Pfefferspray bei mir.

Big Bubba rief: »Haltet den Kerl! Haltet den Kerl!«

»Er schaut zu viel Football im Fernsehen«, sagte ich.

»Hallo«, rief Big Bubba. »Hallo! Hallo! Hast du mich vermisst? Touchdown!«

Der Junge mit dem Messer klappte die Klinge wieder ein und schob das Kinn nach vorne. »So einen Vogel hätt' ich auch gern.«

»Schwachkopf!«, schimpfte der Große. »Wie willst du denn verreisen mit so einem Vogel, der dauernd quatscht? Willst du noch mehr auffallen als jetzt schon?«

Vermutlich war genau das der Grund, warum er der Anführer war. Er dachte voraus. Er sah mich eindringlich an; höchstwahrscheinlich fragte er sich, wie lange es dauern würde, bis ich die Polizei rief, wenn sie mich bei vollem Bewusstsein zurückließen.

An den Schwachkopf gerichtet sagte ich: »Vielleicht würde dir ja auch ein Wellensittich gefallen. Die können auch sprechen. Aber wenn, dann muss es ein Männchen sein, die Weibchen sprechen nicht. Anders als bei uns Menschen, oder?«

Drei leere Augenpaare richteten ihren Blick auf mich. Ich lächelte breit, aber keiner fand witzig, was ich gesagt hatte. Nur Paulie lächelte zurück. Zu dumm. Ich hatte ganz vergessen, dass Ganoven keinen Humor haben.

Mit hoher Frauenstimme schmachtete Big Bubba: »Ich werde dich iiiiimmmer lie-hi-ben. Iiiimmmer.« Dabei klang er vollkommen ernst.

Vielleicht, weil ich einen filmreifen Auftritt als blondes Dummchen lieferte, vielleicht, weil Bubba sie nervös machte oder weil sie als Anfänger noch leicht aus der Fassung zu bringen waren – aus welchem Grund auch immer beschloss also der Große: »Jungs, wir verduften.«

Binnen Sekunden waren die drei verschwunden, als hätten Sie sich in Luft aufgelöst.

Ich wartete gebannt, ob der Motor meines Bronco anspringen würde, weil sie ihn vielleicht kurzschlossen, aber außer meinem eigenen Herzschlag war nichts zu hören.

Mit trockenem Mund zog ich mein Telefon heraus und wählte die 911.

Deputy Jesse Morgan war in weniger als fünf Minuten an Ort und Stelle, knackig-männlich wie immer in seiner dunkelgrünen Uniform. An seinem Gürtel hatte er sämtliche Utensilien eines Mannes der Strafverfolgung parat. Morgan ist ein vereidigter Deputy, und sein Erscheinen bedeutete, dass man den Vorfall im Department ernst nahm.

Morgan und ich kannten einander von einigen anderen unangenehmen Vorfällen. Als ich die Tür öffnete, grüßte er nur stumm mit einem knappen Kopfnicken. Meinen Namen zu nennen, dachte er vielleicht, würde nichts Gutes verheißen.

»Sie haben wegen eines Einbruchs angerufen?«

Von seinem Käfig im Sonnenzimmer rief Big Bubba herüber: »Keine Bewegung! Keine Bewegung! Keine Bewegung!«

Ich sagte: »Das ist nur ein Papagei.«

Morgan hielt seinen Stift auf den Notizblock und wartete.

»Es waren drei Jungs, Weiße, im späten Teenageralter, alle in Sackhosen, sodass die Unterwäsche rausguckt. Sie standen plötzlich vor mir.«

»Eben gerade?«

»Vor fünf oder zehn Minuten. Ich habe angerufen, sobald sie weg waren. Einer von ihnen hatte ein Schnappmesser.«

»Sie haben Sie bedroht?«

»Nicht direkt. Er hat nur demonstrativ damit herumgefuchtelt.«

An der Stelle zögerte ich ein wenig, als hätte ich eine gewisse Scheu davor, weiterzuerzählen.

»Sie sagten, sie würden ein Mädchen namens Jaz suchen. Anscheinend dachten sie, sie würde hier wohnen.«

Er sah von seinem Notizblock auf. »Wie schreibt man das? J-A-Z-Z wie die Musik?«

»Ich meine, ja. Wissen tu ich's nicht.«

»Sie kennen das Mädchen?«

»Nein, aber ich bin ihr heute Vormittag in Dr. Laytons Praxis begegnet. Dort wollte ich Big Bubba abholen, das ist der Papagei, und da war dieses Mädchen, zusammen mit einem Mann. Ich fand sie ganz nett. Sie waren mit einem Kaninchen da, das der Mann angefahren hatte, aber Dr. Layton konnte nichts mehr tun.«

»Für das Kaninchen.«

»Ja. Der Mann gab an, er sei ihr Stiefvater, aber er nannte sie nicht Jaz, sondern Rosemary.«

Er zog eine Augenbraue hoch und sah mich einen Moment lang an. »Klingt so, als würden Sie ihm nicht glauben.«

Darauf ging ich gar nicht erst ein. »Woher soll ich das wissen? Ich hab die beiden nie zuvor gesehen.«

»Außer bei der Tierärztin.«

»Außer dort.«

Seine Mimik verriet keine Spur von seinen Gedanken.

»Sie kümmern sich um diesen Papagei?«, fragte er.

»Richtig, für Reba Chandler. Ich schaue zweimal täglich vorbei. Die Nacht über musste ich ihn bei der Tierärztin lassen, aber es ist alles okay. Nur eine kleine Reaktion auf die Algenblüte«.

»Wer hat die nicht? Haben Sie 'ne Ahnung, warum diese Typen Jax hier vermutet haben?«

»Jaz heißt sie. Jaz. Ich glaube, sie haben sich einfach geirrt. Ich fand die Kleine ganz nett.«

Ich wusste, dass ich mich wiederholte, aber aus irgendeinem Grund wollte ich nicht, dass Morgan schlecht von Jaz dachte, nur weil ein paar Kleinganoven hinter ihr her waren.

»Miss Chandler kennt diese Jaz nicht?«, wollte er wissen.

Ich sah ihn an, wie man jemanden ansieht, der eine wirklich dumme Frage gestellt hat, fand dann aber, dass die Frage so dumm gar nicht war. Die Tatsache, dass ich Jaz nicht kannte, bedeutete nicht, dass Reba Chandler sie nicht kannte. Vielleicht war dem ja so. Wenn Jaz hier in der Gegend wohnte, wäre es gut möglich, dass Reba sich vielleicht mit ihr angefreundet hatte. Nur glaubte ich nicht, dass sie hier in der Gegend wohnte.

Ich sagte: »Womöglich habe ich nicht klar genug gesagt, dass diese Typen zum Fürchten waren.«

»Genauere Angaben zu ihrer Identifizierung?«

»Einer hieß Paulie.«

Ich klatschte mir mit der Hand gegen die Stirn, wie jemand, dem plötzlich einfällt, er könnte vielleicht ein Achtzylinder-Kraftpaket vor der Haustür stehen haben. »Oh, hab ich ganz vergessen! Dieser Paulie nahm ein Vogelfutterglas in die Hand. Da müssten Fingerabdrücke drauf sein.«

Morgan legte den Stift weg und folgte mir ins Sonnenzimmer. Er und Big Bubba musterten einander kurz, während ich in die Küche eilte, um eine von Rebas Baumwolltaschen zu holen. Anschließend bedeckte Morgan den Schraubdeckel des Glases mit einem Papiertuch und transferierte das Glas vorsichtig in die Tasche. Paulies Fingerabdrücke würden abgenommen und einem IAFIS-Abgleich zugeführt werden. Hatte der Bursche je Kontakt mit den Strafverfolgungsbehörden gehabt, dann wären seine Fingerabdrücke im Interstate Identification Index der IAFIS-Datenbank erfasst.

Ich sagte: »Noch was, einer von denen faselte was von Reisen.«

»Was genau hat er gesagt?«

»Er sagte: ›Schwachkopf! Wie willst du denn verreisen mit so einem Vogel, der dauernd quatscht?‹ Wissen Sie, einer von den Typen sagte, er hätte gern einen Vogel wie Big Bubba, und der andere sagte dann, ich glaube, es war der Anführer: ›Wie willst du denn verreisen mit einem Vogel, der dauernd quatscht?‹«

Morgan hob die Baumwolltasche an den Griffen hoch. »Haben Sie eine Möglichkeit, Miss Chandler zu erreichen?«

Ich schüttelte den Kopf. »Sie befindet sich auf einem Schiff in Südfrankreich, das an Vier-Sterne-Restaurants haltmacht.«

Reba hatte mir für den Notfall die Nummer der Schifffahrtslinie hinterlassen, aber ich würde ihr doch nicht den Urlaub verderben, nur weil ein paar Ganoven ihrem Haus in meiner Anwesenheit einen Besuch abgestattet hatten.

Morgan machte den Eindruck, als wüsste er, dass ich Reba notfalls erreichen konnte, aber er hakte nicht weiter nach. Als er ging, sagte er: »Wir werden die Gegend strenger kontrollieren.«

Ich nickte in dem Wissen, dass die vielen Bäume und Sträucher an der Straße so manches harmlose Verhalten verbargen. Sie würden auch kriminelles Verhalten verbergen.

Ich gab Big Bubba ein paar Bananenscheiben zur Beruhigung, für den Fall, dass ihn das Gespräch zwischen mir und Deputy Morgan zu sehr aufgeregt haben sollte. Dann stellte ich seinen Fernseher an und stapfte die Treppe hinunter zurück zum Bronco. Als ich die Zufahrt entlangfuhr, sah ich durch die Blätter einer Arecapalme hindurch schemenhaft ein bleiches Etwas. Ich hielt an und sah genauer hin. Einen Herzschlag lang dachte ich, zwischen den grünen

28

Bäumen und hängenden Ranken würde Jaz' Gesicht hervorblicken, das aber sofort wieder verschwand, falls sie es tatsächlich gewesen sein sollte.

Ich überlegte kurz und fuhr dann über ein paar Straßen zu Hetty Soames' Haus. Sollte Jaz etwas mit diesen Typen zu haben, die in Rebas Haus aufgekreuzt waren, musste Hetty darüber informiert werden, bevor sie sich auf das Mädchen einließ.

3

Hettys Haus lag wie das von Reba ebenfalls hinter dicht belaubten Bäumen verborgen, aber es war kein Holzhaus auf Pfählen, sondern ein Bungalow mit zartrosa Anstrich, unter Eichen und Pinien geduckt. Über einen Seitenweg steuerte ich den *Lanai* an, auf dem Hetty und Ben Hol-den-Ball spielten. Selbstvergessen und überglücklich flitzte Ben hin und her, ohne zu ahnen, dass Hetty ihn sanft darauf trainierte, immer an die gleiche Stelle zurückzukehren, wenn er ihr den Ball brachte. In wenigen Wochen würde er den Trick heraushaben, sie mit dem Ball anzustupsen, in der Erwartung, dass sie mit ihm spielen würde.

Hettys Kater saß in einem Korbstuhl und leckte seelenruhig seine weißen Pfoten. Winston, ein grauer Kurzhaarmischling mit weißer Halskrause und Augen wie Kleopatra, betrachtete die Welt und alle ihre Bewohner mit der geduldigen Toleranz des Dalai Lama. Dieser Kater hätte eine Mönchskutte tragen können, ohne lächerlich zu wirken.

Zukünftige Hilfshunde werden schon im Welpenalter mit allen nur erdenklichen Situationen konfrontiert und während ihrer Ausbildung auch an Orte wie Kirchen, Kinos oder Restaurants geführt, Orte also, die für andere Hunde meist tabu sind. Sie müssen sich darauf einstellen, mit anderen Welpen und Kindern friedlich zusammenzuleben, und sie müssen lernen, die Ruhe zu bewahren, was auch immer passiert. Nur dann kann sich die Person, deren Augen oder Ohren sie später einmal ersetzen sollen, wirklich auf sie verlassen. Ben war noch nicht so weit, denn kaum hatte er mich gesehen, vergaß er den Ball und kam angepest, um mich zu beschnuppern.

Hetty kam sofort hinterher und hielt ihn fest, damit er nicht ständig an mir hochsprang.

»Ich weiß, warum du hier bist. Lass mich raten. Du machst dir Sorgen wegen Jaz, stimmt's?«

»Gerade war ich bei Reba Chandler. Da kamen ein paar Halbstarke vorbei und haben nach ihr gesucht.«

Die Hand in Bens Nacken, sah mich Hetty eindringlich an: »Haben sie dir was getan?«

»Das nicht, aber Angst hatte ich schon. Ich hab die Polizei gerufen, und es kam ein Deputy und hat sich alles notiert. Er sagte, sie würden die Gegend häufiger kontrollieren. Jedenfalls solltest du Bescheid wissen.«

Hetty ging, von Ben begleitet, zurück zu ihrem Stuhl. »Glaubst du, sie ist mit diesen Kerlen befreundet?«

Ich stupste Winston etwas zur Seite und setzte mich neben ihn auf den Stuhl. Ich kraulte die für ihn selbst unerreichbare Stelle zwischen seinen Schulterblättern, und er sah mich an und lächelte.

Ich sagte: »Sie haben ihren Namen erwähnt, also muss sie die Typen kennen. Und noch was: Beim Wegfahren kam es mir so vor, als hätte ich sie gesehen, versteckt im Gebüsch.«

Hetty nickte mit sorgenvollem Blick. »Sie muss wohl hier in der Gegend wohnen.«

»Hast du ihre genaue Adresse?«

»Nein, aber angeblich kann sie zu Fuß hierher kommen. Morgen Vormittag will sie vorbeischauen.«

Winston streckte den Kopf nach hinten, sodass ich seine Kehle kraulen konnte. Ich wollte, ich hätte so viel Selbstsicherheit wie dieser Kater.

»Jaz macht einen so sensiblen Eindruck«, sagte Hetty. »Wie kann sie da mit solchen Kerlen befreundet sein?«

»Gerade sensible Mädchen sind oft sehr naiv.«

»Naiv würde ich nicht sagen. Sie ist eben noch jung.«

Wie recht sie damit hatte. Selbst unter den besten Umständen ist die Pubertät ein schreckliches Alter – man war zu

31

jung, um aus Erfahrungen gelernt zu haben, aber alt genug, um halsbrecherische Entscheidungen zu treffen. Kein Jugendlicher ist wirklich davor gefeit, auf die schiefe Bahn zu geraten, und leider können nur die Wenigsten, die straucheln, mit Hilfe rechnen. Meinem Eindruck zufolge hatte Jaz sicher kein leichtes Leben gehabt, und ich bezweifelte, ob sie besonders viel Unterstützung erfahren hatte.

Meine Finger kraulten sich bis zu Winstons Kopf hoch.

»Glaubst du wirklich, sie und ihr Stiefvater wohnen in dieser Gegend?«, fragte ich Hetty.

»Nicht so ganz.«

Ich auch nicht. Abgesehen von Langzeitbewohnern wie Reba und Hetty, die ihre Häuser vor dem explosionsartigen Anstieg der Immobilienpreise gekauft hatten, waren die meisten Bewohner dieses exklusiven Gewirrs aus Sträßchen und Kanälen ziemlich reich. Außerdem war sowohl mir als auch Hetty klar, dass reiche Mädchen nicht diese lethargische Angst ausstrahlten und dass reiche Männer keine glänzenden Polyesteranzüge wie Jaz' Stiefvater trugen.

Hetty sagte: »Vielleicht sind sie Touristen?«

»Vielleicht.«

Wenn man in einer Urlaubsregion lebt, ist man an einen gewissen Wechsel unter den Anwohnern gewohnt. Aber wenn Jaz eine Touristin war, warum hatten diese Kerle sie dann in Rebas Haus gesucht?

Winston beschloss, dass ich ihn nun lange genug gekrault hatte, und sprang zu Boden. Er und Ben berührten einander kurz an der Schnauze, gewissermaßen eine neutrale Bekundung gegenseitigen Respekts. Dann hüpfte Winston auf Hettys Schoß, und Ben trottete von dannen, um zu sehen, ob man sich noch um den Ball kümmern musste. Von Hunden und Katzen, die unter einem Dach zusammenleben, könnten sich die Oberhäupter verfeindeter Nationen einiges abschauen, um zu dauerhaften Friedensschlüssen zu kommen.

Ich sagte: »Ich komme morgen nach meinem Besuch bei Rebas Papagei kurz vorbei.«

Hetty kniff die Lippen zusammen, und ich wusste, dass sie über dieses versteckte Hilfsangebot verärgert war. Aber bei aller Unabhängigkeit ist Hetty auch realistisch genug und widersprach nicht.

Während ich mich über verwinkelte Straßen von Hettys Haus entfernte, signalisierte mir mein Magen immer dringlicher, dass es Zeit fürs Frühstück war. Ich äugte im Blättergewirr nach einem Zeichen von Jaz, sah sie aber nicht.

Der Village Diner befindet sich im Nordteil von Siesta Key, den die Einheimischen als das »Village« bezeichnen. Dort ist auch der Sitz der Handelskammer und des Postamts. Restaurants und Immobilienbüros teilen sich den Platz mit trendigen Boutiquen, und Touristenläden führen grellbunte T-Shirts und riesige Muschelschalen, für deren Kauf sich die Leute zu Hause schämen. Im Village ist vorsichtiges Fahren angesagt, weil einem jederzeit sonnengebräunte Touristen in knapper Badebekleidung und mit Strohhüten auf dem Kopf vors Auto laufen können. Sie sind entweder von der Sonne geblendet oder ein bisschen plemplem von den negativen Ionen an der Küste, auf jeden Fall kennen sie nur ein Ziel: Siesta Beach. Vielleicht hätten wir nicht ganz so viel Geduld mit ihnen, wenn unser Wirtschaftsleben nicht komplett von ihnen abhinge.

Den Village Diner brauche ich nur zu betreten, und sofort macht sich Tanisha, die Köchin, an die Zubereitung meines Frühstücks, und auch Judy, die Kellnerin, hat meinen ersten Becher Kaffee schon fix und fertig eingegossen, sobald ich meine Stammnische erreiche. Was tut man nicht alles für Stammgäste.

Judy ist groß und schlaksig, mit haselnussbraunen Augen und einigen Sommersprossen auf der Nasenspitze. Zwar haben wir uns außerhalb des Diners nie getroffen, aber trotzdem weiß ich alles über ihre Männer, von denen sie

33

immer nur enttäuscht wurde, und sie weiß von Todd und Christy und dem Verlust, über den ich beinahe verrückt geworden wäre.

In meiner Stammnische warf ich meinen Rucksack auf den Sitz neben mich und trank gierig einige Schlucke von dem Kaffee, der auf mich wartete. Tanisha zeigte ihr breites, dunkelhäutiges Gesicht in der Durchreiche zur Küche und winkte mir so heftig, dass ihre Wangen wabbelten.

Eine Sekunde, bevor Judy mit meinem Frühstück aufkreuzte, tippte mir Lieutenant Guidry von der Mordkommission des Sarasota County auf die Schulter und glitt auf den Platz mir gegenüber. Wie immer, wenn ich ihn sah, vollführte mein Herz einen kleinen Stepptanz. Guidry ist um die vierzig, dauergebräunt und hat dunkle, kurz geschnittene Haare, die an den Schläfen erstes Silber zeigen, graue, durchdringende Augen, eine markante Nase und einen festen Mund. Von diesen Lippen wurde ich schon einige Male geküsst, und ich kann nur sagen, er ist ein Wahnsinnsküsser. Oh ja, das ist er.

Guidry und ich hatten eine Art Als-ob-Beziehung auf Abruf; von Zeit zu Zeit fühlten wir uns durch eine starke Kraft wie magnetisch zueinander hingezogen, um uns dann wieder zurückzuziehen, als wäre nichts geschehen. Die Gründe für Guidrys Rückzug kenne ich nicht, mir jedenfalls wurde es stets eindeutig zu heiß. Bei einem Polizisten als Partner muss man immer damit rechnen, ihn zu verlieren, und ich wusste nicht, ob ich dieses Risiko noch einmal eingehen wollte. Eine neue Liebe wäre schon problematisch genug für mich gewesen, denn ich hatte bereits zu viele Menschen verloren und glaubte nicht, einen weiteren Verlust verkraften zu können.

Andererseits schien mein Körper sich nicht großartig darum zu kümmern, was mein Kopf wollte.

Ich sah ihn über den Tisch hinweg an und versuchte, nicht zu zeigen, dass ich mich wie eine Sechzehnjährige in Anwesenheit des Captains der Footballmannschaft fühlte.

Judy stellte mir mit lautem Knall den Teller vor die Nase und goss Kaffee nach.

Sie sagte: »Was kann ich Ihnen bringen, Sir?«

Aus ihrem respektvollen Ton hätte niemand geschlossen, dass sie ihn hinter seinem Rücken schon mal »den geilen Detective« genannt hatte.

»Nur Kaffee, danke.«

Er schwieg, während sie losdüste, um einen Becher zu holen. Sein Mund wirkte, als wäre er gerne etwas losgeworden, was ihn schon länger beschäftigte. Sonst sah er aus wie immer – mehr wie ein italienischer Playboy als wie ein Mordermittler.

Bei unserer ersten Begegnung hatte ich ihn tatsächlich für einen Italiener gehalten, aber später hatte er mir gesagt, dass er zwar vieles sei, bloß kein Italiener. Seine lässige Eleganz hing damit zusammen, dass er in wohlhabenden Verhältnissen in New Orleans groß geworden war. Auch seinen kompletten Namen kannte ich mittlerweile, hatte ihn aber fast aus ihm herauspressen müssen. Von allen nur Guidry genannt, gab er auf mein Drängen hin zu, dass seine Mutter ihn Jean-Pierre nannte, was ihn zu einer Art New-Orleans-Franzosen machte. Das war alles, was ich wusste, abgesehen davon, dass seinem Vater eine große Anwaltskanzlei in New Orleans gehörte und dass seine Mutter ein großes Herz hatte. Nicht dass ich ihn ausgequetscht hätte oder übermäßig neugierig gewesen wäre. Ich hatte nur beiläufig die eine oder andere Frage gestellt. Und ich würde auch nie versuchen, noch mehr Informationen zu bekommen, denn eigentlich geht mich das alles doch gar nichts an. Überhaupt nichts.

Nachdem Judy seinen Kaffee gebracht hatte, sagte er: »Erzähl von den Jungs, die dich heute Vormittag dumm angemacht haben.«

»Dumm angemacht haben sie mich eigentlich gar nicht. Sie kamen ins Haus von Reba Chandler und haben mich erschreckt.«

»Die Fingerabdrücke auf dem Glas waren übrigens überdeutlich, aber wir haben noch keine Rückmeldung von IAFIS. Einer von ihnen hatte Deputy Morgan zufolge ein Messer?«

»Ein Schnappmesser. Wahrscheinlich hatten sie alle eins, aber nur dieser eine und fuchtelte damit rum.«

Guidry zog sein Notizbuch heraus und blätterte darin herum, wohl um nachzusehen, was Deputy Morgan ihm sonst noch gesagt hatte.

»Dieses Mädchen, nach dem sie suchten – kennst du seinen Nachnamen? Vielleicht hast du ihn in der Tierarztpraxis gehört?«

Ich schüttelte den Kopf. »Dr. Layton nahm dem Mädchen das tote Kaninchen ab, und das war's. Jaz heulte wie verrückt, und eine Helferin hat sie beruhigt. Da wurde auf Angaben wie Namen oder Adresse verzichtet.«

»Ein totes Kaninchen?«

»Der Mann hatte ein Kaninchen überfahren. Es war in ein Handtuch gewickelt, aber schon tot.«

Guidry warf mir einen distanzierten Blick zu wie jedes Mal, wenn ich von Tieren spreche.

Ich sagte: »Als Mordermittler ist es sicher nicht deine Aufgabe, den Tod eines Kaninchens zu untersuchen. Woher also das Interesse für Jaz und diese Jungs?«

Ich sah, wie er überlegte, ob er mir etwas erzählen sollte, und wenn ja, wie viel.

Schließlich sagte er: »Letzte Nacht wurde ein alter Mann ermordet. Er lebte allein, wachte offenbar auf und überraschte Einbrecher in seinem Haus. Es kam zu einem Handgemenge, und er wurde erstochen. Ein Nachbar will drei junge Männer gesehen haben, die am selben Abend in der Nähe des Hauses herumlungerten. Seiner Beschreibung nach könnten es dieselben wie in deinem Fall gewesen sein.«

Ich zuckte mit den Schultern. »Viele junge Männer sehen so aus. Diese Sackhosen trägt doch heute fast jeder zweite.«

Guidry trommelte mit den Fingern auf dem Tisch. »Die meisten Kids, die ihre Unterhose raushängen lassen, sind high von den eigenen Testosterondämpfen und wollen mit ihrem Verhalten lediglich bei uns Erwachsenen anecken. Das ist ganz normal. Es hat aber nichts mit Jugendbanden zu tun, die klauen und morden.«

Dass es in dieser netten Gegend Banden geben könnte, wollte mir nicht in den Sinn. Unter einer Bande stellen sich die meisten Menschen großkotzig auftretende Ganoven vor, die sich gegenseitig abknallen. Heutzutage jedoch kann auch der nette Junge von nebenan ein Bandenmitglied sein, Jungs, deren Eltern zu beschäftigt oder zu dumm sind, um zu merken, dass ihr Sprössling plötzlich Geld wie Heu hat. Im Auftrag von Bandenführern klauen und dealen diese Jungs in ihrer Freizeit und entwickeln sich später oft zu richtigen Verbrechern.

Ich dachte an den Jungen mit dem Messer in Rebas Haus. Ja, er war dumm und schwach genug, um sich von einer Gang rekrutieren zu lassen. Wie die anderen auch. Und sie hatten nach Jaz gefragt.

Mir fiel das Tattoo an Jaz' Ferse ein, und ich fragte mich, ob der Dolch ein Bandenzeichen war.

Ich sagte: »Guidry, dieser Mann, Jaz' Begleiter, er trug ein Schulterhalfter.«

Er machte sich eine Notiz in sein Heft. »Noch was?«

»Ich glaube, als ich Big Bubbas Haus verließ, habe ich Jaz' Gesicht aus dem Gebüsch herausleuchten sehen. Sie und ihr Stiefvater sahen nicht so aus, als würden sie sich diese Gegend leisten können.«

»Big Bubba?«

»Ein afrikanischer Graupapagei. Plappert ohne Ende.«

Guidry führte den starken Handrücken an die Stirn, als träfe ihn plötzlich ein starker Schmerz. Das war noch so eine typische Reaktion von ihm, wenn ich Tiere erwähne.

»Noch was. Hetty Soames hat Jaz einen Job angeboten, als

Hilfe für ihren neuen Welpen. Morgen Vormittag erwartet sie die Kleine bei sich zu Hause.«

»Ich schicke jemanden vorbei.«

Ich starrte ihn ungläubig an. Er konnte doch Hettys Haus nicht rund um die Uhr observieren lassen.

»Morgan sagt, du hast diese Typen in Grund und Boden geredet«, fuhr er fort.

»Ich habe das blonde Dummchen gegeben. Nicht der Rede wert.«

Um seinen Mund spielte ein Lächeln. »Die Schwestern haben uns vor solchen Plaudertaschen immer gewarnt.«

Seine Augen funkelten, als ob er es als Kompliment gemeint hätte, aber ich war verunsichert. Schwer genug, sich vorzustellen, was seine Eltern von mir halten würden, sollten sie mich jemals kennenlernen. Nicht dass es je so weit kommen würde, aber man weiß ja nie. Und nun gab es also auch noch Schwestern, über die ich mir Gedanken machen musste.

»Sind sie älter als du?«, fragte ich.

Er runzelte die Stirn. »Wer?«

»Deine Schwestern.«

Er lachte. »Ich hab die Nonnen in der Schule gemeint. Sie haben uns Jungs immer vor den protestantischen Mädchen gewarnt. Die seien so gefährlich.«

»Und die jüdischen Mädchen?«

»Begegnungen mit jüdischen Mädchen hielten sie für ausgeschlossen, und von buddhistischen oder muslimischen Mädchen hatten sie wahrscheinlich nie gehört. Aber ihnen war verdammt klar, dass hinter nahezu jedem Busch kleine Baptistinnen auf uns lauerten, bereit, sich auf uns zu stürzen und sich von uns schwängern und die Ehefalle zuschnappen zu lassen.«

»Hattest du Angst?«

Er grinste: »Eine Sch…angst.«

Er stand auf und warf Kleingeld auf den Tisch. »Dixie,

sollten dir diese Typen wieder über den Weg laufen, lass dich auf nichts ein, sondern ruf mich an. Und wenn du das Mädchen oder den Mann wiedersiehst, versuch rauszukriegen, wo sie wohnen. Ich will ihnen mal auf den Zahn fühlen.«

Er berührte mich an der Schulter und ließ seine Fingerspitzen etwas länger verweilen als nötig; als er wegging, spielten meine Hormone so verrückt wie meine Fantasien.

Judy kam mit der Kaffeekanne und einem fragenden Blick in den Augen angerauscht. »Bist du jetzt mit deinem geilen Detective schon in der Kiste gewesen?«

Ich sah sie finster an. »Er gehört nicht mir, und im Bett sind wir auch nie gewesen.«

»Schätzchen, wenn ein Mann eine Frau so ansieht wie er dich, dann gehört er ihr. Worauf wartest du denn? Was nicht benutzt wird, rostet.«

Ich rollte mit den Augen und glitt aus der Nische. »Ich fahr nach Hause.«

Sie grinste. »Wenn du jetzt kneifst, bringst du den Mann um.«

Ich zog eine Grimasse und düste ab. Peinlich war, dass ich mir ziemlich sicher war, dass Judy recht hatte.

4

Meine Morgenroutine ist praktisch wie in Stein gemeißelt. Ich stehe um vier Uhr auf, spritze mir etwas Wasser ins Gesicht, putze mir die Zähne, binde mir die Haare zum Pferdeschwanz, schlüpfe in meine Shorts und ein ärmelloses T-Shirt und zwänge meine Füße in ein sauberes Paar Keds. Um vier Uhr fünfzehn bin ich zur Tür raus, und von vier Uhr zwanzig an arbeite ich mich in Richtung Norden vor und kümmere mich um meine Hunde-Klienten. Dann geht es in umgekehrter Richtung weiter, und es sind alle anderen Tiere dran. Ich bleibe ein paar Minuten bei jedem Tier – meist sind es sieben oder acht, höchstens aber zehn –, zusammen mit der Fahrzeit und gelegentlichen Verzögerungen ist es dann also meisten zehn, bis ich das letzte Tier gefüttert, gebürstet und bespielt habe. Dann geht es in den Village Diner zum Frühstück. Nachdem ich meinen Magen davon überzeugt habe, dass er nicht verhungern wird, fahre ich nach Hause und genehmigte mir eine Dusche und ein Nickerchen.

Mein Appartement befindet sich über einem vierteiligen Carport, den ich mit meinem Bruder und seinem Lebenspartner teile. Sie bewohnen das zweistöckige Holzrahmenhaus, in dem mein Bruder und ich zusammen mit unseren Großeltern aufgewachsen sind. Haus und Appartement-Garage stehen am Ende einer kurvigen Straße an der Golfseite der Insel an einem Stückchen Sandstrand, der sich mit wechselnden Strömungen immer wieder neu formiert. Dieser ständige Gestaltwandel hat zur Folge, dass unser Grundstück sehr viel weniger wert ist als die meisten Seegrundstücke auf Siesta Key und dass sich unsere Grundsteuer im unteren Stratosphärenbereich bewegt.

Als sich meine Großeltern in den frühen 1950er-Jahren auf Siesta Key niederließen, bestellten sie ihr Holzhaus bei Sears, Roebuck & Company aus dem Katalog. Der Carport kam später dazu, und das Appartement wurde erst gebaut, als ich und mein Bruder zu ihnen zogen. Unser Vater war ums Leben gekommen, als er die Kinder anderer Leute aus einem Feuer retten wollte, und unsere Mutter war mit einem anderen Kerl durchgebrannt. Ich sage »durchgebrannt«, weil meine Großmutter das Verhalten ihrer Tochter immer so bezeichnet hat. Jedenfalls hatte sie uns von einem Tag auf den anderen schmählich im Stich gelassen.

Ich war sieben, als mein Vater starb, neun, als meine Mutter uns verließ, und ungefähr zwölf, als mein Großvater das Garagenappartement baute. Ursprünglich war es als Ferienappartement für Gäste aus dem Norden gedacht, und er wäre wohl nie auf den Gedanken gekommen, dass ich es mal mein Zuhause nennen würde.

Nach der letzten Kurve der Zufahrt sah ich schon Michael und Paco im Carport neben Michaels Auto stehen. Michael ist mein Bruder, er ist zwei Jahre älter als ich und mein bester Freund auf der Welt. Er ist Feuerwehrmann wie unser Vater, gebaut wie ein Wikingergott und ebenso stark und gelassen. Er sieht so verdammt gut aus, dass viele Frauen zu Ohnmachtsanfällen neigen, sobald er ihr Gesichtsfeld kreuzt. Pech gehabt, denn Michaels Herz gehört Paco, einem Undercoveragenten am Special Investigative Bureau im Sheriff's Department von Sarasota County.

Paco ist ebenso drahtig und dunkel wie Michael kräftig und blond, und ebenso wie Michael erweckt auch er bei Frauen hoffnungsfrohe Erwartungen, mal einen schwulen Mann umzupolen. Er ist griechisch-amerikanischer Abstammung, aber man hätte ihm jede Nationalität abgenommen, was in seinem Job ein großer Vorteil ist. Darüber hinaus ist er ein wahres Verkleidungsgenie, und ich habe ihn schon mehrmals nicht erkannt, wenn er in geheimer Mission unterwegs war und ich ihm begegnete. Dadurch hätte ich schon so manche Drogenrazzia beinahe auffliegen lassen. Heute gibt er mir ein Handzeichen, wenn wir einander begegnen und er verkleidet ist – was meistens bedeutet, dass ich mich so schnell wie möglich verpissen soll. Nach dreizehn Jahren als mein Schwager ist mir Paco fast so lieb wie Michael.

Michael arbeitet im 24/48-Stunden-Rhythmus, ist also vierundzwanzig Stunden im Dienst und hat dann achtundvierzig Stunden frei. Paco dagegen hat keine geregelten Arbeitszeiten, und Michael und ich fragen ihn nie danach, wann oder wo er seinen nächsten Einsatz hat. Er würde es uns sowieso nicht sagen, und für uns ist diese Ungewissheit auch besser, weil wir uns sonst noch mehr Sorgen machen würden als es ohnehin schon der Fall ist.

Michaels 24-Stunden-Schicht hatte bis acht Uhr früh gedauert, und in Anbetracht der Unmenge an Einkaufstüten, die er und Paco aus seinem Wagen wuchteten, musste er wohl gleich nach Dienstschluss so gut wie jeden Supermarkt in Sarasota geplündert haben. Michael ist der Koch nicht nur in unserer Familie, sondern auch für seine Kollegen auf der Feuerwache. Wenn es nach ihm ginge, würde er für die ganze Welt kochen. Ich glaube, der Grund dafür ist nicht, dass er so gerne rohes Zeug in Töpfe und Pfannen wirft und erhitzt, sondern dass ihn Kochen seinem wahren Lebensinhalt ein Stück weit näherbringt, nämlich Menschen satt zu machen. Bei allem Respekt vor den Wundern, die Jesus vollbracht hat – aber man gebe Michael ein paar Fische und etwas Brot, und er würde nicht nur ganze Heerscharen damit abfüttern, sondern auch noch das beste Dinner daraus zaubern, das sie jemals hatten, inklusive Nachtisch.

Als ich meinen Bronco abstellte, hielten Michael und Paco, die Arme voll beladen, kurz inne und sahen mir beim Aussteigen zu.

»Habe ich eine Hurrikanwarnung verpasst?«, fragte ich.

Kaum ausgesprochen, bedauerte ich die Frage, weil es nicht nett ist, in Florida Witze über Hurrikane zu machen – noch dazu mitten in der Hurrikansaison.

Michael sagte: »Das ist nur unser Grundvorrat. Er ging langsam zur Neige.«

Hinter Michaels Rücken rollte Paco demonstrativ mit den Augen, denn wir beide sind uns ziemlich sicher, dass Michael genügend Vorräte für mindestens zehn Jahre hat.

Ich beugte mich über seinen Kofferraum und wuchtete einen Sack grüne Bohnen heraus. »Genau. Ich hatte schon Angst, die grünen Bohnen könnten uns ausgehen.«

Paco grinste und machte sich auf den Weg ins Haus.

»Die hab ich vom Bauernmarkt in Fruitville. Und Zuckermais. Alles bio.« Michael bekam ein kreatives Leuchten in den Augen allein bei dem Gedanken daran, was er mit den Bohnen und Maiskolben alles anstellen könnte.

Zusammen gingen wir über den sandigen Hof und die Holzveranda in die Küche, wo Ella Fitzgerald uns schon ungeduldig erwartete. Zuerst ließ sie sich von Michael knuddeln und gleichzeitig versichern, dass er nun lange zu Hause sein würde, dann rannte sie zu Paco, der ihr die Ohren kraulte. Erst dann ließ sie sich dazu herab, um meine Beine zu streichen und mir Hallo zu sagen.

Ella ist ein echter Perser-Glückskatzenmischling und wurde mir von einer Frau vermacht, die außer Landes ging. Hätte Ella nicht Michael und Paco kennengelernt, würde sie sich mit mir zufriedengeben, aber ein Blick genügte, und sie schmolz in ihren Armen dahin – ein Glück, von dem nicht wenige weibliche Wesen träumen. Ein Grund könnten aber auch die Gerüche in ihrer Küche sein. Denn während meine Küche nach Teebeuteln und heißem Wasser roch, duftete Michaels Küche nach Liebe.

Während Ella von ihrem Stammhocker am zentralen Küchenblock in der Mitte des Raumes aus alles beobachtete, half ich beim Wegräumen der Lebensmittel, damit ich nicht diejenige war, die immer nur nahm. Dann küsste ich Ella auf den Kopf, versprach Michael, nicht zu spät zum Abendessen zu sein, und ließ die beiden mit ihrer biodynamischen Beute alleine.

Ich sagte nichts von dem Zwischenfall mit den jungen Männern, die ein Mädchen namens Jaz suchten, und auch die Tatsache, dass Hetty Soames ebendiese Jaz als Aushilfe für ihren neuen Welpen angestellt hatte, verschwieg ich. Ich war einfach zu müde. Und Michael neigte dazu, regelrecht auszurasten, sobald er auch nur ansatzweise davon erfuhr, ich könnte in schlimme Dinge verwickelt werden. Verübeln konnte ich es ihm ja nicht, war ich doch im letzten Jahr in so manche bizarre Situation geraten. Natürlich hatte ich nichts dafürgekonnt, aber Michael war der Meinung, ich wäre einfach zu schnell dabei, meine Nase in Dinge zu stecken, die mich absolut nichts angingen. Natürlich war das grundfalsch, und es traf auch jetzt nicht zu, aber ich wusste, Michael würde das nicht so sehen.

Ich wollte ihm lediglich unnötige Sorgen ersparen, darum verschwieg ich, was an diesem Morgen geschehen war. Ich hielt das für sehr rücksichtsvoll von mir.

An der Längsseite meiner Wohnung erstreckt sich eine überdachte Veranda mit zwei Deckenventilatoren, die für Frischluft sorgen, und einer Hängematte in der Ecke zum Tagträumen. Dicht am Geländer stehen ein Eiscafétisch mit Glasplatte sowie zwei Stühle, Platz genug für einen Snack und einen Blick auf die heranrollenden Wellen. Vor den Verandatüren befinden sich Hurrikan-Rollläden aus Metall, die gleichzeitig als Einbruchsschutz dienen. Als ich die Treppe hochstieg, betätigte ich die Fernbedienung für die Rollläden und gähnte, während sie knarzend hochfuhren.

Über die Verandatür gelangte ich direkt in mein Miniwohnzimmer mit dem grünen, geblümten Sofa und dem Clubsessel meiner Großmutter. Eine Einpersonen-Bar trennt das Wohnzimmer von einer schmalen Kombüsenküche mit einem Fenster über der Spüle, das Licht hereinlässt und den Blick auf ein paar Baumwipfel freigibt. Links daneben liegt mein Schlafzimmer, das gerade groß genug ist für ein Einzelbett und eine schmale Kommode mit Fotos von Todd und Christy. Oben an der Wand, unter schmalen Glasbausteinen, die Licht hereinlassen, befindet sich ein Klimagerät.

Ich betätigte den dazugehörigen Schalter und ging über einen kleinen Gang in mein beengtes Bad; zuvor machte ich kurz Halt vor dem kleinen Raum mit der Waschmaschinen-Trockner-Kombination, zog meine Keds und die mit Tierhaaren übersäten Klamotten aus und warf sie in die Maschine. Ich trage ungern verschwitzte Schuhe, und ich kaufe Keds in einem Ausmaß, wie Michael Bioprodukte kauft. Immer habe ich mehrere trockene Paare auf Vorrat, einige frisch gewaschene, noch feuchte Paare auf einem Regal über der Maschine und einige in der Maschine.

Der mexikanische Fliesenboden fühlte sich kühl an, als ich barfuß ins Bad tapste und die Dusche anmachte. Sobald der feine warme Wasserstrahl auf mich traf, verfiel ich in eine tranceartige Ruhe. Ich muss früher schon mal gelebt haben, als warmes Wasser besonders kostbar war, denn jedes Mal wenn ich unter der Dusche stehe, brechen alle meine Poren in einen Dankesjubel aus. Nach der Luft ist wohl Wasser das größte Geschenk, das Gott uns gemacht hat.

Als ich blitzsauber war, strich ich meine nassen Haare zurück, schlüpfte in einen Bademantel und fiel in mein ungemachtes Bett, um ein paar Stunden zu schlafen. Ich wachte mit trockenem Mund und leicht unterkühlt auf, weil ich unter dem laufenden Klimagerät gelegen hatte, also latschte ich barfuß in die Küche, um mir eine Tasse Tee zu machen. Danach, die Tasse in einer Hand, schaltete ich auf dem Weg in mein Schrank-Büro-Kabuff den CD-Spieler ein und ließ den Roboter einen Stapel Musik durchsuchen. Nicht schlecht, dachte ich, denn zu meiner Überraschung umhüllte mich das gewitzte kleine Ding mit der Stimme Billie

Holidays, während ich mich um die geschäftliche Seite des Tiersitterberufs kümmerte. Mein Schrank-Büro-Kabuff ist der einzige größere Raum meines Appartements. Keine Ahnung, warum mein Großvater dort so großzügig war, aber es hat sich gelohnt. Der Raum ist quadratisch und verfügt über zwei Eingänge. An einer Wand stehen die Regale für meine Shorts und T-Shirts, an der anderen steht ein Schreibtisch, an dem ich meine Büroarbeiten erledige. Ein von der Decke bis zum Boden reichender Spiegel an der Wand zwischen den beiden Türen bündelt das Licht, wodurch der Raum noch größer wirkt.

Mein Anrufbeantworter hatte einige Nachrichten gespeichert, überwiegend Stammkunden, die mich informierten, wann sie mich wieder brauchen würden, und ich rief sie schnell zurück. Dann nahm ich mir die große Kladde mit den Aufzeichnungen vor, die ich bei meinen Klientenbesuchen mache, und übertrug meine Notizen auf individuelle Klientenkärtchen. Meinen Beruf als Tiersitterin nehme ich ebenso ernst wie meine Arbeit als Deputy. In gewisser Hinsicht erfordern beide sogar dieselben Fertigkeiten. Man muss schlau genug sein, um zwischen Situationen zu unterscheiden, die entweder beherztes Durchgreifen oder Diplomatie erfordern, man muss schnell auf unerwartete Situationen reagieren können, und man braucht Geduld, wenn sich mal jemand über einen erbricht.

Meine Kunden wissen es zu schätzen, dass ich einmal bei der Strafverfolgung gearbeitet habe; es beruhigt sie einfach, wenn sie wissen, dass sie in ihrer Abwesenheit jemanden in ihr Haus lassen, der notfalls auch schießen und einen Eindringling entwaffnen kann. Wie sie über meine Krisenzeit nach dem Tod von Todd und Christy denken, weiß ich nicht, und diejenigen, die darum wissen, sind alle nett genug, es nicht zu erwähnen.

Nachdem ich mit meiner Buchhaltung fertig war, zog ich mich an und ging mit einer Banane raus auf die Veranda. Ich verspeiste sie, während ich ein paar Segelboote draußen auf dem Golf beobachtete. Dabei dachte ich mir, wie froh ich war, nicht mit an Bord zu sein. Mit Wasser hat es bei mir so eine Bewandtnis: Eine warme Dusche weiß ich zwar durchaus zu genießen, und ich schaue auch gern auf den Golf mit seinen Wellen und den Schaumkronen der Brandung hinaus, aber ich reiße mich nicht darum, mich im Golf zu tummeln, weder direkt im Wasser noch auf einem Boot. Für mich ist der Golf einfach zu groß und zu mächtig und zu unkontrollierbar, und das beunruhigt mich. Nicht dass ich ein Kontrollfreak oder so etwas wäre. Aber hätte ich die Wahl, in den Weltraum abzuheben oder auf den Grund des Meeres zu tauchen, ich würde den Weltraum nehmen. Im Weltraum sieht man wenigstens noch was, während es auf dem Meeresgrund verdammt dunkel ist. Noch dazu wimmelt es da unten von unheimlichen Kreaturen, bleichen Geschöpfen, die nie die Sonne sehen und komische, wie Blumen geformte Münder haben. Marsmännchen sind uns Menschen vermutlich recht ähnlich, denke ich mir, aber diese Meeresungeheuer sind garantiert schleimig und kalt.

Nachdem ich mich meines Respekts vor und meiner Aversion gegen tiefe Gewässer vergewissert hatte, ging ich nach drinnen und schnappte mir meinen Rucksack und die Autoschlüssel. Es war Zeit für meine Nachmittagsrunde.

Später sollte ich noch oft an diesen Nachmittag zurückdenken und mich wundern, wie ahnungslos ich doch gewesen war. Während mir vor Tiefseeungeheuern schauderte, befanden sich an Land viel unheimlichere Geschöpfe, und sie hatten mich längst im Visier.

5

Die Sommer auf Siesta Key sind so heiß, dass man sich, wenn man zwischen zehn Uhr vormittags und vier Uhr nachmittags das Haus verlässt, wie in einem Pizzaofen vorkommt. Und wer im August noch als Bleichgesicht durch die Gegend rennt, ist entweder bettlägerig oder ein Nachtarbeiter, der tagsüber schläft.

Im August bewahren einzig und allein die regelmäßigen Gewitter die Insel vor dem Verbrennen; den Pflanzen tut das gut, wenn der Boden vor Nässe dampft, aber unter uns Menschen verbreiten die Blitze Angst und Schrecken. Florida im August ist die große Chance Gottes, uns daran zu erinnern, wer das Sagen hat.

Vielleicht sind wir ja pervers, aber wir Einheimische lieben die Hitze. Wir benutzen sie sogar, um uns Besucher vom Leib zu halten. Wenn Verwandte aus anderen Bundesstaaten anrufen, um eventuelle Besuchsabsichten kundzutun, sagen wir: »Du lieber Himmel, du willst doch wohl nicht jetzt kommen. Herjeeee, du kannst dir diese Gluthitze nicht vorstellen, eine Katastrophe, ganz zu schweigen von den Sandflöhen und Mücken. Warte doch bis Oktober oder November, wenn es kühler ist.«

Wenn wir überzeugend genug sind, haben wir Glück, und sie verschonen uns – hoffentlich, sind wir doch sowieso schon so gut wie verkohlt, und die Angst vor Hurrikanen steht uns ins Gesicht geschrieben. Da soll man sich dann auch noch um Besuch kümmern.

Der Himmel war klar an diesem Nachmittag, und der Boden reflektierte die Hitze in sichtbar flirrenden Wellen. Selbst Katzen, die ihre klimatisierte Umgebung nie verließen, bewegten sich langsamer, als meinten sie, mit ihren Kräften haushalten zu müssen. Keiner meiner Schützlinge hatte Zimmerpflanzen angepinkelt oder Papier zu Konfetti geschreddert, die ich beseitigen müsste. Als ich sie verließ, reckten sich sämtliche Schwänze begeistert in die Höhe. Für einen Tiersitter bedeutet ein hochgereckter Schwanz »Bravo! Zugabe!« Ich versuche, bei all den gereckten Schwänzen bescheiden zu bleiben, aber insgeheim bin ich doch mächtig stolz auf mich.

Unterwegs zu Big Bubbas Haus sah ich, wie Hetty und Ben auf dem Gehweg mit einem Mann und seinem Beagle plauderten. Ich hupte laut und winkte, und Hetty lächelte mir zu. Ben sah mich eindringlich an, als wollte er sich mein Auto einprägen. Gut möglich, denn Hilfshunde sind ausgesprochen klug.

Bei Big Bubba dröhnte das Geräusch von Schüssen, Sirenen und schreienden Frauen aus dem Fernseher, er selbst pickte wie verrückt gegen ein silbernes Glöckchen in seinem Käfig. Ich schaltete den Fernseher ab und sah ihn besorgt an, ob er nach so vielen Stunden ganz alleine etwa ausgeflippt sein könnte. Sperrt man sie ein, reagieren afrikanische Graupapageien nicht anders als wir Menschen, und wenn man sie zu lange in Einzelhaft belässt, entwickeln sie selbstdestruktive Tendenzen.

Den Kopf zur Seite geneigt, warf er mir diesen einäugigen Vogelblick zu und sagte: »Hast du mich vermisst?«

»Und wie. Hast du mich auch vermisst?«

»Immmmer! Immmmer!«

Ich schwöre, manchmal scheint Big Bubba wirklich richtige Gespräche zu führen, anstatt nur gehörte Worte nachzuahmen.

»Dein Frauchen vermisst dich sicher auch. Sie ist in Frankreich, weißt du, und speist in Vier-Sterne-Restaurants.«

Er antwortete nicht, legte jedoch den Kopf zur Seite, als überlegte er, wie sehr ihn wohl jemand vermissen würde, der auf einem Fluss in Südfrankreich herumkreuzt und in Vier-Sterne-Restaurants speist.

Ich nahm ihn aus dem Käfig heraus und setzte ihn auf den Boden. Er watschelte herum und lugte hinter die Möbel wie ein misstrauischer Hoteldetektiv auf der Suche nach Schwarzbewohnern. Als Ersatz für die Sonnenblumenkerne, die ich Deputy Morgan mitgegeben hatte, befüllte ich ein sauberes Glas mit Körnern aus einem großen Sack in Rebas Vorratskammer. Dann säuberte ich Big Bubbas bekleckerte Sitzstangen, beseitigte Schalen und Reste von Trockenfrüchten am Käfigboden, legte einen neuen Zeitungsteppich aus, wusch seine Trink- und Fressnäpfe und gab ihm frische Saaten und Obst. Mir war klar, dass er sowieso gleich wieder von Neuem Nüsse und Apfelscheiben in seinen Wassernapf werfen und alles verschmutzen würde, aber ich gab ihm trotzdem frisches Wasser, weil ich es so mag.

Solange er seine Allergie auf die Algenblüte nicht los war, wollte ich ihn körperlich nicht überfordern, aber ich ließ ihn ungefähr drei Minuten flügelschlagen. Dazu musste ich ihn auf meinen Arm setzen, während ich schnelle Kniebeugen machte, was bedeutete, dass auch ich mich einem dreiminütigen Flügelschlagen unterzog. Dann jagte ich ihn durchs Haus, bis ich außer Atem war und er papageienselig quiekte. Im Leben einer Tiersitterin ist immer für genügend Abwechslung gesorgt.

Käfigvögel brauchen mindestens zwölf Stunden Schlaf bei absoluter Dunkelheit, weshalb ich ihm zum Schluss noch Gute Nacht sagte und seinen Käfig mit einem dunklen Tuch abdeckte. Dann stieg ich die Vordertreppe hinunter und ging zurück zum Bronco. Mein Blick schweifte umher, aber ich sah keine Gesichter, die mich durch dunkle Bäume hindurch gespenstisch anstarrten. Vielleicht hatte Jaz die Stadt ja verlassen. Vielleicht würde sie auch am nächsten Tag nicht bei Hetty erscheinen. Vielleicht hatten diese unheimlichen Jungs die Stadt ebenfalls verlassen.

Das redete ich mir ein. Wenn es möglich gewesen wäre, hätte ich mir eine Decke wie die von Bubba über den Kopf geworfen, um die Realität auszublenden.

Als ich nach Hause kam, schwebte die Sonne schwerelos wie ein goldener Ballon über der fernen Horizontlinie und sandte eine glitzernde Spur über die Wellenkronen hinweg bis hin zum Strand. Michael und Paco standen auf dem Sand und beobachteten das Schauspiel; Michael hatte den Arm locker über Pacos Schulter gelegt. Ich lief hinüber und stellte mich an die andere Seite, damit er auch mich umarmen konnte, und wir standen in ehrfürchtiger Stille zu dritt nebeneinander, während die Sonne ihren täglichen Flirt mit dem Meer vollzog. Wie eine spröde Jungfrau schwebte sie in sicherer Distanz, schien ab und an ein Stück höher zu steigen, um dann der gierigen See wieder entgegenzusinken. Hinter ihr war der Himmel mit zarten Streifen in Kirschrot und Violett, Türkis und strahlendem Gelb wie aquarelliert. Gerade als sich die Sonne für immer fernzuhalten schien, änderte sie plötzlich ihre Meinung und fiel dem Meer in die Arme. Innerhalb weniger Sekunden war sie in dieser nassen Umarmung verschwunden, und alles, was blieb, waren Regenbogenseufzer glücklicher Ekstase.

Michael drückte mich und Paco kurz an der Schulter, dann machten wir kehrt und trabten zur Holzveranda. Michaels exklusiver Edelstahlgrill qualmte schon, und sämtliche Back- und Kochbehältnisse waren bis zum Rand gefüllt mit lecker duftenden Sachen.

Abgesehen von Paco und mir liebt Michael diesen Grill über alles. Ins Schwärmen gerät er regelrecht, wenn er auf die kleinen Seitenelemente verweist, auf denen man zusätzlich noch kochen kann – Kartoffeln vielleicht –, während auf dem Rost gegrillt wird. Und erst der Wärmeofen unter dem Grill, das Höchste für ihn! Er wärmt darin gerne Brötchen zum Abendessen vor und vergisst nie, dies auch extra zu erwähnen. Männer und Gartengrills, das ist eine Liaison wie

die zwischen Männern und Autos, eine mysteriöse Liebes-
affäre, die eine Frau nie verstehen wird.

Michael sagte: »Zehn Minuten, höchstens.«

Ich rief: »Ahoi«, und rannte die Treppe hinauf, zwei Stufen
auf einmal, und ließ per Fernbedienung schon mal die Rollläden hochfahren.

Sollte es je eine Realityshow im Fernsehen geben, die
Preise im Schnellduschen verleiht, bin ich dabei und ge-
winne. Der Trick besteht darin, die Klamotten schon unterwegs fallen zu lassen, sodass man schon nackt ist, wenn
man das Wasser anstellt. Ein Klacks Flüssigseife auf einen
Schwamm, dann kurz vorne nach oben damit, hinten nach
unten, ein kurze Umdrehung, damit alle Bereiche abgespült
werden, und das war's. Zwei Minuten höchstens. Dann kurz
die Füße abgetrocknet, um nicht auf den Fliesen auszu-
rutschen, schnell den Kamm durchs nasse Haar gezogen,
Lipgloss aufgetragen – weitere zwei Minuten –, ehe man zum
Schrank mit den frischen Anziehsachen spurtet und sich
währenddessen schnell abtrocknet. Nanosekundenschnell
stieg ich in frische Unterwäsche und in kühle, weiße
Schlabberhosen und streifte ein weites Top über. Auf Schuhe
verzichtete ich, aber eine Sekunde brauchte ich noch, um ein
elastisches Korallenarmband anzulegen.

Die Rollläden ließ ich oben und polterte die Treppe
hinunter zur Veranda, wo der Tisch bereits für drei gedeckt
war, mit einer kleinen Schale Gazpacho auf jedem Teller.
Paco goss gekühlten Weißwein in zwei Gläser und Eistee in
ein drittes, was bedeutete, dass er später zu einem Undeco-
vereinsatz aufbrechen würde. Dazu sagte ich nichts. Er fühlt
sich sicherer, wenn wir nichts von seiner Arbeit wissen, obwohl es unmöglich ist, manche Dinge nicht zu wissen.

Paco musterte mich kurz von oben bis unten, gefolgt von
einem zustimmenden Nicken. Katzen und Hunde spenden
mit den Schwänzen Beifall, Männer nicken und heben die
Augenbrauen.

Von seinem geliebten Grill rief Michael herüber: »Gutes Timing, Dixie. Die Hitze ist gerade richtig.«

Ich ging zu einem Rotholzstuhl, auf dem Ella Fitzgerald saß und alles beobachtete. Sie trug ein Katzengeschirr mit einer langen, an einem der Stuhlbeine festgemachten Leine und sah mich verdrossen an, als ich mich hinunterbeugte, um sie auf den Kopf zu küssen. Das Geschirr und die Leine hatte Paco gekauft, nachdem Ella in die Wälder hinter dem Haus ausgebüchst war und er sie stundenlang suchen musste.

»Die Prinzessin schmollt«, sagte er.

»Wenn ihr was passiert wäre, würde sie erst recht schmollen.«

Michael sagte: »Die Gazpacho können wir schon mal essen.«

So wie ein Künstler Farbe auf eine Leinwand tupft, legte er dicke Tunfischsteaks auf den Grill, um uns im Anschluss jenes glücklich-zufriedene Meisterkoch-Lächeln zu schenken, welches besagt: Alles läuft exakt nach Plan.

Paco und ich brauchten keine Ermunterung. Wir ließen uns flugs auf unseren Stühlen nieder und hatten schon die Löffel in der Hand, als Michael sich zu uns setzte. Michaels Gazpacho ist die beste der Welt, mit sämtlichen Zutaten frisch vom Bauernmarkt und einem perfekten Zusammenspiel der Aromen. Ein paar Minuten lang hörte man nur das Klicken unserer Löffel an den Schalen und meine genießerischen Seufzer. Es hatte Zeiten gegeben, da hatte ich ähnliche Geräusche auch im Bett von mir gegeben, aber das war lange her.

»Gazpacho ist welche Sprache? Spanisch?«, fragte Paco.

Michael zog Schultern und Augenbrauen hoch. »Vermutlich. Oder Portugiesisch. Irgendwo aus der Ecke.«

»Hast du mal darüber nachgedacht, wie verschiedene Kulturen über das Essen zusammenfinden? Während wir Gazpacho schlürfen, isst im selben Moment jemand in

Frankreich Nachos und ein Russe verspeist Pizza. Ich finde das cool.«

Michael sagte: »Sauerbraten und Kartoffelpuffer. Dazu Rotkohl.« Er hatte sich offenbar im Dickicht der Länderküchen verirrt.

»Ich träume immer davon, mal nach Griechenland zu fahren und entfernte Verwandte zu besuchen. Wir würden zusammensitzen und plaudern, und sie würden mir Lammbraten servieren und gefüllte Weinblätter und Kibbe, und ich würde nach Hause kommen mit dem Gefühl, mein Horizont hätte sich erweitert.«

»Ich glaube nicht, dass Kibbe griechisch ist. Eher libanesisch«, warf ich ein.

»Hast du Appetit auf Lamm? Warum sagst du mir nichts? Ich mach welches für dich«, sagte Michael.

Paco grinste. »Nein, du Dödel, das meinte ich nicht. Ich will damit nur sagen, wie Essen uns mit Tausenden Verwandten verbindet, die wir nie gesehen haben. Sie sind über die ganze Welt verstreut, und doch essen wir alle das Gleiche. Du hast Verwandte in Norwegen, vielleicht auch in England oder Gott weiß wo, und ich habe vielleicht zypriotische Cousinen. Sollte einer meiner griechischen Vorfahren eine Irin geheiratet haben und nach Russland gezogen sein, habe ich vielleicht griechisch-irisch-russische Verwandte. Verdammt, am Ende sind wir alle irgendwie verwandt.«

Uns verschlug es die Sprache, so ungeheuerlich war die Vorstellung. Meine Güte, alle Erdenbewohner bilden eine einzige große Sippe. Junge, Junge, da stelle sich einer mal den Stammbaum vor!

Als die Gazpacho verspeist war, räumte Paco die Schalen ab, Michael überprüfte die Thunfischsteaks und äugte auf das Zeug auf den seitlichen Kochplatten des Grills. Ich rührte keinen Finger, saß nur da wie eine königliche Hoheit und ließ mich von zwei Wahnsinnsmännern bedienen.

Der Thunfisch war gerade richtig, und in den Töpfen

schmorte ein Teil von dem Mais und den grünen Bohnen, die Michael an diesem Morgen besorgt hatte. Zum Fisch reichte er eine Mango-Papaya-Salsa; alles in allem war es ein, wie ich fand, königliches Abendessen.

Während des Essens wurde eifrig über manche Belanglosigkeit geplaudert. Sie fragten nicht, ob ich irgendwelche unheimliche Begegnungen mit Fremden gehabt hatte, kamen wohl auch gar nicht auf die Idee, danach zu fragen. Warum sollten sie auch? Ich fragte Paco auch nicht danach, warum er tagsüber zu Hause gewesen war oder wann er wieder einen Einsatz hatte, aber ich dachte daran. Jemanden zu lieben bedeutet, ihm gewisse Geheimnisse, die er lieber für sich behält, auch zu lassen.

Nach dem Essen räumten Michael und ich den Tisch ab, während Paco Ella einen kleinen Teller Thunfisch brachte. Sie schmollte noch immer, und es erforderte gutes Zureden, bis sie so gnädig war, herunterzuspringen und sich über sein Friedensangebot herzumachen. Michael und ich grinsten einander an; Paco, der in seinem Beruf knallhart sein muss, hatte Ella gegenüber wegen der Leine solche Schuldgefühle, dass er sie sogar inständig bat, Thunfisch für zwanzig Dollar das Pfund zu verknuspern.

In der Küche bestückte ich den Geschirrspüler und half Michael dabei, die Reste in den Kühlschrank zu stellen. Dann sagte ich ihm Gute Nacht und ging noch kurz nach draußen zu Paco und Ella. Paco saß ausgestreckt auf dem Stuhl, Ella lag schnurrend auf seiner Brust, also hatte sie ihm wohl vergeben, dass er um ihre Sicherheit besorgt gewesen war.

Oben in meiner Wohnung ließ ich die Rollläden herunter, hörte den Anrufbeantworter ab, putzte mir die Zähne und zog mich aus. Um neun lag ich mit einem Buch im Bett, um zehn hatte ich das Licht schon ausgemacht und schlief. Wer um vier Uhr morgens aufsteht, geht früh schlafen.

Im Schlaf hörte ich das gedämpfte Brummen von Pacos

Harley und wusste, dass er zu einem Undercovereinsatz unterwegs war.

Es war nach ein Uhr, als ich aufwachte und hörte, wie jemand gegen meine Hurrikan-Rollläden schlug und laut meinen Namen rief. Ich schoss aus dem Bett und geriet vorübergehend in Panik. Es dauerte einen Moment, bis ich mich fasste und die Stimme erkannte, die hysterisch meinen Namen rief.

6

Wahnsinnig zu werden, und zwar richtig wahnsinnig, ohne sich einzureden, es wäre auch nur noch eine Spur von Verstand übrig, hat den Vorteil, dass man sich, wenn man erst einmal so weit ist, nicht mehr fragen muss, wie es denn wäre. Der Wahnsinn ist eine dunkle, hässliche Stadt. Wenn man sich lange genug darin aufhält, findet man sich immer besser zurecht, bis man feststellt, dass man sich darin bequem einrichten kann. Du kannst dort leben, wenn du möchtest, oder du kannst fliehen. Es bleibt ganz dir überlassen. Darin liegt eine gewisse Kraft, eine Art unheimliche Macht, von der jemand, der nie wahnsinnig gewesen ist, keine Ahnung hat. Wenn du den Wahnsinn verlässt und in die Normalität zurückkehrst, empfindest du eine spezielle Nähe zu den Menschen, die zu dir gehalten haben, während du dort warst – wie ich zu der Frau, die meinen Namen rief.

Schlaftrunken zog ich mir schnell etwas über und rannte zur Tür, um der Frau zu öffnen, die in der gesamten Highschoolzeit meine beste Freundin gewesen war. Maureen war damals nicht die Klügste gewesen, aber immer gut drauf. Ihr Vater hatte sie verlassen, so wie meine Mutter mich verlassen hatte. Dieses Schicksal hatte uns zusammengeschweißt wie verwaiste Lämmer, die sich abseits der Herde aneinanderdrücken. In unserem Abschlussjahr hatte sich Maureen in einen süßen Typen namens Harry Henry verliebt. Alle hatten geglaubt, sie würden heiraten, aber gleich nach dem Abschluss hatte Maureen Harrys Herz gebrochen, indem sie einen reichen alten Sack aus Südamerika heiratete.

Danach verloren wir einander aus den Augen. Ich ging zwei Jahre aufs College, dann auf die Polizeiakademie.

Maureen reiste mittlerweile in Privatjets und umgab sich mit Kinostars und europäischen Prinzessinnen. Als ich Todd heiratete, der auch Deputy war, steckte ich tief in der harten Welt der Verbrechensbekämpfung, während Maureen süßes Nichtstun und Luxus genoss. Sie schickte mir ein Geschenk, als Christy zur Welt kam, aber gesehen hatten wir uns nicht mehr.

Nach dem Tod von Todd und Christy jedoch, als ich wahnsinnig vor Schmerz in einem bodenlosen Loch versank, tauchte Maureen eines Abends auf, mit einer Flasche Wodka in der Hand und einem ängstlichen Lächeln auf den Lippen. Sie war nur dieses eine Mal gekommen, aber ich war ihr immer dankbar dafür gewesen. Maureen gegenüber war es nicht nötig, so zu tun, als sei ich stark oder vernünftig. Ich konnte mich so geben, wie ich war, am Boden zerstört und leer und wütend ohne Ende. Das hatte mir schließlich geholfen, den Faden zu finden, der mich in die Normalität zurückführte.

Nun war Maureen diejenige, die in der Dunkelheit um Hilfe rief.

Barfuß rannte ich zum Schalter für die Alurollläden. Ich sah, wie Maureens Füße einen Schritt zurücktraten, während der Rollladen nach und nach im Kasten über der Tür verschwand. Ihre Füße waren nackt wie meine. Obwohl ich schlaftrunken und benommen war, wusste ich, dass ihre nackten Zehen nichts Gutes verhießen.

Als der Rollladen sich in Kopfhöhe befand, öffnete ich die Glastür, und Maureen kam hereingestolpert. Sie schluchzte so sehr, dass ich nicht verstand, was sie sagte, nur dass jemand gegangen sei.

Sie klammerte sich an mich wie eine Ertrinkende und sagte: »Du musst mir helfen, Dixie! Bitte!«

Ich hielt sie ein paar Minuten fest im Arm und redete ihr gut zu, wie ich es mit meinen Tieren mache, wenn sie sehr aufgeregt sind. Nachdem sie sich einigermaßen beruhigt hatte und nur noch leicht zitterte, ging ich mit ihr zur Couch und setzte mich neben sie. Sie trug einen durchsichtigen weißen Pyjama und hatte eine braune Beuteltasche bei sich. Selbst ohne Make-up und trotz des zerzausten Zustands ihrer braunen Locken war sie immer noch so schön wie damals auf der Highschool. Nach Tabakrauch roch sie auch noch immer.

»Mo, was ist denn passiert?«, fragte ich.

Wirr stammelte sie: »Sie halten Victor fest. Oh mein Gott, Dixie, sie halten Victor fest!«

Ich musste tief in meinem Gedächtnis kramen, bis mir wieder einfiel, dass ihr Mann Victor hieß.

»Wer? Wer hält ihn fest?«

Sie fuhr sich mit der Hand vor dem Gesicht herum, als wolle sie sich Luft zufächeln. »Das weiß ich nicht. Sie verlangen Geld. Sie sagen, wenn ich nicht zahle, werden Sie ihn umbringen.«

»Wann ist das passiert?«

»Jetzt gerade, heute Abend. Sie riefen mich an. Sie wollen eine Million Dollar in kleinen Scheinen. Ich soll sie im Pavillon hinterlegen. Andernfalls bringen sie Victor um.«

Sie sprach, als wäre ich mit ihrem kleinen Domizil mit Sonnenuntergangsblick vertraut, dabei war ich nur einmal dort zum Abendessen gewesen. Sie war noch ganz frisch verheiratet, und ihr Koch – Mann, war ich beeindruckt gewesen, dass sie einen Koch hatte! – hatte ein paar Leckereien zubereitet, die wir im Aussichtspavillon verspeisten. Dann war ihr Mann nach Hause gekommen und hatte alles kaputtgemacht. Er war streng und kalt und sah mich an, als wäre ich eine Filzlaus. Ich machte mich unverzüglich aus dem Staub und wurde nie wieder eingeladen.

Ich sagte: »Wir müssen das Sheriff's Department anrufen. Die wissen, was man in so einem Fall macht.«

»Nein! Sie sagten, wenn ich die Polizei rufe, bringen sie ihn sofort um. Du musst mir helfen, Dixie!«

Ich hatte den Eindruck, Maureen glaubte womöglich, ich wäre noch immer bei der Polizei.

»Mo, ich bin kein Deputy mehr, ich bin jetzt Tiersitterin.«

In ihren Augen spiegelte sich mildes Erstaunen. »Du warst immer schon verrückt nach Tieren.«

Maureen hatte sich nie sonderlich dafür interessiert, was andere tun, was wiederum auf der Highschool den Vorteil gehabt hatte, dass sie nie neugierig war und niemals tratschte. Und diskriminierend war sie auch nie gewesen.

»Gibt es jemanden, der was gegen Victor hat?«

Sie sah mich mit großen Augen an. »Jeder hat was gegen Victor. In seinem Business! Weißt du, der Ölhandel ist knallhart. In diesem Business macht sich jeder Feinde.«

An der Art, wie sie dies sagte, erkannte ich, dass sie keinen blassen Schimmer hatte, welche Geschäfte Victor trieb, ganz zu schweigen davon, wie er sich dabei verhielt. Maureen war süß und nett, aber allzu viel Grips konnte man bei ihr nicht erwarten.

»Ich wusste gar nicht, dass Victor so bedeutend ist. So interessant für Kidnapper, meine ich.«

»In seinem Land ist er es. Victor Salazar ist dort ein großer Name.«

Es war unheimlich, wie bereitwillig sie auf seiner Wichtigkeit herumritt, als würde sie seine Entführung rechtfertigen.

»Mo, ich kenne Leute im Sheriff's Department. Lass mich ...«

»Die Polizei kann mir gestohlen bleiben, Dixie. Das Risiko geh ich nicht ein. Victor sagt, in Südamerika kommt das ständig vor. Deshalb wacht er ja über mich wie ein Schießhund, und mir hat er immer gesagt, dass ich einfach zahlen soll, falls er entführt werden sollte. Und das werd' ich auch tun. Ich muss das Problem alleine lösen.«

»Erzähl mir genau, wie es passiert ist. Wann hast du Victor zum letzten Mal gesehen, und wann haben sie dich angerufen?«

Sie machte ihre Tasche auf und zog ein Päckchen Zigaretten heraus; dann sah sie mein Gesicht und steckte es zurück.

»Das war so gegen halb vier heute Nachmittag. Er ging weg, um ein paar alte Freunde aus Südamerika zu treffen. Aus Venezuela, glaube ich, oder vielleicht auch Kolumbien. Nicaragua könnte auch sein. Diese Ecke halt. Er sagte, sie wollten hier Urlaub machen, alle zusammen wollten sie auf einen fünftägigen Campingtrip gehen, in alten Zeiten schwelgen, fischen, Boot fahren, du weißt schon, Männer unter sich.«

Beim besten Willen konnte ich mir Victor nicht im Wald beim Camping vorstellen. Oder beim Fischen. Er war eher der Typ, der auf einer Megajacht im Liegestuhl liegt und das gemeine Volk durch eine dunkel getönte Brille beobachtet, damit man seine Augen nicht sieht.

»Wieviel Zeit ist zwischen seinem Weggehen und dem Anruf vergangen?«, fragte ich.

»Ich weiß nicht, ein paar Stunden. Der Anruf kam nach Mitternacht. Ich schlief schon, aber ich dachte, Victor könnte dran sein, und so ging ich ran. Die Stimme war zum Fürchten, ich konnte kaum atmen.«

»Was genau hat denn der Anrufer gesagt?«

»Ich hab's noch auf dem Anrufbeantworter und kann es dir vorspielen, aber mittlerweile kann ich es schon auswendig, so oft hab ich es abgespielt. Es war ein Mann, und er sagte: ›Mrs Salazar, wir haben Ihren Mann entführt. Wenn Sie ihn lebendig wiedersehen wollen, packen Sie eine Million Dollar in eine Reisetasche und hinterlassen Sie diese morgen um Mitternacht in Ihrem Pavillon. Schalten Sie nicht die Polizei ein, und sagen Sie niemandem etwas davon. Wir beobachten Sie, und sollten Sie mit jemandem sprechen, töten wir Ihren Mann und werfen ihn den Haien zum Fraß vor.‹«

»Und was noch?«

Sie blickte verwirrt drein. »Ich vermute, die Haie würden wegschwimmen.«

»Was hat der Mann sonst noch gesagt?«

»Nichts mehr. Danach war die Leitung tot.«

Ich holte tief Luft. Es war nun kurz nach ein Uhr. Maureen hatte den Anruf bekommen, war ausgerastet, hatte sich alles wieder und wieder angehört und hatte sich schließlich gefangen und war zu mir gekommen.

»Was weißt du über die Männer, mit denen Victor sich treffen wollte?«

Sie schüttelte den Kopf. »Überhaupt nichts. Victor hat nie ihre Namen erwähnt, und sie waren auch nie bei uns zu Gast.«

»Hat er gesagt, wo er sich mit ihnen treffen wollte? Wollte er sein Auto irgendwo stehen lassen, oder wollte er sie mitnehmen? Und wo genau wollten sie hin zum Camping?«

Ich bestürmte sie mit zu vielen Fragen auf einmal, und sie hielt sich beide Hände vors Gesicht wie ein bedrängtes Kind. »Ich weiß es nicht, Dixie. Er sagte nur, sie wollten in den Wäldern wandern und ein bisschen fischen.«

»Du selbst hast nicht gefragt, wo er hinwollte?«

»Victor mag keine Fragen über Privatangelegenheiten.«

Etwas an diesem Satz betätigte einen Kameraauslöser in meinem Gehirn, aber ich ignorierte das dabei entstandene Foto. Maureen war eine alte Freundin, und mein Job war es, ihr zu helfen, anstatt jede ihrer Äußerungen zu analysieren.

»War bei dem Anruf jemand am Apparat, mit dem du sprechen konntest, oder kam alles vom Band?«

Sie wirkte erstaunt. »Ich denke, da war jemand dran.«

Die Möglichkeit, dass Victor bereits tot sein könnte, wollte ich nicht ansprechen, doch ich war mir ziemlich sicher, die Kripo würde auf einem Beweis bestehen, dass die entführte Person noch am Leben war, ehe irgendwelche Zahlungen erfolgten.

»Maureen, die Sache könnte auch ein Betrug sein. In

anderen Ländern passiert das ständig. Menschen bekommen einen Anruf, dass ihr Kind oder der Ehemann oder die Frau entführt wurde, und in ihrer Angst geben sie den vermeintlichen Entführern alles, was sie verlangen. Dann kommt ans Tageslicht, dass es überhaupt keine Entführung gab. Auch hier könnte alles ein Schwindel sein. Wir wissen nicht, ob der Anruf, den du bekommen hast, wirklich von Kidnappern kam. Es könnte auch jemand dahinterstecken, der wusste, dass Victor für ein paar Tage weg sein würde, und der sich gedacht hat, er könne schnell mal eine Million Dollar abgreifen.«

»Ich glaube, das war ernst gemeint, Dixie.«

»Und wenn nicht?«

»Dann verliere ich eine Million Dollar, und mein Mann kommt nach seinem Campingtrip wieder nach Hause. So oder so krieg ich ihn wieder zurück. Ich will nicht knausern, wenn das Leben meines Mannes auf dem Spiel steht.«

Aus dem Grund ist es in gewissen Kreisen wohl auch so beliebt, reiche Geschäftsmänner zu entführen, und vielen Menschen, denen der Verlust der einen oder anderen Million egal ist, bedeutet eine Entführung oft nicht mehr als eine kleine Unannehmlichkeit.

»Wenn sie dich beobachtet haben, wissen sie, dass du hier bist«, gab ich zu bedenken.

Sie schüttelte den Kopf. »Niemand hat gesehen, wie ich wegging, und mir ist auch niemand gefolgt.«

Maureen hätte selbst dann nichts bemerkt, wenn ihr ein LKW-Konvoi gefolgt wäre, und das ganze Gespräch nervte mich allmählich so sehr wie früher auf der Highschool, wenn sie mit ihrer Intelligenz glänzte. Auch damals hatte man bei Gesprächen mit ihr oft das Gefühl, man würde durch ein Teleskop zum Mond gucken, in der Hoffnung, es fände sich dort Leben, aber man stieß nur auf ein Zu-Vermieten-Schild.

»Mo, unsere Freundschaft in allen Ehren, aber ich reiße mich nicht darum, in eine Geschichte wie diese hineingezogen zu werden. Wenn du nicht zum Sheriff gehen willst, kann ich dir nicht helfen.«

Sie hob den Kopf und sah mich mit dem direkten Blick eines Kindes an. »Wäre *dein* Mann entführt worden, ich würde dir helfen.«

Mein Blut geriet in Wallung, und ich senkte den Blick. Mir fiel ein, wie sie zu mir gekommen war, als ich vor Schmerz schier verrückt war, und ich schämte mich.

»Kannst du denn bis morgen eine Million in bar flüssigmachen?«, fragte ich.

Sie zuckte mit den Schultern. »Klar.«

Die Frage überraschte sie offenbar, als ob jeder eine Million in bar bei sich zu Hause herumliegen hätte.

»Erzähl noch mal, wie sie sich die Übergabe vorstellen.«

»In unserem Pavillon. Du weißt doch, unten an der Bootsanlegestelle. Vermutlich wollen sie es per Boot abholen. Das Geld soll ich in eine Reisetasche packen.«

»Und wie stellst du dir *meine* Rolle dabei vor?«

»Begleite mich einfach. Mehr verlange ich nicht. Geh einfach diesen Weg zum Pavillon mit mir hinunter. Ich hole dich hier ab, und wir fahren zu mir nach Hause. Dann schnappen wir uns das Geld. Bitte, Dixie!«

Ihre Haare waren über die Augenbrauen gefallen, aber ihr flehentlicher Hundeblick drang selbst durch dieses Lockengewirr. Darin hatte sich eine mädchenhafte Haarspange mit einer knallroten Plastikblume gelöst und baumelte wie verloren seitlich an ihrem Kopf.

»Alleine schaff ich's nicht«, jammerte sie. »Wenn ich nur daran denke, ich, alleine, im Dunkeln, mit diesem Geld unterwegs, dann zittern mir schon die Knie. Ich hätte solche Angst und würde auf der Stelle in Ohnmacht fallen, mitten auf die Tasche.«

Bei jeder anderen Frau hätte ich geglaubt, sie würde übertreiben, Maureen jedoch war nie imstande gewesen, irgendwelche Dinge auf die Reihe zu kriegen, die für andere selbstverständlich sind. In ihrem Zustand würde ihr die Tasche womöglich ins Wasser fallen, oder sie würde auf andere Weise alles vermasseln.

In mir, der Ex-Polizistin, schrie eine laute Stimme, wir sollten die Polizei einschalten und vielleicht sogar das FBI. Aber was wäre, wenn dieser Alarm den Tod Victor Salazars zur Folge hätte? Anscheinend hatte Victor regelrecht damit gerechnet, eines Tages entführt zu werden, und er hatte Maureen angewiesen, das Lösegeld einfach zu zahlen und basta. Vielleicht wäre es wirklich geschickter, wenn Maureen zahlen und den Mund halten würde.

Letztendlich lag eine derartige Entscheidung nicht bei mir, denn schließlich war Maureens Mann entführt worden, nicht meiner. Maureen musste sich entscheiden, wie sie vorgehen wollte, nicht ich. Ich sollte ihr lediglich dabei helfen, ihre Entscheidung umzusetzen. Und bei dem allem ließ sich die Tatsache nicht ignorieren, dass Maureen mir als gute Freundin beigestanden hatte, als ich mich am Tiefpunkt meines Lebens befand.

Ich fragte: »Was musst du tun, um an das Geld zu kommen?«

Sie blickte verwirrt drein. »Es gehört mir bereits. Ich muss nichts tun, um es zu bekommen.«

»Ich meine, liegt es bei dir zu Hause oder auf der Bank oder sonst wo?«

Sie wirkte misstrauisch. »Ich glaube nicht, dass ich das sagen darf. Victor hat mir immer verboten, darüber zu sprechen.«

Der Kameraauslöser klickte erneut, aber ich ignorierte ihn wieder.

»Ich frage nur, weil ich nicht will, dass dir was passiert mit all dem Geld, wenn du es von der Bank holen musst.«

»Ich muss das Haus dafür nicht verlassen.«

Okay, sie und Victor hatten also einen Safe zu Hause, bestückt mit mindestens einer Million Dollar in bar.

»Hast du das Geld in kleiner Stückelung vorliegen, oder musst du vielleicht die eine oder andere Hundert-Dollar-Note wechseln lassen?«

Sie beobachtete beim Sprechen meinen Mund, als könne sie sich leichter merken, was ich sagte, wenn sie es von meinen Lippen ablas.

»Es sind alles Zwanzig-Dollar-Scheine.«

Vorsichtig, um sie nicht zu erschrecken, sagte ich: »Maureen, kennst du denn die genaue Zahlenkombination für den Safe?«

Sie guckte stolz: »Zwei–vier…«

»Stopp! Ich wollte nur sichergehen, dass du sie kennst. Und hast du denn eine Tasche für das Geld?«

Sie runzelte die Stirn. »Wie groß muss die denn sein?«

Nun war ich an der Reihe, die Stirn zu runzeln. Wie viele Kubikmeter Raum beanspruchten eine Million Dollar in Zwanziger-Noten?

Ich sagte: »Größer als ein Handgepäckstück, aber nicht so groß wie diese langen Dinger mit Rädern dran.«

Sie nickte. »In Italien hab ich was Passendes in Rosa gekauft, die werd' ich nehmen.«

»Die Farbe dürfte ziemlich egal sein.«

Maureen machte ein nachdenkliches Gesicht, und ich wusste genau, dass sie in dem Moment überlegte, was sie bei der Deponierung des Geldes tragen sollte. Wahrscheinlich würde sie etwas aussuchen, das zur rosafarbenen Reisetasche passte.

Mein Versprechen, ihr zu helfen, erschien dadurch in einem irgendwie vernünftigeren Licht, denn von dieser Kindfrau konnte man nicht erwarten, dass sie selbstständig die Anweisungen von Kidnappern ausführen würde. Eher schaffte es ein Kätzchen, auf einem Seil den Grand Canyon zu überqueren.

7

Um fünf Uhr fünfzehn am nächsten Morgen trat ich wie eine Schlafwandlerin nach draußen. Maureen war spät gegangen, erst kurz vor zwei, und obwohl ich mir eine zusätzliche Stunde Schlaf gegönnt hatte, stand ich benommen und mit wattigem Kopf auf.

Während meine Aluläden vor der Tür herunterfuhren, stand ich am Geländer der Veranda und atmete die reine Seeluft ein. Der Himmel war blasser als sonst zu dieser Zeit, meinem Tagesbeginn, keine Sterne waren mehr zu sehen, dafür aber eine zart schwebende Andeutung von Pink am unteren Rand des Horizonts. Das Meer lag noch schlafend vor mir, dunkel glänzend und leise seufzend. Ein paar Möwen, Frühaufsteher wie ich, zockelten am Ufersaum entlang, aus den Bäumen ertönte gelegentlich ein leises Zwitschern, all die anderen See- und Singvögel schliefen aber noch. Die Glücklichen.

Gähnend schlurfte ich die Treppe hinunter zum Carport, wo mein Bronco zwischen Michaels glänzender Limousine und Pacos verbeultem Pick-up stand. Pacos Harley war verschwunden.

Als ich einstieg, guckte mich ein auf der Motorhaube schlafender Graureiher grantig an, breitete dann seine Schwingen aus und flappte davon. Ich erwiderte seinen grantigen Blick. Blöder Vogel, hätte dankbar sein sollen für die Extrastunde, die er bekommen hatte. Dasselbe mit den Sittichen, die hysterisch von den Eichen und Pinien aufflatterten, als ich über die gewundene Straße zur Midnight Pass Road hochfuhr. Normalerweise nehme ich ja Rücksicht auf sie und gebe mir Mühe, sie nicht zu wecken, aber an jenem Morgen war ich so schlecht drauf, dass ich kein bisschen langsamer fuhr.

Nach weniger als sechs Stunden Schlaf ist einfach kein Verlass auf mich.

Morgens und am Nachmittag laufe ich immer zuerst mit Billy Elliott einem Windhund, den sein jetziges Herrchen, Tom Hale, vor dem sicheren Tod bewahrt hatte. Windhunde, die ihre Rennkarriere hinter sich haben, sind wie Menschen im Ruhestand und machen es sich lieber auch auf der Couch bequem, anstatt noch regelmäßig um den Block zu rennen. Billy Elliott stellt eine Ausnehme dar. Er ist wie einer dieser drahtigen Alten und ehemaligen Leichtathletikstars auf dem College, die an jedem Morgen extrafrüh aufstehen, um noch vor dem Frühstück eine Runde zu joggen. Er muss einfach rennen, andernfalls wird er unruhig und nervös, und er besteht auf das volle Programm. Wenn es nach ihm ginge, trüge er kein Halsband, und er hätte auch keine blonde Frau im Schlepptau, die sich an der Leine festklammert und kaum mit ihm Schritt halten kann. Er ist zwar sehr diskret, aber ich weiß, er betrachtet mich als notwendiges Übel. Mir geht es mit manchen Menschen nicht anders, und deshalb bin ich ihm nicht böse.

Tom wäre liebend gern selbst mit Billy gelaufen, aber Toms Leben hatte vor ein paar Jahren eine dramatische Wende genommen, als in einem Baumarkt ein Stapel Schnittholz über ihm zusammenbrach und ihm das Rückgrat zerschmetterte. Nichtsdestotrotz ist er immer noch ein erstklassiger Wirtschaftsprüfer, und wir beide haben einen Tauschhandel vereinbart. Ich besuche ihn zweimal täglich und laufe mit Billy Elliot, dafür macht er mir die Steuer und kümmert sich um alle meine finanziellen Angelegenheiten.

Tom und Billy Elliot wohnen im Sea Breeze, einem Appartementhaus auf der Golfseite der Insel. Kaum hatte ich die Tür mit meinem Schlüssel aufgesperrt, roch ich schon den Duft von frischem Kaffee. Tom war bereits aufgestanden und erwartete mich im Wohnzimmer. Tom hat große, runde schwarze Augen und wuschelige schwarze Locken. In seinem gestreiften Bademantel und mit der Nickelbrille auf der Nase sah er aus wie ein ausgewachsener Harry Potter.

Billy Elliot stürmte zur Begrüßung auf mich zu, und Tom sagte sofort: »Stimmt was nicht?«

Das ist das Problem, wenn man einen so exakt geregelten Zeitplan hat, dass die Leute ihre Uhr danach stellen können. Kaum bist du eine Stunde zu spät, schon fällt es auf.

Ich wich seinen Blicken tunlichst aus und erwiderte: »Ich hab verschlafen. Hab vergessen, den Wecker zu stellen.« Mein Kopf fühlte sich an, als hätten sich Mäuse darin eingenistet, und meine Zunge schmeckte wie Vogelsand.

»Ah ja.« Irgendwie schaffte er es, so zu klingen, als würde er mir nicht glauben, ohne weiter nachhaken zu wollen. Bei mir löste das Schuldgefühle aus, denn Tom bohrt eigentlich nur nach, wenn er meint, ich bräuchte seinen Beistand als Freund.

Ich klinkte die Leine an Billys Halsband ein und drängte zur Tür, ohne mehr dazu zu sagen. Auf dem Weg zum Aufzug wedelte Billy Elliot mit seinem langen Schwanz ekstatisch hin und her, während ich wie ein schlecht funktionierender Roboter dahintrabte. Unten angekommen, stürmten wir durch die Eingangshalle raus auf den Parkplatz.

Die Autos parken rund um ein Areal, in dessen Mitte sich eine Grünfläche befindet. Genau zwischen diesem Grünzeug und den Autos bildet die ovale Fahrbahn eine ideale Rennstrecke für Billy Elliot. Sobald er sein Bein mehrmals gehoben und ein Häufchen für mich hinterlassen hatte, das ich einsackte, setzte er zu einem Spurt um den Parcours an, während ich verzweifelt hinter ihm herjagte. Da wir später dran waren als sonst, waren schon wesentlich mehr Hunde mit ihrem menschlichen Anhang auf den Beinen, die meisten von ihnen in gemächlichem Tempo. Wir überholten sie alle. Dabei drehte Billy Elliot den Kopf jedes Mal nach hinten und zeigte ein breites Grinsen.

Als ich nach drei Runden die ersten haarfeinen Risse in meiner Schädeldecke zu spüren glaubte, zeigte sich Billy Elliot bereit, in flottem Tempo zurück zur Eingangshalle zu traben.

Oben im Appartement war Tom noch immer im Wohnzimmer. »Willst du Kaffee?«, fragte er.

Mein mattes Gehirn gab einen leisen Piepston von sich. Ich brauchte dringend Koffein. Doch wenn ich einen Kaffee trinken würde, würde Tom garantiert nach den Gründen für meine Verspätung fragen, und seinem Scharfsinn bin ich selbst an meinen besten Tagen nicht gewachsen.

Während ich um eine Entscheidung rang, sagte er: »Sieht ganz nach einem schönen Tag aus. Dabei könnten wir ein bisschen Regen gut gebrauchen.«

»Könnten wir das Thema verschieben? Im Moment bin ich leicht neben der Spur.«

Tom nahm mich ins Visier, als wäre ich ein Steuerformular. »Was hast du denn nur?«

»Nichts. Ich hab einfach keine Lust auf tiefschürfende Gespräche.«

»Das Wetter ist nicht so furchtbar tiefschürfend, Dixie. Nicht als Gesprächsthema jedenfalls. Obwohl, in der Realität ist Tiefe durchaus ein Thema. Eine Acht-Meter-Flutwelle zum Beispiel, die ist doch tief.«

Er ist einfach unverbesserlich. Ich beugte mich nach unten und klinkte Billy Elliots Leine aus.

Tom sagte: »Du siehst nicht aus, als hättest du letzte Nacht geschlafen.«

»Eine alte Freundin kam überraschend zu Besuch, und wir haben uns verplaudert. Du weißt ja, wie schnell man dabei das Zeitgefühl verliert.«

Ich versuchte, es so klingen zu lassen, als würden sich zwei dumme Gören über die gute alte Zeit unterhalten, nicht so, als würden zwei Frauen die Zahlung von einer Million Dollar Lösegeld für einen entführten Ehemann planen.

Er sah mich verständnisvoll an. Ich hasse verständnisvolle Blicke.

»Du musst mir nicht sagen, was es ist, aber etwas liegt dir doch im Magen.«

Wie schon gesagt, Tom ist überaus gerissen.

In seine freundlichen Augen vertieft, erinnerte ich mich wieder an Jaz und die drei jungen Männer, die auf der Suche nach ihr in Big Bubbas Haus erschienen waren, und an mein Versprechen, an diesem Vormittag bei Hetty vorbeizuschauen, um zu sehen, ob Jaz aufgekreuzt war. Maureen hatte sie komplett verdrängt, aber jetzt waren sie zurück.

Ich ging in Toms Küche, goss mir einen Becher Kaffee ein und ging zurück ins Wohnzimmer.

»Gestern kamen ein paar Ganoven in ein Haus, in dem ich einen Papagei versorgte, und Lieutenant Guidry glaubt, sie könnten zu einer Bande gehören, die vorletzte Nacht einen Mann ermordet hat. Allem Anschein nach war es Raubmord.«

»Fürchtest du, sie könnten hinter dir her sein?«

»Ich fürchte, sie sind hinter einem Mädchen her, das ich gestern früh bei der Tierärztin kennengelernt habe. Sie war mit einem verletzten Kaninchen da, als ich Big Bubba abholen wollte. Das ist der Papagei. Ein afrikanischer Graupapagei, redet dir ein Loch in den Bauch. Als die Jungs plötzlich aufkreuzten, sagten sie, sie hätten es auf Jaz abgesehen. So heißt das Mädchen. Der Mann, der bei ihr war, nannte sie Rosemary, aber sie selbst sagte, ihr Name sei Jaz. Hetty Soames hat ihr einen Job gegeben, und nun mache ich mir Sorgen um Hetty. Sie zieht gerade einen neuen Welpen für Southeastern auf.«

Tom führte seinen Kaffeebecher an die Lippen und nahm einen tiefen Schluck, ohne mich dabei aus den Augen zu lassen. Als er den Becher absetzte, wirkte er nicht mehr ganz so frisch wie zum Zeitpunkt meiner Ankunft. Manchmal habe ich diese Wirkung auf Menschen.

Er sagte: »Du meinst, die Jungs könnten dieser Hetty einen Besuch abstatten?«

»Hetty hat Jaz ihre Adresse gegeben, und falls Jaz zu dieser Bande gehört, könnte sie die Jungs zu einem Raubüberfall anstiften.«

Tom nickte sehr bedächtig mit dem Kopf, in der Art eines Metronoms, das den Takt vorgibt.

»Ich hab mal ein Mädchen namens Jaz gekannt. Das ist die Kurzform von Jasmine.«

Das ergab Sinn. Ihrem Aussehen nach könnte das Mädchen Jasmine heißen. Passte jedenfalls besser als Rosemary.

»Und das ist alles in den letzten vierundzwanzig Stunden passiert?«, fragte Tom.

»Nicht mal ganz vierundzwanzig Stunden. Das Sheriff's Department will die Streifen in der Gegend verstärken, und ich hab heute noch vor, nach meinem Besuch bei Big Bubba bei Hetty vorbeizuschauen. Sie lebt alleine, und mir ist nicht ganz wohl bei der Sache.«

Er blinzelte zu mir hoch. »Ändert das was?«

»Was soll was ändern?«

»Ein banges Gefühl. Ändert das was?«

»Wohl nicht.«

»Warum lässt du dann nicht einfach die Polizei ihren Job machen? Hetty kann auch selbst auf sich aufpassen, und diese, wie heißt sie doch gleich, Jasmine soll machen, was sie will.«

Ich trank den letzten Rest meines Kaffees. »Das soll wohl heißen, ich soll mich um meinen eigenen Kram kümmern?«

»So ungefähr.«

»Ich geb' mir alle Mühe, Tom, wirklich. Ich renn nicht mit einem Schild herum, auf dem steht: ›Hast du Probleme?‹, aber irgendwie landet jeder, der welche hat, vor meiner Türschwelle.«

Bei dem Wort Türschwelle fiel mir Maureen wieder ein und was ich ihr versprochen hatte, für sie zu tun. Daraufhin düste ich in die Küche und packte meinen Becher in den Geschirrspüler, dann sagte ich Tom und Billy Elliot Auf Wiedersehen.

»Danke fürs Zuhören, Tom. Und du hast recht. Ich schlag mir die Sache sofort aus dem Kopf.«

Wahrscheinlich glaubte er mir sowieso nicht, aber zumindest wusste er nichts von Maureen. Wenn ich ihm von unserem Plan erzählt hätte, eine Million Dollar in eine Reisetasche zu packen und sie Kidnappern zu übergeben, hätte er mir die größte Standpauke meines Lebens gehalten, schlimmer noch als Michael, wenn er davon wüsste. Michael wäre fassungslos, wie man sich von seinem guten Menschenverstand einfach so trennen kann, Tom könnte nicht fassen, wie man eine Million Dollar einfach so wegwerfen kann.

Der Rest des Vormittags lief glatt, und ich schaffte es, von jedem Besuch ein paar Minuten abzuknapsen. Big Bubba war mein letzter Einsatz an diesem Vormittag, aber ehe ich sein Zuhause ansteuerte, machte ich noch bei Max King Halt, um seiner Katze Ruthie ihr Antibiotikum zu verabreichen. Sonst hatte ich dort nichts zu tun, außer Ruthie besagte Tablette zu geben. Das hatte ich schon an den letzten beiden Tagen gemacht und würde damit fortfahren, bis alle Tabletten aufgebraucht waren. Obwohl ich für fünf Minuten Arbeit mein übliches Honorar berechnete, meinte Max, mein Einsatz wäre jeden Penny wert.

Max, ein pensionierter Colonel der Luftwaffe, stammte ursprünglich von den Bahamas und hatte noch eine Spur dieses Insel-Singsangs in seiner Stimme. Er sah ein bisschen wie Sidney Poitier aus, und mit seinem Lächeln kriegte er fast alles, was er haben wollte, ohne danach zu fragen. Dabei wollte er nur seine Frau zurückhaben. Nach ihrem Tod war er in eine so tiefe Depression versunken, dass seine beiden Töchter beschlossen hatten, es müsse unbedingt eine Katze

her; sie waren extra nach Florida gereist, um ihn ins Cat
Depot zu bringen. Zwar hasste Max Katzen, aber seine
Töchter hatten ihn dazu überredet, sie trotzdem zu begleiten.
Das Cat Depot rettet herrenlose Katzen, und Max hatte sich
auf der Stelle in Ruthie verliebt.

Schottische Faltohrkatzen sind mittelgroße Tiere mit
zarter, piepsiger Stimme und der seltsamen Angewohnheit,
in Buddhastellung herumzusitzen oder sich wie ein Fellvor-
leger platt auf den Boden zu legen. Geboren werden sie alle
mit geraden Ohren, aber nach ungefähr drei Wochen falten
sich die Spitzen nach unten. Einige wenige behalten die
geraden Ohren bei, aber ob nun mit gefalteten oder mit
geraden Ohren – es sind einfach unglaublich süße Katzen.
Man müsste schon sehr fies sein, um eine Schottische Falt-
ohrkatze zu etwas zu zwingen, wozu sie nicht bereit ist.

Ruthie war mittlerweile ungefähr ein Jahr alt und hatte
sich eine schlimme Harnwegsinfektion zugezogen. Der Tier-
arzt hatte ihr Amoxicillin verschrieben, alle vierundzwanzig
Stunden eine Tablette. Leichter gesagt als getan. Ruthie war
zwar äußerst sanft und lieb, aber immerhin eine Katze, und
jeglicher Versuch, eine Katze zum Schlucken einer Pille zu
bewegen, treibt den stärksten Mann zur Verzweiflung.

Man kann die Tablette im Futter verstecken, und die Katze
wird feinsäuberlich alles auflecken und die Pille zurücklassen.
Man kann versuchen, sie zu zwingen, und sie wird die Tablette seitlich in die Wange schieben und sie ausspucken,
sobald man ihr Maul loslässt. Man kann sie in einem Handtuch fixieren und versuchen, ihr die Tablette in die Kehle zu
drücken, und sie wird einen anspucken, während sie die Tablette ausspuckt.

Max war ein charakterstarker Mann mit scharfem Verstand und äußerst souverän, weil er es gewohnt war, dass die
Leute gehorchten, wenn er einen Befehl erteilte. Schon der
erste Versuch jedoch, Ruthie ihre Pille zu verabreichen,
endete mit einer kaputtgegangenen Lampe, einem zer-

kratzten Arm, mehreren feuchten Tabletten, die Ruthie aus-
gespuckt hatte, sowie einem verzweifelten Unterton in seiner
Stimme, als er in seiner Not zum Hörer griff und mich
anrief.

Als ich bei ihm läutete, öffnete er die Tür mit Ruthie auf
dem Arm. Selbst in der Uniform eines Florida-Rentners –
Shorts, Strickhemd und Flipflops – sah er immer noch wie
jemand aus, vor dem man salutieren müsste. Er schenkte mir
sein bestes Sidney-Poitier-Lächeln und sagte: »Ich wusste, du
würdest bald kommen, da hab ich sie schon mal festgehalten,
damit sie sich nicht versteckt.«

Ich hätte Ruthie auch den ganzen Vormittag lang gesucht,
nur um Max' Stimme zu hören, die runterging wie Sirup.
Dieser Mann könnte sich glatt in einen Supermarkt stellen
und seine Einkaufsliste laut vorlesen, und sämtliche
Kundinnen würden sich darum reißen, für ihn zu kochen.

Mit dem blöden Gefühl weißer Überheblichkeit folgte ich
ihm ins Wohnzimmer, um mich auf einem von Max'
bequemen Sesseln niederzulassen. Die Amoxicillin-Packung
lag auf einem Tisch neben dem Sessel. Max packte Ruthie
vorsichtig auf meinen Schoß, drückte eine Tablette aus dem
Blister, legte sie auf den Tisch, schob den Blister zurück in die
Schachtel und nahm auf dem Sessel gegenüber Platz. Er
bewegte sich mit dem behutsamen Respekt eines Medizin-
studenten in einem Operationssaal.

Ruthie sah aus ihren großen, für Schottische Faltohrkatzen
so typischen Unschuldsaugen zu mir hoch. Von beruhigen-
den Worten begleitet, brachte ich sie in eine aufrechte Position, wobei meine rechte Hand ihre Brust umfasst hielt,
meine linke den Hinterkopf. Ihre Hinterbeine ruhten auf
meinem Schoß. Äußerst sanft, mit meinen Fingern unter
einer Seite ihres Kiefers und dem Daumen an der anderen
Seite, hob ich sie am Kopf hoch, bis ihre Hinterbeine frei
schwebten. Prompt machte sie sich ganz schlaff. Gleichzeitig
griff ich mit meiner rechten Hand nach der Pille und schob

sie in das offene Maul – so weit nach hinten, dass kein Ausspucken mehr möglich war. Dann ließ ich sie herunter, sodass ihre Hinterbeine wieder meinen Schoß berührten. Nach einigen Schluckbewegungen ließ ich auch ihre Vorderbeine nach unten. Sie sah mich süß-verzeihungsvoll an und sprang auf den Boden.

Katzenmütter tragen ihre Jungen auch mit dem Maul im Nacken, weil diese dadurch praktisch bewegungsunfähig sind. Eine erwachsene Katze sollte nicht länger als eine oder zwei Sekunden so gehalten werden, und sehr großen Katzen sollte man diese Prozedur vielleicht ganz ersparen. Wenn man einer Katze aber ein Medikament verabreichen muss, ist diese Methode immer noch besser, als sich einen Zweikampf mit ihr zu liefern.

Als Ruthie Max auf den Schoß sprang, stand ich auf.

Ich sagte: »Ich find alleine raus. Bis morgen.«

Max nickte nur, während er Ruthie immer wieder versicherte, was für ein gutes Mädchen sie doch sei. Harte Jungs werden bei schönen Mädchen schwach, hartgesottene ältere Herren bei ihren Haustieren.

8

Ehe ich zu Big Bubba fuhr, machte ich noch kurz an der Crescent Beach Grocery Halt, um Bananen zu besorgen. Big Bubba bevorzugte leicht grüne Bananen, weshalb ich regelmäßig für frischen Nachschub sorgte. Bei anderen Früchten war er weniger wählerisch, aber eine matschige Banane war für ihn ein wahrer Albtraum.

Ich düste zur Schnellkasse, an der ein junger Mann einen einzelnen Bund Koriander bezahlte. Die Kassiererin, eine hübsche junge Frau mit dunklen Locken, gab ihm das Wechselgeld.

»Sind Sie nicht grad eben schon da gewesen?«, fragte sie.

Er grinste. »Ja, ich sollte für meine Freundin die Zutaten für ein mexikanisches Frühstück einkaufen. Sie wissen schon, Huevos Rancheros und Salsa. Anstatt Koriander hab ich Petersilie gebracht, da hat sie mich noch mal losgeschickt.«

Die Kassiererin sagte: »Oh ja, zu einer Salsa gehört unbedingt Koriander. Ich musste das auch lernen, als ich in dieses Land kam.«

»Woher kommen Sie?«

»Ich komme aus Lima, Peru. Sind Sie aus Mexiko?«

»Nein, ich bin aus Taiwan. Da kennen wir Huevos Rancheros nicht.«

Sie lachte. »Wir in Peru auch nicht, aber ich liebe es.«

Er eilte mit seinem Koriander von dannen, und ich nahm seine Stelle mit meinen Bananen ein, glücklich über die kleinen Einlagen, die das Leben doch immer wieder zu bieten hat.

Als ich die schmalen Alleen zu Big Bubbas Haus entlanggondelte, hielt ich genauestens nach Jaz Ausschau, sah aber nichts weiter außer einem sonnengebräunten Typen in einem Cabrio mit einem Kajak auf dem Beifahrersitz. Der Typ und das Kajak wirkten beide recht entspannt. Ich winkte ihm zu, er winkte zurück, während das Kajak nur geradeaus starrte.

Als ich die Nachtdecke von Big Bubbas Käfig nahm, war seine Wiedersehensfreude so groß, dass er beinahe von der Stange gefallen wäre.

Er rief: »Hast du mich vermisst? Haltet den Kerl! Lauft, Jungs!«

Ich lachte, worauf er auch lachen musste – ein abgehacktes *heh-heh-heh* wie von einem Roboter –, worauf ich noch mehr lachen musste, sodass wir beide eine Minute lang wie ein Crewmitglied von *Raumschiff Enterprise* klangen, das einen hinterhältigen Klingonen unterhält.

Ich nahm ihn aus seinem Käfig und ließ ihn auf dem *Lanai* frei herumspazieren, während ich seinen Käfig sauber-machte. Der Anblick des Himmels und der Bäume und das Gezwitscher seiner wild lebenden Artgenossen brachten ihn so in Ekstase, dass er kreischte wie ein Kind auf dem Schulhof. Nachdem sein Käfig wieder hübsch sauber war, füllte ich Wasser in eine Sprühflasche und verpasste Big Bubba eine Dusche. Big Bubba war ein Fan von Dusch-bädern, und er schlug so heftig mit den Flügeln, dass ich am Ende fast so nass wie er war.

Nachdem er zum Trocknen noch etwas auf dem *Lanai* herumgelaufen war, setzte ich ihn zurück in seinen Innen-käfig. Da mit dem Abklingen der roten Flut die Luft wieder rein war, hätte ich ihn normalerweise in seinen großen Käfig auf dem *Lanai* gesetzt, aber die Schutzwände von *Lanais* sind leicht zu knacken, und ich befürchtete, diese jungen Ganoven könnten zurückkommen und ihn stehlen. Nor-malerweise haben wir ja keine derartigen Scherereien auf dieser Insel, und ich war fuchsteufelswild, dass ich mir über-haupt den Kopf darüber zerbrechen musste.

Ich stellte seinen Fernseher an und ließ ihn alleine zurück, während er sein Gefieder sorgfältig neu sortierte, wobei er jede einzelne Feder durch den Schnabel zog, um sie einzuölen und zu glätten. So sehr war er damit beschäftigt, sich wieder fein zu machen, dass er nicht einmal Tschüß sagte.

Beim Einsteigen klingelte mein Handy. Ohne Vorgeplänkel sagte Guidry: »Wo bist du gerade?«

Ich gab ihm Rebas Adresse, und er sagte: »Bleib, wo du bist, ich bin ganz in der Nähe.«

Drei Minuten später fuhr sein Blazer am Bordstein vor. Von einer leichten Rötung seiner Augen abgesehen, ein Zeichen, dass auch er unter Schlafmangel litt, wirkte er so gefasst und ruhig wie immer. Er trug ein Jackett aus Naturleinen, ein hellblaues, am Kragen offenes Hemd, eine dunkelblaue Stoffhose, Flechtsandalen aus Leder und keine Socken. Guidrys Sachen sind stets leicht verknittert, gerade in dem Maß, dass man erkennt, dass sie aus den edelsten Stoffen regionaler Manufakturen gefertigt sind, und er trägt sie mit der lässigen Ungezwungenheit eines Mannes, der mit Chemiefasern nie in Berührung gekommen ist.

In dem Bewusstsein, dass ich verschwitzt war, voller Katzenhaare und pitschnass von Big Bubbas Badeaktion, wartete ich ab, während er ein Blatt mit Fahndungsfotos aus einer braunen Mappe zog.

»Erkennst du einen von diesen Typen?«

Es waren durchweg junge Männer, jeder auf seine Art finster-rebellisch dreinblickend. Drei von ihnen sahen so aus wie die Jungs, die mir unlängst in Rebas zu Hause einen Besuch abgestattet hatten.

Ich zeigte auf ihre Gesichter. »Beschwören kann ich's nicht, aber ich meine, es waren diese drei.«

»Okay.« Er steckte die Bilder in die Mappe zurück.

»Und?«

»Einer von ihnen ist der Typ, dessen Fingerabdrücke auf dem Glas klebten. Paul Vanderson, achtzehn Jahre alt und aus L.A. Er und die anderen beiden haben über Jahre zurückreichende Akten. Im Moment befinden sie sich gegen Kaution auf freiem Fuß. Sie werden beschuldigt, in L.A. einen Sechzehnjährigen aus einem fahrenden Auto heraus erschossen zu haben. Außerdem deckten sich Vandersons Fingerabdrücke mit einigen von denen, die an dem jüngsten Mordschauplatz hier in Sarasota gefunden wurden. Daraufhin hat man die Fingerabdrücke in dem Haus mit jenen der beiden anderen Typen verglichen, und sie stimmten ebenfalls überein. Gratuliere, Dixie! Dir haben wir die Abdrücke zu verdanken.«

Ich plusterte mich ein wenig auf, und wenn ich welche gehabt hätte, hätte ich sogar ein paar Federn durch meinen Schnabel gezogen.

»Und was hast du nun vor?«, fragte ich.

»Wir suchen nach ihnen. Falls wir sie schnappen, wird sie die Polizei in L.A. zuerst haben wollen. Nächsten Monat findet dort die Verhandlung wegen des Mordes aus dem fahrenden Auto statt. Im Fall einer Verurteilung landen sie für den Rest ihres Lebens im Knast. Falls nicht, müssen sie sich immer noch für den hier verübten Mord verantworten.«

Mich fröstelte bei dem Gedanken daran, wie nah ich Menschen gekommen war, die zu derart roher Gewalt fähig waren.

Guidry sagte: »Das erste Bindeglied stellt dieses Mädchen dar, und genau dort setze ich an. Du hast gesagt, das Haus dieser Frau, bei der sie arbeitet, ist hier in der Nähe?«

»Eine Straße weiter. Ich will gerade hin.«

»Ich fahr dir nach.«

Ich stieg wieder in den Bronco und steuerte auf Hettys Haus zu, wobei ich unablässig daran dachte, dass Guidry hinter mir war. Ich fragte mich, wie es für ihn gewesen war, mich zu sehen, oder ob er sich überhaupt Gedanken darüber machte. Wahrscheinlich eher nicht, da er als Mordermittler dienstlich unterwegs war, nicht weil er vorhatte, mich zu treffen. *Idiotisch, diese Überlegungen,* dachte ich, aber sie ließen sich nicht abschalten.

Zu einem Mann ein gewisses Verhältnis zu haben, kam einer Reise in eine fremde Welt gleich, deren Sprache ich nicht sprach und deren Gebräuche ich nicht kannte. Mit Todd hatte sich alles allmählich und wie von selbst ergeben, aus Freunden wurde ein Liebes- und schließlich ein Ehepaar, mit einer Leichtigkeit und Selbstverständlichkeit, bei der man nie das Gefühl hatte, es stimmt etwas nicht. Aber damals hatte ich auch noch nicht gewusst, wie Liebe wachsen und immer mehr werden kann, sodass ihr Verlust letztlich einer Amputation gleichkommt und man danach für immer und ewig meint, den anderen wie ein Phantom neben sich zu spüren. Meinen Schmerz hatte ich überwunden, aber ich würde nie wieder ein vollkommen selbstständiges Individuum sein. Todd würde wie meine DNA immer ein Teil von mir bleiben.

Nichtsdestotrotz war ich mir ständig bewusst, dass Guidry hinter mir herfuhr, und ich war mir sicher, dass seine Gefühle für mich ebenso gespalten waren wie meine für ihn. Er war mit einer Frau verheiratet gewesen, die ihn betrogen hatte, und vielleicht fiel es ihm schwer, wieder jemandem zu vertrauen. Darüber hinaus führte er als ungebundener Mann ein bequemes Leben, das er vielleicht nicht aufgeben wollte.

Bei Hetty angekommen, bog ich in die Zufahrt ein und stellte den Motor ab. Ehe ich ausstieg, nahm ich mir strikt vor, mir ab sofort jegliche Gedanken über Guidry aus dem Kopf zu schlagen. Wir waren hier, um Hetty zu schützen und um Informationen über Jaz zu sammeln, also Schluss mit diesen Träumereien über eine Pseudoromanze, die nicht mehr Substanz hatte als ein Mondstrahl. Derart fest entschlossen, stieg ich aus dem Bronco, um mich Guidry anzuschließen.

9

Die Mappe mit den Fahndungsfotos in der Hand, betrachtete Guidry Hettys Haus mit skeptischem Blick, als könne er sich nicht entscheiden, ob der Anblick, der sich seinen Augen bot, rein nostalgisch oder vielleicht doch augenzwinkernd ironisch gemeint war. Als ich die Klingel an der magentafarbenen Tür betätigte, hob Guidry den Blick dorthin, wo die zartrosa Wände des geschützten Vorbaus auf das dunkel getönte Orange der Decke stießen. Die Kugellampe über unseren Köpfen war so grellweiß wie die viktorianische Bank neben der Tür. Auf ihr stand ein goldgelber Korb, aus dem rot blühende Balsaminen quollen. An ihrer Kleidung bevorzugt Hetty kühle, neutrale Töne, aber als die ungewöhnlich tapfere und zupackende Frau, die sie nun mal ist, schwelgt sie in ihrer Umgebung gerne in leuchtenden Farben.

Ich hörte leichte Schritte, danach dauerte es ein paar Sekunden, ehe Hetty die Tür öffnete, und ich wusste, dass sie in der Zwischenzeit durch das Guckloch geschaut hatte. Ich war froh, dass sie Vorsichtsmaßnahmen traf, denn nach meiner Erfahrung bei Reba zu Hause hielt ich es für klug, extravorsichtig zu sein. Sie machte die Tür auf, mit Ben dicht an ihrer Seite, der prompt versuchte zu entwischen, woraufhin sie niederkniete, um ihn festzuhalten.

Ich sagte: »Hetty, ist Jaz bei dir?«

Mit beiden Händen Ben umklammernd, sah sie Guidry misstrauisch an. »Warum?«

Guidry zog seine Brieftasche heraus, um sich auszuweisen. »Lieutenant Guidry, Ma'am, Sheriff's Department von Sarasota County. Wir ermitteln in einem Mordfall, und es gibt möglicherweise eine Verbindung zwischen den Verdächtigen und einem Mädchen, das sich Jaz nennt. Dixie meinte, sie würde für Sie arbeiten. Sollte sie hier sein, würde ich ihr gern ein paar Fragen stellen.«

»Ein Mordfall? Sie glauben, Jaz hätte was mit einem Mord zu tun?«, fragte Hetty.

»Ich glaube, sie kennt möglicherweise Leute, die mit einem Mord zu tun haben könnten. Sie selbst steckt nicht in Schwierigkeiten.«

Am liebsten hätte ich losgebrüllt: »Glaub ihm kein Wort! Er ist Mordermittler! Ihm ist jede Ausrede recht. Wenn Jaz zu einer Bande gehört, die einen Mann ausgeraubt und ermordet hat, dann steckt sie sehr wohl in großen Schwierigkeiten.«

Andererseits wollte ich nicht, dass Hetty in etwas Schlimmes hineingezogen wurde – immerhin gehörte dieses Mädchen vielleicht einer Verbrecherbande an –, und daher hielt ich den Mund.

Guidry sagte: »Ist das Mädchen bei Ihnen, Miss Soames?«

Ihre Augen blitzten mich kurz an, denn offensichtlich konnte er ihren Namen nur von mir bekommen haben. Ihr gesunder Menschenverstand ließ sie dennoch einlenken, und mit einem Seufzer erhob sie sich halb und winkte uns, die andere Hand an Bens Halsband, herein.

»In der Küche gibt's Kaffee.« Sie ging uns voran durch ihr toffeefarbenes Wohnzimmer, dann durch das Esszimmer mit seinen in hellem Lavendel gehaltenen Wänden, den kreideweißen Dekorationen, dem tief hängenden Leuchter für echte Kerzen und dem Nachhall von Lachen und geistreichen Gesprächen.

Immer wenn ich durch diesen Raum ging, schwor ich mir, sollte ich jemals umziehen, dann hätte ich gerne ein Esszimmer genau wie dieses. Nicht dass ich konkrete Pläne hätte. Ich fühlte mich sehr wohl in meiner spartanischen Wohnung. Aber man weiß ja nie. Meine Bude könnte ja aus

83

irgendeinem Grund mal zu klein werden. Nicht, dass ich damit rechnen würde, aber trotzdem.

Hettys großzügige Küche zeugte ebenfalls von ihrem unverkrampften Umgang mit Farbe. Kirschrote Wände, gelbe Schränke und weiße Arbeitsflächen. Schwarze Holzlehnstühle vor einem violett lackierten, runden Tisch. Ein Kleinkind mit genügend Buntstiften zur Hand hätte diese Farben vielleicht verwendet, aber wohl nicht mit demselben raffinierten Effekt.

Winston saß auf einem der schwarzen Stühle, auf einem anderen saß Jaz, vor sich einen leeren Teller und ein Glas Milch. Auf dem Teller befanden sich Reste von Rührei.

Als sie mich sah, schien sie zu erstarren. Als sie Guidry sah, erhob sie sich halb, hin und her gerissen zwischen Weglaufen und Bleiben.

Hetty sagte: »Jaz, erinnerst du dich noch an Dixie? Von Dr. Layton? Sie ist eine Freundin von mir und liebt Tiere auch über alles. Sie ist sogar Tiersitterin.« Hettys Stimme klang ungewohnt hoch.

Jaz' Blicke wanderten zu Guidry, und in ihren Augen verstärkte sich das Misstrauen. Selbst in verknautschtem Leinen und mit Sandalen an den nackten Füßen hatte Guidry nun mal die Ausstrahlung eines Cops.

»Jaz, ich bin Lieutenant Guidry. Ich würde dir gerne ein paar Fragen stellen.«

Jaz blitzte Hetty erbost an.

»Keine Sorge, Jaz. Er braucht nur ein paar Informationen.«

Guidry öffnete die Mappe und legte die Fahndungsfotos auf den violetten Tisch. Winston beäugte sie von seinem Platz aus.

»Kennst du einen von diesen Männern?«

Ein Blick genügte, und sie wurde kreidebleich und stieß auch noch mit einer ruckartigen Bewegung ihrer Hand ihr Glas um. Ich hielt es fest, ehe es vom Tisch rollte. Hetty holte schnell etwas Küchenkrepp, und Ben kam angespurtet, um die zu Boden tropfende Milch aufzulecken. Winston sprang empört von seinem Stuhl und düste aus dem Raum.

Betroffen sagte Jaz: »Tut mir leid!«

»Kein Problem, es ist nur verschüttete Milch«, erwiderte Hetty.

Die Selbstverständlichkeit, mit der diese Entschuldigung kam, schien mir so normal, dass ich überrascht war. Das kleine Malheur schien ihr wirklich leidzutun, wie sollte sie da mit Bandenmitgliedern befreundet sein? Ich selbst hätte in ihrem Alter nicht anders reagiert.

In Sekundenschnelle erstarrte ihr Gesicht zu einer undurchdringlichen Maske.

Nachdem alles in Ordnung gebracht war und auch Ben wieder artig neben Hettys Füßen saß, sagte Guidry: »Du weißt, wer sie sind.«

Das war gar keine Frage, trotzdem schüttelte Jaz den Kopf.

»Ich kenne keinen davon. Wer soll das sein?« Sie gab sich so viel Mühe, ahnungslos zu klingen, dass sogar ihre Augenlider flatterten.

»Vorletzte Nacht wurde ein Mann bei einem Raubüberfall ermordet, und diese jungen Männer werden dringend der Tat verdächtigt.«

Sie zuckte mit den Schultern und präsentierte die gelangweilte Miene Jugendlicher, denen die Dummheit der Erwachsenen auf den Senkel geht. »Und warum erzählen Sie das mir?«

Guidry fasste sie eindringlich ins Auge und sprach dann sehr ruhig weiter.

»Sie haben nach dir gesucht, und dabei fiel auch dein Name.«

Ich habe junge Katzen gesehen, die plötzlich Luft holen, wenn etwas sie erschreckt. Ein schneller Atemzug, dann machen sie kehrt und rennen davon. Jaz schnappte auf dieselbe Weise unbeabsichtigt nach Luft, und ihre Augen weiteten sich und flackerten. Schon beim ersten Anblick der

Bilder war sie geschockt und verängstigt gewesen. Zu hören, dass sie nach ihr gefragt hatten, jagte ihr noch mehr Angst ein.

»Ich weiß nichts von einem Raubüberfall, okay? Und ich habe auch nichts mit irgendeinem Mord zu tun! Also lassen Sie mich in Ruhe! Hören Sie auf damit!«

Weinend drehte sie sich um und wollte weglaufen, aber Hetty nahm sie schützend in die Arme und hielt sie fest.

Über ihren Kopf hinweg sagte Hetty: »Lieutenant, ich glaube nicht, dass Jaz Ihnen etwas zu sagen hat.«

»Der Mann, der gestern bei dir war, behauptete, er sei dein Stiefvater. Ist er das?«, fragte Guidry.

Mit dem Gesicht an Hetty geschmiegt nickte sie. »Mmhm.«

»Würdest du mir vielleicht sagen, wie er heißt und wo ihr beide wohnt?«

Jaz drehte den Kopf und sah ihn finster an. »Kümmern Sie sich doch um Ihren eigenen Kram!«

Guidry grinste leicht und sagte: »Tatsächlich ist dies mein Kram. Ich brauche lediglich einen Namen und eine Adresse.«

»Wir wohnen nicht hier.«

»Okay, wo wohnt ihr dann?«

»Das ist geheim, verstanden? Ich krieg Ärger, wenn ich was verrate.«

Schweigen machte sich in der Küche breit angesichts der Implikationen, die in ihren Äußerungen mitschwangen. In dem Moment lockerte Hetty ihren Griff, Jaz riss sich los und rannte aus der Küche. Die Hintertür wurde aufgerissen und schlug laut gegen die Wand, dann hörten wir Geräusche von Flipflops auf dem gepflasterten Weg, der um das Haus herumführte.

Hetty stemmte die Hände in die Hüften und blitzte Guidry an. »Dieses Mädchen braucht Hilfe und keine Einschüchterungen!«

Ben reagierte auf Hettys wütende Stimme mit einem

nervösen Fiepen, worauf Hetty ihn sofort beruhigend streichelte.

Guidry seufzte und nahm die Fahndungsfotos vom Tisch. Während er sie in die Mappe steckte, ließ er ein paar Sekunden verstreichen, ehe er loslegte.

»Miss Soames, hier in Sarasota wurde ein Mann in seinem Haus von ein paar Halbstarken ausgeraubt und ermordet. Wir vermuten, dieselben Kerle sind gestern in ein weiteres Haus eingebrochen, in dem sich Dixie aufhielt. Das war hier in Ihrer Gegend. Sie waren auf der Suche nach einem Mädchen namens Jaz. Nicht jedes Mädchen heißt so, weshalb man annehmen kann, dass sie sie kennt. Wir haben die Kerle als Mitglieder einer organisierten Bande identifiziert, die in L.A. des Mordes beschuldigt werden. Wir müssen sie schnappen, und das geht nur über Jaz. Da sie noch minderjährig ist, müssen wir ihren Stiefvater vernehmen.«

Wieder gefasst, sagte Hetty: »Ich halte Jaz für kein schlechtes Mädchen, Lieutenant.«

»Auch gute Mädchen können in schlechte Gesellschaft geraten, Miss Soames.«

Hetty schien den Tränen nahe, woraufhin Ben mitfühlend fiepte.

»Als Sie mit Jaz diesen Job vereinbarten, haben Sie da die Erlaubnis des Stiefvaters eingeholt?«

Hettys Gesicht errötete, und sie wich seinen Blicken aus.

»Dazu war keine Zeit. Ich habe ihr lediglich meinen Namen, die Adresse und die Telefonnummer notiert, und im nächsten Moment zerrte er sie hinaus, ohne ein Wort zu mir zu sagen.«

»Er weiß also vielleicht gar nicht, dass sie darauf eingegangen ist?«, sagte Guidry.

Er drückte sich vorsichtig aus, wollte aber in Wirklichkeit wissen, ob Hetty annahm, Jaz wäre heimlich zu ihr gekommen.

Leicht schroff erwiderte Hetty: »Ich ermutige keine

87

Kinder zum Ungehorsam, Lieutenant. Aber Jaz scheint überhaupt keine Eltern zu haben, jedenfalls keine, die sich um sie kümmern. Ihr Stiefvater ist allem Anschein nach ein hartherziger, gewissenloser Kerl, und eine Mutter gibt es offenbar nicht.«

»Warum meinen Sie, es gäbe keine Mutter?«

Hetty zeigte mit der Hand zum Tisch. »Als sie hier ankam, gab ich ihr Kekse, die sie so schnell verschlungen hat, dass ich sie fragte, ob sie überhaupt gefrühstückt habe. Worauf sie antwortete, seit gestern Mittag habe sie keinen Bissen mehr gegessen, also hab ich ihr ein paar Rühreier gemacht, die sie dann genauso schnell verputzt hat.«

Hetty ging offenbar selbstverständlich davon aus, dass eine Mutter, wenn es denn eine gäbe, ihr zu essen geben würde. Sicher wäre sie schockiert, wenn sie wüsste, dass meine Mutter oft viel zu betrunken gewesen war, um mir und Michael etwas zu essen zu geben.

Guidry fragt: »Gibt es Zeichen von Gewalteinwirkung?«

»Nicht körperlich, aber seelische Gewalt ist genauso schlimm. Ihr Stiefvater scheint ein richtiger Tyrann zu sein.«

Nur falls Guidry es vergessen haben könnte, sagte ich: »Und er trägt ein Schulterhalfter. Fast hätte er zur Waffe gegriffen, als Big Bubba bei der Tierärztin loskreischte.«

»Und trotzdem brachte er ein verletztes Kaninchen zum Arzt.«

Hetty und ich sahen einander mit demselben »Oh, das hab ich ja ganz vergessen!«-Ausdruck an. Irgendwie, da Guidry uns nun daran erinnert hatte, schien dies doch nicht ins Bild zu passen.

Guidry klopfte mit der Mappe auf den Tisch. »Sie hat nicht gesagt, wo sie wohnt?«

»Nein, aber ich glaube, sie kam zu Fuß hierher, also kann es nicht weit von hier sein.«

»Falls sie wiederkommt, würden Sie mich anrufen?«

Hetty sah ihm unerschrocken ins Gesicht. »Nein, würd'

ich nicht. Aber ich werde mein Bestes tun, herauszufinden, wo sie wohnt und wie ihr Stiefvater heißt.«

Guidry kaute kurz auf der Innenseite seiner Wange, dann nickte er. »Sie kriegen vielleicht mehr aus ihr raus als ich. Aber kommen Sie bloß nicht auf die Idee, Sie könnten sie retten, indem Sie was zurückhalten. Und falls die Kleine in die Aktivitäten dieser Bande verstrickt sein sollte, behindern Sie eine laufende Ermittlung, wenn Sie sie decken. Sollte sie nichts damit zu tun haben, können Sie ihr helfen, soviel Sie wollen, aber mit ihrem Stiefvater muss ich mich trotzdem unterhalten.«

Er nickte mir knapp zu, dann reichte er Hetty die Hand. »Ich bedanke mich für Ihre Hilfe, Ma'am.«

Hetty ließ ihre Hand einen Moment lang in seiner ruhen, erwiderte aber den Druck eindeutig nicht.

Guidry sagte: »Ich find alleine raus.«

Hetty und ich hörten die Haustür einrasten, dann setzten wir uns beide an den Tisch.

»Ich glaube es einfach nicht, dass dieses Mädchen einer Bande angehört«, meinte Hetty kopfschüttelnd.

Ich musste an die nackte Angst im Gesicht des Mädchens denken, als sie gehört hatte, dass die Jungs nach ihr suchten. Sie war kein Mitglied ihrer Bande, aber sie wusste, wer sie waren, und sie hatte Angst vor ihnen. Auch das Tattoo an ihrem Fußgelenk fiel mir wieder ein. Könnte es das Zeichen einer rivalisierenden Bande sein? Aber wenn dem so war, dann musste Jaz auch aus L.A. kommen. Und wenn ja, was machte sie dann hier? Und warum trug ihr Stiefvater eine Waffe?

»Sie ist so ein armes, dünnes Ding.«

»Ich weiß, aber bring dich nicht in Gefahr. Tu, was du kannst, um ihr zu helfen, aber setz deine eigene Sicherheit nicht aufs Spiel.«

Wie kann man nur so heuchlerisch sein, dachte ich, noch während ich dies sagte. Um Mitternacht würde ich mit

Maureen einen schmalen, dunklen Pfad entlang zu ihrem Pavillon am Strand laufen. Eine von uns beiden würde eine Reisetasche mitschleppen, vollgestopft mit einer Million Dollar, und irgendwo in der Dunkelheit würden uns Kidnapper von einem Schnellboot aus belauern.

In meinem Kopf läutete eine Glocke, wie man sie bei Boxkämpfen hört, wenn einer der Kontrahenten flach liegt und der Ringrichter zu zählen beginnt. Die Entführer hatten doch gedroht, Maureens Mann zu ermorden, sollte sie jemandem von der Entführung erzählen. Würden sie nun zwei Frauen mit einer Reisetasche sehen, wäre ihnen sofort klar, dass Maureen nicht dichtgehalten hatte. Nun war ja Maureen nicht gerade die Klügste, aber trotzdem schlau genug, um sich diese Finte auszudenken. Sie hatte nämlich gar nicht vor, zusammen mit mir den Pfad hinunterzulaufen, nein, sie beabsichtigte, mich alleine loszuschicken.

Als ich Hetty verließ, wäre ich draußen beinahe gestolpert. Übertriebene Hilfsbereitschaft ist oft ein Zeichen purer Dummheit, und ich dachte, das traf absolut auf mich zu. Wie ferngesteuert stieg ich in den Bronco und fuhr in Richtung Village Diner. Ich war hungrig wie ein Wolf und hätte alles Essbare in erreichbarer Nähe so gierig verschlingen können, wie Jaz Hettys Frühstück verschlungen hatte. Mädchen mit Rabenmüttern lassen sich immer gern fremdbekochen.

10

Im Diner war die Hitze das Gesprächsthema Nummer eins. Gegenüber von mir meinten drei Männer, die gerade Geld für ihre Rechnung bereitlegten, sie könnten sich an keinen so heißen Sommer erinnern. Einer von ihnen ging die Sache wissenschaftlich an.

»Wenn es früher hieß, wir haben zweiunddreißig Grad, dann waren es auch zweiunddreißig Grad. Heute aber sind zweiunddreißig Grad in Wirklichkeit fast vierzig.«

Einer seiner Kumpel sagte: »Stimmt genau. Der Golf ist jetzt viel wärmer. Hat was mit Sandstürmen in Afrika zu tun. Mit den Wüsten. Vielleicht mit der Sahara.«

Als sie aus ihrer Nische herausrückten, sagte der Dritte: »Nein, dieser verdammte Al Gore ist schuld.«

Eine Mitarbeiterin räumte ihren Tisch ab, damit ein Mann und eine Frau Platz nehmen konnten. Judy kam mit ihrer Kaffeekanne angezockelt und nahm ihre Bestellung auf. Der Mann fragte nach Key Lime Pie, unserem National-dessert.

»Enthält der Limettenkuchen Milch?«, wollte die Frau wissen. »Ich habe Laktoseintoleranz.«

Judy sagte: »Wir verwenden Kondensmilch.«

Die Frau machte ein enttäuschtes Gesicht, als ob das mit der Milch Judys Fehler wäre. »Mir war in meinem Leben noch nie so heiß, und ich hab mich so auf ein erfrischendes Stück Key Lime Pie gefreut.«

»Wir hätten auch schönen Apfelkuchen.«

»Aber zu Apfelkuchen gehört Vanilleeis, und ich hab doch Laktoseintoleranz. Ich vertrag auch keinen normalen Kaffee, nur entkoffeinierten.«

»Nehmen Sie Sahne?«

»Ja bitte.«

Judy drehte sich um, um mir Kaffee nachzuschenken, während sie mir zuflüsterte: »Von wegen Hitze, die Dummheit macht's.«

Ich beeilte mich mit meinen Eiern und den Bratkartoffeln; wenn ich mir noch mehr dummes Zeug anhören musste, würde ich mir vielleicht alles auf einmal in den Mund stopfen und daran ersticken.

Auf dem Nachhauseweg hielt ich an einer roten Ampel an und beobachtete einen mageren Mann, der, so dachte ich, vielleicht Paco in einer seiner Verkleidungen sein könnte. Er schob ein altes ramponiertes Fahrrad über die Straße, trug ausgeblichene Jeans und ein schlabberiges, bis oben zugeknöpftes, grünes Karohemd; die langen, graumelierten, staubigen Haare bändigte ein schmutziges Stirnband. Er spürte meinen Blick, drehte sich um und sah mich mit leeren Augen an. Es war nicht Paco, sondern nur ein heruntergekommener Althippie, der sein Fahrrad über die Straße schob.

Zu Hause war der Platz von Pacos Harley noch immer leer, Michael hielt sich auf der Veranda auf; er war mit dem Rücken zu mir über den Tisch gebeugt. Ella saß angebunden auf einem Stuhl und sah zu. Ihre Haltung erweckte den Eindruck, als hätte sie vor, im nächsten Moment herunterzuspringen und loszurennen.

Ich ging rüber, um zu sehen, was Michael da machte. Auf dem Tisch kauerte eine Möwe, die sich in einem Stück Seetang verheddert hatte, und Michael entwirrte das Ganze. Als wüsste sie, dass sie Michael vertrauen könnte, hielt sie so lange still, bis ihre Beine befreit waren. Dann hob sie wild flatternd vom Tisch ab und flog in Richtung Meer.

Ich sagte: »Was bist du denn jetzt? Möwenflüsterer?«

Er grinste. »Ich hab halt das gewisse Händchen, Schwesterherz.«

Sein Lächeln reichte nicht bis zu den Augen, und es löste auch nicht die Anspannung um seinen Mund. Paco war bereits vor Mitternacht weggefahren und immer noch nicht zu Hause. Uns beiden war vollkommen klar, auch wenn wir nicht darüber sprachen, dass Pacos Job als Undercoveragent verdammt gefährlich war.

»Du bist unter den Seevögeln wahrscheinlich längst bekannt wie ein bunter Hund, vor allem als der Typ, der ihnen immer die feinen Fischköpfe zum Fraß vorwirft.«

Er zuckte mit den Schultern. »Wer ist nicht gerne berühmt?«

Ich zuckte zusammen, war ich doch vor allem dadurch berühmt geworden, dass ich vor laufender Kamera ausgerastet war und einen Menschen erschossen hatte.

Eigentlich unbeabsichtigt sagte ich: »Michael, glaubst du, Mom trinkt noch immer?«

Seine Stimme klang schroff und verbittert. »Wie kommst du jetzt darauf?«

Offensichtlich hatte ich einen wunden Punkt berührt, denn Michael war es gewesen, der zu schnell erwachsen werden musste, damit unsere Mutter ein Kind bleiben konnte. Wenn ich ihm erzählt hätte, dass ich aufgrund von Jaz' Hunger daran denken musste, wie er schon früh die Rolle des Beschützers für mich übernommen hatte, weil auf unsere Mutter kein Verlass gewesen war, hätte ich ihm von den jungen Ganoven erzählen müssen, die mich bei Big Bubba überrascht hatten. Er machte sich aber schon genug Sorgen wegen Paco, und ich wollte nicht noch eins draufsetzen. Deshalb schlug ich eine andere Richtung ein.

»Erinnerst du dich noch an Maureen Rhinegold? Meine beste Freundin auf der Highschool?«

»Groß, toller Körper, viele Locken, Riesenmöpse?«

»Ja, genau die. Sie war letzte Nacht bei mir zu Besuch. Und wegen ihr musste ich wohl an Mom denken. Maureens Dad war auch Alkoholiker.«

Michael betrachtete mich einen Moment lang eindringlich. »Ich hab gehört, dass sie da war.«

Ich schaute aufs Meer hinaus, wo die gerettete Möwe unter den anderen nun nicht mehr zu erkennen war. »Vermutlich hast du sie rufen gehört.«

Er nickte. »Ich bin wach geworden und rausgelaufen, um nachzusehen, was los ist, aber du hast sie reingelassen, also dachte ich, alles wäre okay.«

Höchstwahrscheinlich war Michael ohnehin längst wach gewesen und hatte sich den Kopf darüber zerbrochen, an welchen Auftrag Paco wohl geraten war.

Ich sagte: »Sie war sehr aufgeregt und musste mit jemandem sprechen.«

Er behielt sein Pokergesicht bei, was mir sagte, dass er wusste, dass es etwas gab, was ich ihm verheimlichte.

»Ich wusste gar nicht, dass ihr beide euch immer noch seht.«

Ich rückte nervös hin und her. »Tun wir nicht, aber wir waren mal sehr eng. Manche Freundschaften halten einfach, egal,   was passiert.«

Er wirkte nicht sonderlich beeindruckt, eigentlich eher verärgert.

»Ich erinnere mich genauer an Maureen Rhinegold, als du vielleicht denkst. War nicht sie es, die ihre sämtlichen Semesterarbeiten von dir schreiben ließ und dir Gras zum Rauchen gegeben hat? Und hat nicht sie Harry Henry für einen alten Geldsack sitzen lassen? Ich hab nie kapiert, wie du dich mit ihr einlassen konntest.«

Ich lächelte und klopfte ihm auf die breite Schulter. Großer Gott, er dachte immer noch, Maureen hätte das Gras besorgt, das wir rauchten, als er uns dabei erwischt hatte. Dass ich Maureens Arbeiten geschrieben hatte, stimmte durchaus, aber sie hatte auch mir geholfen. Einmal hatte sie mit mir stundenlang ein Schaubild für den Geschichtsunterricht gebastelt. Sogar den von ihr so geliebten purpurroten

Nagellack hatte sie dafür verwendet, um das Dach eines kleinen Häuschens anzumalen.

Ich sagte: »Wenn man bedenkt, was aus Harry Henry geworden ist, war es vielleicht klüger, ihm den Laufpass zu geben.«

Prompt überfielen mich Schuldgefühle, denn eigentlich mochte ich Harry sehr gern. Und es war ja auch nichts Schlimmes aus ihm geworden, nur ein genialer Strandpenner.

Michael sagte: »Sie ist immer noch ein schlechter Umgang, Dixie.«

Fast hätte ich losgeprustet. Er klang so wie damals, als er siebzehn war und ich fünfzehn, und er mir gesagt hatte, er würde mir dermaßen gepflegt in den Arsch treten, sollte ich es jemals wagen, noch einmal Gras zu rauchen.

»Michael, ich bin jetzt ein großes Mädchen, und mich beeinflusst niemand. Ich kann für mich alleine denken.«

Junge, was für ein verdammter Mist! Ich hatte geradezu das Echo meiner eigenen Stimme in den Ohren, wie ich Maureen versprochen hatte, ich würde sie begleiten, um das Lösegeld für Victor zu hinterlegen.

Michael ging zum Stuhl und hob Ella hoch. Er hatte wohl beschlossen, nicht weiter nachzubohren, was mir aber letztlich doch ein gewisses Unbehagen bereitete. Vielleicht hätte ich ihn ja, wenn er nachgebohrt hätte, als Ausrede verwenden können, um Maureen zu sagen, dass ich mich anders entschlossen hatte.

Er sagte: »Willst du einen Brownie? Ich hab grad welche gebacken.«

»Nein danke, ich hab eben erst gefrühstückt. Außerdem habe ich letzte Nacht nicht viel geschlafen und will gleich ins Bett.«

Mit Ellas Leine über seiner Schulter winkte er mir halbherzig zu und ging ins Haus. Ich steuerte auf meine Treppe zu und freute mich auf ein Nickerchen. Vielleicht wäre ja diese Ungewissheit dann aus der Welt.

Aus irgendeinem Grund kam mir meine Wohnung ungewöhnlich still vor, als würde sie ängstlich den Atem anhalten. Nachdem ich die Klimaanlage in meinem Schlafzimmer angemacht hatte, wollte ich eigentlich ins Bad, blieb aber im Flur vor meinem Wäscheschrank stehen und öffnete die Tür. Mein Wäscheschrank ist aufgeräumt und übersichtlich; es lagen ein paar feinsäuberlich aufgestapelte Leintücher und Decken sowie einige Extrahandtücher für Gäste, falls ich je welche haben sollte, darin. Auf dem oberen Brett lag ein Kissenbezug mit dem roten, wuscheligen Elmo darin, den Christy so sehr liebte, und eine elegante runde Hutschachtel, die einmal meiner Großmutter gehört hatte.

Fast verstohlen nahm ich die Hutschachtel herunter und trug sie zu meinem Bett. Kaum hatte ich sie geöffnet, war ich wieder neun Jahre alt und beobachtete heimlich meine Mutter an dem Tag, bevor sie uns verließ. Mucksmäuschenstill stand ich vor ihrer angelehnten Tür, während sie vorsichtig den Inhalt der Hutschachtel herausnahm. Sie reihte alles genau nebeneinander an der Bettkante auf. Sie schien bedacht darauf, exakt einen gewissen Abstand zur Bettkante zu wahren, wobei sie den einen oder anderen Gegenstand neu ausrichtete, ihn etwas nach oben oder unten rückte, bis sie alle so angeordnet hatte, wie sie es wollte. Dann schaute sie die Sachen eine lange Zeit reglos an, um dann schließlich jeden einzelnen Gegenstand wie die Wange eines geliebten Menschen zu streicheln. Auf meinem Beobachtungsposten hielt ich den Atem an. Ich rührte mich keinen Zentimeter. Wenn ich mich bewegt hätte, hätte sie vielleicht einen ihrer unerklärlichen Wutanfälle bekommen. Ich wusste nicht, um welche Gegenstände es sich handelte, aber mir war klar, dass sie ihr mehr bedeuteten als ich. Nach einigen Minuten sammelte sie die Gegenstände ein und legte sie in die Schachtel zurück. Als sie vom Bett aufstand, um die Schachtel auf das obere Brett im Schrank zurückzustellen, schlich ich mich davon.

96

Tags darauf verließ uns meine Mutter für immer – brannte mit einem wildfremden Mann durch, von dem mein Bruder und ich nie gehört hatten. Nachdem klar war, dass sie nie mehr zurückkommen würde, stellte ich mich auf einen Stuhl und holte die Schachtel aus ihrem Versteck hervor. Ich wusste nicht, was mich erwartete, aber mit dem, was ich fand, hätte ich nie gerechnet.

Ticketabschnitte für ein Grateful-Dead-Konzert in Tampa, auf dem sie mal mit meinem Dad gewesen war, die Armbändchen, die Michael und ich als Babys nach der Geburt in der Klinik getragen hatten, Michaels erster verlorener Milchzahn, befestigt mit Tesa auf einer Karte mit dem genauen Tag und der Uhrzeit, als es passiert war, sowie ein Abdruck meiner Hand, den ich im Kindergarten für sie gemacht hatte. Auch ein Foto von ihr und meinem Dad gab es, als sie noch auf der Highschool und gerade frisch verliebt waren.

Ich bin mir nicht sicher, warum ich mich von dieser Schachtel nie getrennt habe, aber von Zeit zu Zeit vollziehe ich dasselbe Ritual, wie ich es bei meiner Mutter beobachtet habe – ich lege die Sachen heraus und streichle sie. Diese Schachtel ist das einzige Erbstück von meiner Mutter, und sie verbindet uns auf eine starke, rational nicht fassbare Art und Weise.

Nachdem ich die Schachtel wieder an ihren Platz neben Christys Elmo gestellt hatte, zog ich mich aus und warf meine Sachen in die Waschmaschine, dann tapste ich nackt ins Bad und stellte die Dusche an.

Während das heiße Wasser an mir herunterrieselte, dachte ich darüber nach, wie Maureen mich angesehen hatte, als sie mich bat, ihr zu helfen. Ihre großen, flehenden Augen. Ihre zerzausten Haare samt dieser baumelnden Spange mit der roten Plastikblume.

Ich stellte mir vor, wie ich Maureen anrief, stellte mir vor, wie ich sagte: »Du wirst die Sache ohne mich machen müssen.« Dann stellte ich mir vor, wie sie sagte: »Wenn es *dein* Mann wäre, ich würde dir helfen.«

Beim Zähneputzen stellte ich mir vor, wie ich sie anrief und fragte: »Gilt es noch? Heute Nacht?« Ich stellte mir vor, wie sie sagte: »Hat sich erledigt! Victor ist hier bei mir! Die Entführer brachten ihn nach Hause, und wir haben ihnen die Million einfach ausgehändigt.«

Genau, richtig. Lieferung per Nachnahme durch die Entführer. So stellt man sich das vor.

Ich schlüpfte in einen Bademantel und fiel mit einer dunklen Wolke über mir ins Bett. Von irgendwoher in meinem Kopf sang eine Stimme:

The one with the scarlet flowers in her hair
She's got the police comin' after me.

11

Nach einem ausgiebigen Nickerchen zog ich mich an und rückte das Bett von der Wand weg, um an die in der Rückseite integrierte Schublade heranzukommen – in der meine Waffen in ihren gepolsterten Spezialfächern schlummern. Jede Strafverfolgungsbehörde im Land rüstet ihre Beamten mit bestimmten Standardwaffen aus, wobei diese je nach Bezirk oder Stadt variieren. Die Polizei von Sarasota arbeitet mit Neun-Millimeter-Glock-Pistolen, während das Sheriff's Department von Sarasota Waffen des Typs SIG Sauer bevorzugt. Unabhängig von der Dienstwaffe qualifiziert sich praktisch jeder Deputy auf dem Schießplatz seines Departments für mehrere private Waffen. Eine Waffe zu führen, für die man nicht qualifiziert ist, bringt Ärger, weshalb vereidigte Deputies sich meistens für mehrere Modelle qualifizieren, auch wenn sie in der Regel eines davon bevorzugen.

Nach Todds Tod und meiner Beurlaubung auf unbestimmte Zeit gab ich unsere SIG-Sauer-Pistolen an das Department zurück, behielt aber unsere Privatwaffen. Ich hatte eine Qualifikation für alle, und mit meiner Konzession zum verdeckten Tragen einer Waffe durfte ich jede mit mir führen.

Manche Staaten sind, was Waffen betrifft, eher pingelig, unser schönes Florida jedoch vertritt den Standpunkt, dass die Leute doch einen Ausgleich für was auch immer bräuchten, und seien es nur ihre irrationalen Ängste. Deshalb darf jeder in diesem Staat, der mutig genug ist, Hurrikanen, Giftschlangen, geldgierigen Investoren oder exzentrischen Wahlleitern die Stirn zu bieten, völlig legal eine Waffe tragen.

Tatsächlich sind Schusswaffen und ihr verantwortungsvoller Gebrauch schon immer ein Teil meines Lebens gewesen. Als meine Großeltern auf Siesta Key ankamen, gab es hier noch mehr Klapperschlangen als Einwohner und wilde Typen, die häufig schlimmer waren als Kopfgeldjäger. Den besten Schutz vor solchen Widersachern bot nun mal eine Knarre, und mein Großvater hätte sich an den Kopf gefasst, wenn ihm jemand sein Recht auf Waffenbesitz abgesprochen hätte. Ebenso lächerlich wären für ihn aber auch Zivilisten gewesen, die Maschinen- oder Sturmgewehre zu ihrem Schutz beanspruchen.

Als Michael und ich klein waren, zogen wir mit unserem Großvater oft gemeinsam aufs Land, um Blechdosen von Zaunpfählen herunterzuballern. Dabei schärfte er uns auch ein, wie gefährlich Schusswaffen seien, und dass man sie nie herumliegen lassen dürfe, schon gar nicht geladen. Auf dem Nachhauseweg brachte er uns dann immer mit einem alten Song von Jimmy Rogers zum Lachen, den Großmutter gar nicht hören konnte: »If you don't wanna smell my smoke, don't monkey with my gun.«

Michael ist als Schütze nie so gut gewesen wie ich, denn als der ungestüme, körperliche Typ, der er nun mal ist, kann er die fürs Schießen erforderliche Präzision nicht genießen. Gute Schützen sind – wie Uhrmacher oder Tresorknacker – wahre Präzisionsfanatiker. Später auf der Polizeiakademie war ich dank der Ausbildung durch meinen Großvater, dank Jimmy Rogers' sentimentalen Jodlern oder einfach meiner Gene wegen eine der besten Schützinnen, die sie je dort gehabt hatten. Im Gegensatz zu mir besitzt Michael keinerlei Waffen; bewaffnete Zivilisten sind für ihn lächerliche Clint-Eastwood-Doubles. Ganz unrecht hat er damit ja nicht, aber ich habe nun mal als Zivilistin die Erlaubnis, eine verdeckt getragene Waffe zu führen.

Meine Lieblingswaffe ist eine meiner früheren Privatwaffen, ein stumpfnasiger J-Rahmen-Revolver Kaliber .38

mit fünfschüssiger Trommel und freiliegendem Hahn. Trommel und Lauf sind aus Edelstahl, der Rahmen besteht aus einer Aluminiumlegierung. Mit seinen Griffschalen aus fein genopptem, schwarzem Gummi fasst er sich gut an und liegt ebenso gut in der Hand. Keine manuelle Sicherung, die mich aufhält, keine Magazine, die den Geist aufgeben. Mit nur dreihundertsechzig Gramm eine schnuckelige, simple und doch solide Waffe.

Ich bezweifle ja sehr, dass ich jemals wieder als Officer bei der Strafverfolgung arbeiten werde, und ich habe auch keine Angst vor Horden mordlüsterner Aliens – sei es aus dem Weltall oder sonst woher –, die es auf mich abgesehen haben könnten. Aber gute Schützen bleiben nun mal gern gute Schützen, und meine federleichte Achtunddreißiger hat einen fiesen Rückschlag, der mir alles vermasseln kann, wenn ich nicht genug übe. Darum statte ich jede Woche dem Schießstand für Handfeuerwaffen einen kleinen Besuch ab. Dort kennen mich alle, und der junge Mann, der mich diesmal an einen freien Stand führte, fing gar nicht erst an, mir die Regeln zu erklären, sondern brachte lediglich die Zielscheibe aus Pappe an und ließ mich alleine.

Ehrlicherweise muss ich gestehen, ich übe nicht allein deswegen, um eine gute Schützin zu bleiben. Auch das ganze Drumherum, Schutzbrille und Ohrenschützer anzulegen, einen breitbeinigen Stand einzunehmen und auf eine frische Scheibe mit dem schwarzen Punkt in der Mitte zu zielen, hat etwas, das mir ein Gefühl von beinharter Wonder-Woman-Power verleiht. Vielleicht wäre die Wirkung dieselbe, wenn ich mich einfach nur als Wonder Woman verkleiden würde, aber ich glaube es nicht.

Ich feuerte mehrere Schüsse ab, zuerst beidhändig, dann nur mit einer Hand, und als ich zufrieden feststellte, dass ich immer noch passabel schoss, packte ich alles zusammen und verließ den Schießstand mit dem guten Gefühl, ich wäre Wonder Woman, bis es mir wie Schuppen von den Augen fiel, dass ich mich soeben in der Kunst geübt hatte, einen anderen Menschen zu töten. Denn, seien wir doch mal ehrlich, dieser schwarze Punkt in der Mitte steht doch für ein menschliches Herz, und jeder Schütze weiß das.

Der mit Schießübungen verbundene Reiz ist vielleicht mit dem Gefühl von Leuten vergleichbar, die lukrative Aktienanteile an Krankenversicherern halten, die lebensrettende Medikamente oder Operationen routinemäßig verweigern. Besser, man denkt erst gar nicht darüber nach, dass Dinge, die für manche eine gewisse Befriedigung darstellen, für andere Menschen unter Umständen den Tod bedeuten.

Auf dem Nachhauseweg fielen mir zwei Männer auf, die ich wieder beinahe für Paco gehalten hätte – ein Mann mit langem Bart und Pferdeschwanz, der lässig an einem Zeitungsstand der Pelican Press lehnte, und ein Teenager mit lilafarbenem Irokesenkamm, in Baggy-Jeans und einem übergroßen Schlabberhemd –, was aber nicht besonders klug von mir war. Ich hätte wissen müssen, dass Pacos Verkleidungen nicht so leicht durchschaubar waren.

Zu Hause angekommen, verbrachte ich eine Stunde mit meinen Klientenkärtchen am Schreibtisch und ging dann nach unten zu Michael und Ella. Um ehrlich zu sein, lockte mich auch der Gedanke, dass Michael Brownies gebacken hatte. Die Welt kann sich noch so sehr verfinstern, Schokolade macht alles erträglicher.

Michael stand in der Küche vor mehreren dampfenden Töpfen, mit dem Ausdruck ernster Besorgnis im Gesicht. Ella thronte auf ihrem Barhocker und sah ihm zu; dabei leckte sie sich gelegentlich die Lippen.

Ich drückte Ella einen Kuss auf ihren pelzigen Kopf, goss mir ein Glas Milch ein und nahm mir einen Brownie. Damit setzte ich mich auf einen Hocker neben Ella und beobachtete Michael. Wie Ella leckte auch ich mir ab und zu über die Lippen, was aber in meinem Fall mehr der Schokolade und der Milch galt. Bei Ella steckte vermutlich das verdrängte Verlangen dahinter, Michael abzulecken. Sie wäre nicht das erste weibliche Wesen mit solchen Träumen.

Michael war ganz auf seine Töpfe und Pfannen konzentriert, rührte wie verrückt in einem Pott herum, packte den Griff einer qualmenden, gusseisernen Kasserolle und ruckelte sie vor und zurück, als versuchte er, Verstand in sie hineinzuschütten; dann äugte er in das Innere eines Suppentopfs, als würde sich ein versteckter Schatz darin verbergen. Fast glaubte ich, er hätte vergessen, dass Ella und ich noch hier herumsaßen.

Kleinlaut fragte ich: »Was brutzelst du denn Schönes?«

Sein Kopf schnellte herum: »Hm? Ah, nur ein paar Sachen für die Gefriertruhe. Maissuppe. Gebratene Poblanoschoten, ein paar Shrimps und Pilze zum Füllen der Schoten.«

»Boah«, sagte ich.

Ich sah zu Ella hinab, die leicht verwirrt zu mir heraufsah. Vielleicht meinte sie ja, die Verständigung von Mensch zu Mensch müsse normalerweise besser funktionieren als die zwischen Mensch und Katze. Dabei hatte sie keine Ahnung, wie zäh es unter Menschen oft läuft.

»Hast du was von Paco gehört?«

Seine Schultern gingen hoch, und er ließ den Rührlöffel im Suppentopf noch schneller rotieren. »Er ruft nie an, wenn er arbeitet.«

Ich hütete mich, nach den genaueren Umständen des Einsatzes zu fragen, aber mir war trotzdem klar, dass etwas daran ungewöhnlich sein musste, denn sonst wäre Michael nicht so verschlossen gewesen.

Ich sagte: »Paco ist ein Supercop. Er weiß, was er tut.«

»Ist mir schon klar.«

Ich stand auf, spülte mein Milchglas aus und stellte es in den Geschirrspüler, dann warf ich das Küchenkrepp, das ich als Serviette benutzt hatte, in den Eimer unter der Spüle. Es war Zeit, zu meiner Nachmittagsrunde aufzubrechen. Kurz vor Mitternacht würde Maureen zu mir kommen, um mich abzuholen. Dann würde eine von uns beiden das Lösegeld weiterschaffen, und ich wusste, wer das sein würde. Allein der Gedanke daran raubte mir den Verstand.

Michael lächelte mir gespielt zu, als ich wegging, und Ella versuchte sich an einem halbherzigen Schwanzwedeln, aber irgendwie machten wir uns doch alle was vor. Ich redete mir ein, Paco würde bis zum Abend zu Hause sein, die Geld-übergabe würde reibungslos über die Bühne gehen und Maureens Göttergatte wäre schon am nächsten Tag zurück im Schoße seiner Familie. Ich redete mir ein, Paco würde sich schon morgen früh von was auch immer ausruhen, ich würde losziehen, um mich um meine Tiere zu kümmern, und Michael würde einen Riesenpott Maissuppe zum Feuerwehr-haus transportieren.

Ich musste nur durchhalten, bis die Nacht dunkel genug war, um mein aberwitziges Vorhaben zu verbergen.

Tom Hale saß bei meiner Ankunft in seinem Rollstuhl im Wohnzimmer und las den Immobilienteil der *Herald Tribune*. Als ich hereinkam, hob er den Kopf und lächelte mir zur Begrüßung zu.

»Ein Freund hat gerade ein paar frisch gepflückte Mamey Sapotes dagelassen. Sie sind im Kühlschrank. Willst du eine probieren?«

Für eine hitzegeplagte Floridanerin ist die Aussicht auf eine saftige Mamey Sapote ebenso verlockend wie das Ver-sprechen warmer Decken und heißer Schokolade für jeman-den, den man gerade aus den eisigen Wassern der Bering-straße gefischt hat.

Ich warf Tom ein derart begieriges »Ja!« entgegen, dass Billy Elliot mir prompt einen beleidigten Blick zuwarf. Un-abhängig von der Anzahl unserer Beine denken wir doch alle zuerst immer an uns selbst, und Billy wollte partout nicht auf seinen Auslauf verzichten.

Tom rollte in die Küche und holte eine braune Papiertüte

aus dem Kühlschrank, während ich zwei Dessertlöffel und ein scharfes Messer besorgte.

Die Mamey Sapote ist eine Frucht von der Größe eines Softballs und mit zähledriger Haut. Das Fleisch ist tieforangefarben, der Geschmack eine Mischung aus Schokolade, Kürbis, Eiskrem und bis dato noch unentdeckter feiner Gewürze.

Tom teilte eine braune Kugel in zwei Hälften und gab mir eine davon. Ihre kalte Süße löffelten wir direkt aus der Schale.

Tom sagte: »Ich liebe dieses Zeug.«

»Todd und ich hatten einen Mamey-Sapote-Baum im Garten stehen.«

Kaum hatte ich das gesagt, bereute ich es. Bei der Erinnerung an diesen Baum musste ich daran denken, wie aufgeregt wir gewesen waren, als er zum ersten Mal Früchte trug. Eines Abends nahmen wir die Früchte mit ins Bett, um sie beim Fernsehen zu essen. Lange sahen wir nicht fern. Mit dem Saft der Mamey Sapote auf unseren Lippen fielen wir übereinander her wie Bären auf der Jagd nach Honig, und berauschten uns am Geruch und am Geschmack des anderen. In jener Nacht wurde Christy gezeugt, und Todd sagte immer, später einmal, wenn sie erwachsen wäre, würde er ihr erzählen, dass mich der Saft der Mamey Sapote so wild gemacht hatte, dass mir mein Diaphragma völlig schnuppe gewesen war. Nun wird sie diese Geschichte niemals zu hören bekommen, es sei denn, die beiden sind irgendwo im Himmel vereint.

Bewusst riss ich mich von der Erinnerung an jene Nacht los, damit mein Herz nicht in Toms Küche entzweiging.

Tom sagte: »Ich hab gerade gelesen, dass ein Penthouse auf Siesta Key für sieben Millionen Dollar weggegangen ist. Die ursprünglich geforderten acht Millionen waren wegen der angespannten wirtschaftlichen Lage nicht drin.«

»Ich zerfließe gleich vor Mitleid.«

Tom wiegte den Kopf hin und her. »Das ist alles relativ. Für einen Milliardär ist eine Million so viel wie ein Hunderter für uns Ottonormalverbraucher.«

Ich warf die Schale meiner Frucht in den Mülleimer in Toms Küche und spülte den Löffel ab. Als ich ihn in den Geschirrspüler steckte, sagte ich: »Ich kenne eine Frau, die hat eine Million in bar bei sich zu Hause im Safe.«

Die Brauen des Wirtschaftsprüfers zuckten hoch. »Legales Geld?«

»Ja. Ihr Mann ist Ölhändler, was auch immer das ist.«

Er grummelte vor sich hin, und ich ging Billy Elliots Leine holen. Der Arme hatte lange genug gewartet.

Billy und ich fegten über den ovalen Parkplatzparcours wie Todesfeen auf Urlaub. Nachdem Billy glücklich und zufrieden und ich schweißnass war, fuhren wir im kühlen Aufzug nach oben. Tom saß mit irgendwelchen Papieren beschäftigt am Küchentisch, und ehe ich Billys Leine in den Dielenschrank zurückhängte, ging ich zu ihm. Er blickte mich über seine Brille hinweg an und dachte wohl, ich hätte Lust auf eine zweite Mamey Sapote.

Ich schlug mit dem Ende von Billys Leine gegen meine Handfläche. »Tom, was genau macht eigentlich ein Ölhändler?«

Er rückte seine Brille zurecht. »Rohöl?«

»Ich denke, ja.«

»Dann handelt er mit Erdöl, tankerweise. Nehmen wir mal an, er vertritt einen Erdölproduzenten in Norwegen. Dieser teilt ihm mit, dass sie einen Tanker mit Öl befüllt haben, und er sucht einen Käufer dafür, vielleicht eine Raffinerie in Japan. Mit dieser handelt er einen Deal aus, worauf er den Tanker gen Japan schippern lässt. Unterwegs kann es aber vorkommen, dass eine Raffinerie in England das Öl haben will und bereit ist, mehr dafür zu zahlen. Also handelt er einen Deal mit Japan aus, um das Öl nach England weiterzuverkaufen, und beauftragt den Tanker, den Kurs zu

106

wechseln. Dieses Spielchen kann er endlos wiederholen, und jedes Mal, wenn das Öl seinen Besitzer wechselt, steckt er einen bestimmten Anteil des Verkaufspreises in die eigene Tasche, plus Gebühren sowohl vom Verkäufer als auch vom Käufer für die Abwicklung der ganzen Aktion. Erdölhändler suchen ständig nach Leuten, die willens sind, für eine bestimmte Ölmenge mehr zu zahlen oder es für weniger zu verkaufen. Ein lukratives Geschäft, aber nervenaufreibend.«

Überaus geistreich sagte ich: »Boah.«

Er klopfte mit den Fingern auf die Tischplatte. »Bargeld fließt bei solchen Geschäften keins. Der gesamte Zahlungsverkehr wird elektronisch abgewickelt.«

Als würde dies eine Rolle spielen, sagte ich: »Dieser Ölhändler, den ich kenne, kommt aus Südamerika.«

»Venezuela ist einer der größten Ölproduzenten der Welt. Ich glaube, das Land liefert ein Fünftel des Weltbedarfs.«

»Boah.«

Tom hatte anscheinend genug zum Thema Ölhandel gesagt, und mir fiel auch keine weitere Erklärung dazu ein, warum meine mysteriöse Freundin mit einem Ölhändler-Ehemann eine Million Dollar bar in ihrem Safe zu Hause hatte.

Ich sagte: »Gut, alles klar. Ich geh dann mal.«

Tom nickte. In seinen Augen stand der Schimmer einer Andeutung, die er aber dann doch für sich behielt. Ich schmuste Billy Elliot kurz und verließ eilends die Wohnung. Während der Lift abwärts rauschte, quälte mich weiter die Frage, woher das Geld in Maureens Safe stammte. Eine Million Dollar als kleiner Notvorrat für alle Fälle schien mir selbst für superreiche Leute ein bisschen viel. Auch schien es nicht sehr wahrscheinlich, dass so viel Geld irgendwann von einem Konto abgehoben wurde. Aber wenn sie das Geld nicht von ihrer Bank hatten, woher stammte es dann?

Zum ersten Mal kam mir der Gedanke, hinter Victors Reichtum könnten illegale Machenschaften stecken, denn alles, was ich von Victor wusste, hatte ich von Maureen, und Maureen hatte vielleicht gelogen; oder, was noch viel wahrscheinlicher war, sie wusste selbst von nichts. Oder ihr war einfach alles egal, wurstig war sie schon immer gewesen, Hauptsache sie konnte shoppen.

In meinem Bronco schlug ich mehrmals die Stirn gegen das Lenkrad.

Laut sagte ich mir: »Die Zahlung von Lösegeld ist nicht illegal. Und eine Geldübergabe an Kidnapper macht mich nicht zu einer Kriminellen, egal woher das Geld stammt.«

In meinem Kopf jedoch nölte eine leise Stimme: »Bist du dir da sicher?«

Ich war mir nicht im Geringsten sicher.

Im Buddhismus gibt es den Spruch: »Vor der Erleuchtung Holz hacken und Wasser holen, nach der Erleuchtung Holz hacken und Wasser holen.« Durch mein Gespräch mit Tom fühlte ich mich erleuchtet, aber was nun?

Ich ließ den Motor an und fuhr zu meinen nächsten vierbeinigen Klienten. Vor der Erleuchtung Katzenklos reinigen und Hunde ausführen. Nach der Erleuchtung Katzenklos reinigen und Hunde ausführen. Schließlich bin ich Profi und werde meiner Verantwortung gerecht. Auch wenn ich ein unglaublich dummes und womöglich illegales Vorhaben plane, kümmere ich mich trotzdem um meine Tiere.

Nachdem ich alle Katzen auf meiner Liste abgearbeitet hatte und bevor ich zu Big Bubba fuhr, steuerte ich das Village an und parkte vor Ethan Cranes Kanzlei.

Ich brauchte dringend juristischen Rat.

12

Hätte ich nur ein Quäntchen Verstand besessen, hätte ich mich Ethan Crane sofort bei unserer ersten Begegnung an den Hals geworfen, steht er doch in den Augen fast aller Frauen ganz oben auf der Liste begehrenswerter Männer. Er ist ehrlich, er ist gewitzt. Ihm liegen Dinge am Herzen wie die Umwelt, das Gemeinwesen und Hunde. Wenn man dann noch berücksichtigt, dass er obendrein aussieht wie ein Unterwäschemodel, dann kann man nur sagen: ein Traummann. Berücksichtigt man weiter, dass er und ich von Anfang an aufeinander geflogen sind, muss man sagen: eine Traumidiotin, weil ich ihn ständig abgewiesen habe. Und das Schlimmste daran war, ich wies ihn ab, weil ich mich mehr zu Guidry hingezogen fühlte, dessen Gefühle mir gegenüber nicht einmal halb so eindeutig waren wie diejenigen Ethans. Tatsächlich waren nicht einmal ein Viertel so eindeutig.

Als ich Ethan das letzte Mal gesehen hatte, hatte er klargemacht, dass nun ich am Zug wäre. Er hatte auch klargemacht, dass dies eine Einladung sei, zu erforschen, was wir füreinander fühlten, und zu sehen, wie weit dies trug – nichts Verpflichtendes. Als ich wegging, hatte ich mir geschworen, ihm keine doppelten Botschaften mehr zu übermitteln. Ich würde nicht wieder unter irgendeinem Vorwand bei ihm aufkreuzen, es sei denn, ich wäre dazu auch ohne emotionale Vorbelastung in der Lage. Und trotzdem war ich nun hier, natürlich wieder mit einer Riesenlast, um ihn um Rat zu fragen.

Ethans Kanzlei befindet sich im ältesten Teil von Siesta Keys Geschäftsviertel. Das Gebäude ist so alt wie die Straßen der Umgebung, mit abgeschrammten Ecken sowie vom Zahn der Zeit und sandigen Seebrisen angefressenem Gemäuer. Das verwitterte Goldschild an der Eingangstür, ETHAN CRANE ESQ., stammte noch aus der Zeit von Ethans Großvater, aber Ethan hielt es nicht für angebracht, Schild oder Gebäude zu erneuern. Schon beim ersten Schritt in das kleine Foyer und dann weiter die ausgetretenen Stufen hinauf in den zweiten Stock hat man das Gefühl, in ein vergangenes Jahrhundert versetzt zu werden, in dem es sehr viel formeller und höflicher zuging. Allein der Geruch von Möbelpolitur, alten Gesetzeswälzern und Ledersesseln, all dies erweckt in mir den Wunsch, veraltete Verhaltensnormen zu erfüllen.

Ethans Bürotür war geschlossen, in einem Nebenraum jedoch thronte seine Sekretärin vor einem Computer. Es war nicht dieselbe Sekretärin, die früher hier das Sagen gehabt hatte. Jene war älter gewesen und würdevoll, möglicherweise auch ein Erbstück von Ethans Großvater. Diese war im mittleren Alter und mollig, mit hoch aufgetürmten, aubergine gefärbten Haaren. Als ich vor ihrer Tür stand, taxierte sie mich arrogant.

Ich sagte: »Ich bin eine Freundin von Ethan. Ist er beschäftigt?«

Sie trug rubinroten Lippenstift auf ihren übertrieben vollen Lippen, und als sie sie schürzte, war die Wirkung furchterregend, als könne sie mich direkt aufsaugen.

»Sieht es so aus, als wäre er nicht beschäftigt?«, erwiderte sie spitz.

Die Lady betrachtete sich offenbar als Ethans Schutzpatronin, dazu da, Hausierer, Trickbetrüger und Frauen mit Katzenhaaren auf den Shorts von ihm fernzuhalten.

»Entschuldigung, ich hätte vorher anrufen sollen.«

Ihre Pirellilippen brachten wieder diese fürchterliche Nummer. »Ja, das hätten Sie tun sollen.«

Sie hatte das Charisma von Tofu.

Ich sagte: »Dann können Sie aber wohl Ethan sagen, dass

eine gute Freundin hier war und wieder weggegangen ist, weil er zu beschäftigt war, mich zu sehen. Noch besser wäre, ich sag es ihm selbst und spare Ihnen damit die Zeit.«

Aus ihren Lippen entwich ein Teil der Luft, und ihre zu einem Spalt verschmälerten Augen fixierten ein Lämpchen an einem Telefonapparat. »Er spricht gerade. Sobald er auflegt, lasse ich ihn wissen, dass Sie hier sind.«

Ich schenkte ihr ein unechtes Lächeln, das sie erwiderte. Diese Runde hatte ich gewonnen, was uns beiden klar war, aber ich hatte genug Sportsgeist, um nicht damit zu prahlen. Solche Machtspielchen setzen wir Frauen untereinander gerne ein, für Männer bleiben sie jedoch weitgehend unsichtbar.

Sie machte mit ihrer ominösen Arbeit am Computer weiter, während ich mich gegen den Türrahmen lehnte und wartete. Von dort aus konnte ich das gelbe Licht auf ihrem Telefon sehen, und als es ausging, räusperte ich mich und machte sie darauf aufmerksam.

Ich erntete einen bösen Blick, aber sie drückte trotzdem einen Knopf und sprach in eine Gegensprechanlage. »Mr Crane, Sie haben Besuch, eine Dame, angeblich eine Freundin von Ihnen.«

Aus ihrem Ton ging klar hervor, dass sie ihm so eine Freundin wie mich nicht zutraute. Übrigens war ihr nicht mal klar, dass sie mich gar nicht nach meinem Namen gefragt hatte und er somit keine andere Wahl hatte, als mich zu sehen. Es konnte nur eine Frage der Zeit sein, bis Ethan sie feuern würde.

Nach wenigen Sekunden öffnete Ethan die Tür seines Büros, offensichtlich erfreut, mich zu sehen. Zu schade, fand ich, dass die volllippige Lady von ihrem Schreibtisch aus sein Gesicht nicht sehen konnte.

Ethan ist groß und schlank, mit hohen Wangenknochen, dunklen Augen und schwarzen Haaren, die er von seinen Vorfahren vom Stamm der Seminolen geerbt hatte. Er trug die typische Anwaltskluft – dunkle Nadelstreifenhose, weißes, gestärktes Hemd mit Onyx-Manschettenknöpfen, dunkelrosa Krawatte.

»Dixie! Was für eine nette Überraschung.«

Er winkte mich in sein Büro und hielt sogar extra die Tür für mich auf. Im Vorbeigehen überlegte ich kurz, ihn auf die Wange zu küssen, was ich aber dann doch nicht machte. Anscheinend hatte er dieselbe Absicht gehabt, woraus sich ein kurzer Blickkontakt an der Tür ergab, der Fragen aufwarf, die keiner von uns beantworten konnte.

Er schloss die Tür und winkte mich zu einem der speckigen Ledersessel seines Großvaters. Von seinem Platz hinter dem Schreibtisch aus fragte er: »Ist etwas passiert?«

Ich zuckte zusammen, aber die Frage war berechtigt, denn bisher hatte ich mich immer nur dann an Ethan gewandt, wenn ich Hilfe brauchte.

Sein Jackett hing auf einem hölzernen Kleiderbügel an einem Garderobenständer aus Mahagoni, wie man sie sonst nur in Antiquitätenläden sieht. Ich stellte mir vor, wie sein Großvater seine Sachen unzählige Male an diesem Ständer aufgehängt hatte, stellte mir die Heerscharen von Klienten vor, die ihre feuchten Schirme hier ausgeschüttelt und abgestellt hatten. Nicht zuletzt aufgrund dieser festgefügten, eisernen Traditionen vertraute ich Ethans Rat so sehr. Sie waren aber auch teilweise für die Distanz zwischen uns verantwortlich.

»Ethan, ist es verboten, Lösegeld an Entführer zu zahlen?«, platzte ich heraus.

Seine Augen weiteten sich. »Wieso fragst du?«

»Eine Freundin von mir will das wissen.«

Eine seiner buschigen Augenbrauen ging hoch, und ich spürte, wie ich rot wurde. *Eine Freundin will das wissen* klingt genauso wahrscheinlich wie *Der Hund hat meine Hausaufgabe gefressen.*

Ich sagte: »Ich habe eine Freundin, deren Mann entführt worden ist. Sie will Lösegeld zahlen. Ist das gesetzeswidrig?«

»Nicht in diesem Land. In Kolumbien dagegen würde man sie in einem solchen Fall verhaften.«

»Und wenn der Mann aus Kolumbien kommt, aber hier lebt?«

»Du hast eine Freundin mit einem Mann aus Kolumbien, der entführt wurde?«

»Ich bin mir nicht sicher, woher er kommt. Es könnte Kolumbien sein.« Ich kam mir bei dieser Äußerung so was von dumm vor, wie eine Sekretärin, die vergessen hatte, nach dem Namen einer Besucherin zu fragen.

»In Kolumbien sind Entführungen so ein Bombengeschäft, dass die Regierung die Zahlung von Lösegeldern verboten hat.«

»Aber er lebt hier, und die Entführer sind auch von hier. Zur Polizei geht meine Freundin deshalb nicht, weil sie das Lösegeld locker zahlen kann und weil ihr Mann dies ausdrücklich so wollte, sollte er entführt werden. Sie will sich einfach sicher sein, dass es legal ist.«

Meine Stimme schwankte leicht, als ich das sagte, weil Maureen sich einen Teufel darum scherte, ob es legal war.

»Ich find's eher beknackt, aber verboten ist es nicht«, meinte Ethan.

»Dann nehme ich mal an, die eigentliche Übergabe des Lösegelds, also es zum vereinbarten Ort hinzubringen, ist auch okay?«

»Dass es okay ist, habe ich nicht gesagt, nur, dass es nicht verboten ist.«

Ich presste die Lippen zusammen, platzte aber dann doch damit heraus: »Spielt es eine Rolle, woher das Geld kommt? Ich meine, wenn das Lösegeld aus einer illegalen Quelle stammt, macht das einen Unterschied?«

»Moment mal, langsam. Du hast einen Freund aus Kolumbien, der zufälligerweise eine große Nummer im

Drogenhandel ist, und der entführt wurde. Zufälligerweise hat seine Frau obendrein jede Menge an möglicherweise illegalem Geld im Haus, das sie als Lösegeld verwenden wird. Sind die Fakten so richtig?«

Ich antwortete nicht. In seiner Darstellung klang es noch viel schlimmer als alles, was ich mir vorgestellt hatte.

Ethan seufzte und lehnte sich zurück. »Dixie, in was zum Teufel bist du da reingeschlittert?«

»Ich bin in nichts reingeschlittert.«

»Du willst dich an einer Übergabe von Lösegeld beteiligen. Noch dazu vielleicht schmutziges Lösegeld.«

Mein Kinn schnellte nach vorne. »Das hab ich nicht gesagt.«

»Aber vor hast du es, oder nicht?«

»Du hast gerade gesagt, dass es nicht verboten ist.«

»Ich sagte, Lösegeldzahlungen sind nicht verboten. Ich sagte aber auch, dass so was beknackt ist. Egal, ob sie nun sauberes oder schmutziges Geld bekommen, Entführer sind keine Engel, und Lösegeld zu zahlen ist nicht so, als würdest du im Drive-in-Restaurant mal schnell ein Paar Scheine hinblättern.«

Ich stand auf. »Danke, Ethan. Ich gebe die Information an meine Freundin weiter. Sonst kenne ich niemanden, den ich hätte fragen können.«

Er war auch aufgestanden. »Mach es nicht, Dixie.«

»Die Sache fällt unter die Schweigepflicht, richtig?«

»Die Sache ist der blanke Wahnsinn.«

»Es geht um den Mann meiner Freundin, und es ist ihre Entscheidung. Ich hab damit nicht direkt etwas zu tun.«

»Das sagt jemand, der sich gleich mitten in die Scheiße begibt. Tu's nicht.«

Zum Abschied küsste ich ihn doch auf die Wange. Seine Wange war straff und glatt, ihr Duft sauber, gesund, testosterongeladen hatte eine moschusartige Rasierwassernote. Meine Hormone spielten verrückt und jubelten, als meine

Lippen ihn berührten. Es war verrückt von mir, zu gehen, ohne ihn auf den Boden zu werfen und schöne Dinge mit ihm anzustellen.

Kurz vor Sonnenuntergang war ich mit meinen vierbeinigen Klienten fertig. Fehlte nur noch mein Besuch bei Big Bubba; zuvor schaute ich aber noch kurz bei Hetty vorbei, um zu sehen, ob es Neues von Jaz gab.

Sie war glücklich, mir sagen zu können, dass Jaz zurückgekommen war.

»Ich hab schon befürchtet, sie würde nie wiederkommen, so wie sie heute Morgen rausgerannt ist, aber nach einer oder zwei Stunden war sie wieder da. Wir haben Plätzchen gebacken.«

Ehe ich fragen konnte, ob sie Neuigkeiten für Guidry hatte, sagte sie: »Ich wollte sie nicht bedrängen, Dixie. Sie scheint so verstört. Die kleinste Kleinigkeit macht ihr Angst. Etwas muss die Kleine traumatisiert haben.«

»Die Nähe zu einer Bande würde schon reichen, sie zu traumatisieren.«

»Sie ist ein liebes Mädchen.«

»Die ganze Situation hat was Unheimliches, Hetty. Sei vorsichtig.«

»Unheimlich ist es schon. Ihr Name ist ein Geheimnis. Wo sie wohnt, ist ein Geheimnis. Warum nur?«

Alle möglichen Antworten, die mir einfielen, waren zu beunruhigend, um sie auszusprechen.

»Will sie morgen wieder kommen?«, fragte ich.

Hetty blickte schuldbewusst drein. »Vielleicht kommt sie heute noch mal wieder. Sie wollte es zumindest versuchen.«

»Hetty, sie kennt Bandenmitglieder, die unter Mordverdacht stehen. Lieutenant Guidry braucht dringend Informationen über sie.«

»Ich weiß. Ich werd's versuchen, aber erst muss der richtige Zeitpunkt kommen. Wenn ich sie bedränge, rennt sie weg, und ich werde nie etwas erfahren.«

115

Damit hatte sie zweifellos recht, so wie auch Guidry recht damit hatte, dass Hetty vielleicht die einzige Person war, die etwas aus ihr rauskriegen konnte. Jaz war minderjährig und hatte nichts auf dem Kerbholz, von daher kam eine Vorladung nicht infrage. Außer dass sie sich auf die Frage nach ihrer Adresse hin merkwürdig verhalten hatte und dass Bandenmitglieder sie verfolgten, hatte Guidry nichts in der Hand.

Nachdem ich Big Bubba versorgt hatte, rief ich Michael an und sagte ihm, dass ich nicht zum Abendessen da sein würde. Er klang gar nicht enttäuscht, viel eher danach, als wäre das Abendessen das Letzte, woran er dachte. Er machte sich große Sorgen um Paco, und die Frage, ob er von ihm gehört hatte, erübrigte sich.

Ich fuhr zu Annas Deli und besorgte mir ein Surfer Sandwich, das ich an den Siesta Beach mitnehmen wollte. Dieser puderig-weiße Sandstrand besteht aus stets kühlem Quarz und verfügt im Gegensatz zu gewöhnlichen Stränden über geradezu mystische Qualitäten – das sagen zumindest die Einheimischen. Das mag Fakt sein oder Fantasie, ich jedenfalls muss mit meinen Füßen regelmäßig durch diese kristalline Kühle waten und etwas von ihrer Energie aufnehmen.

Als ich zum Strand kam, stand die Sonne gerade wie eine Mandarine knapp über dem Horizont. Bänder in Kirschrot und Gold zogen sich über den Himmel und ließen die Ränder kleiner weißer Schäfchenwolken erstrahlen. Ich ging direkt bis zum Ufersaum und setzte mich im Schneidersitz hin, um das Himmelsspektakel zu beobachten. Den ganzen Strand entlang verfielen die Menschen in ehrfürchtiges Schweigen, kurz bevor die Sonne unter letzten, stroboskopartigen Effekten sanft ins Wasser tauchte.

Als die Dämmerung einsetzte und die Wolken sich grau verfärbten, packten die Menschen ihre Handtücher und Picknickkörbe zusammen und stapften davon. Mutterseelenallein lauschte ich dem Plätschern schaumgekrönter Wellen auf der rosa-bleifarbenen See. Dann streifte ich meine Keds ab, ging ein Stück weit ins Wasser und ließ meine Füße von den Wellen umspülen.

Als ich ein Kind war, fantasierte ich oft, ich könnte fliegen und durch Wände hindurch sehen. Bei Wonder Woman war es anfangs wohl genauso, später dann bekam sie Titten und ihr unverwechselbares Outfit. Wie auch immer, in meinen Wunderkind-Fantasien stand ich zu Beginn immer am Meeresufer. Ich glaubte, die Gischt auf meinen Füßen verleihe mir magische Kräfte, also stand ich da und ließ die Zauberkraft in mich einströmen, die Beine entlang immer höher in meinen mageren Körper und schließlich durch die ausgebreiteten Arme hindurch. Erst dann war ich imstande, abzuheben und in die Lüfte zu steigen. Ich brauchte nicht mit den Armen zu rudern oder mit den Beinen zu schlagen oder sonst was; es reichte, mir zu überlegen, wo ich hinwollte, und mein Körper düste dorthin. In meiner Fantasie segelte ich über die Straßen von Siesta Key und sah auf die Autos und die Fußgänger unter mir herab. Ich schwebte über den Häusern meiner Freunde und sah ihren Familien zu. Ich drehte meine Runden über dem Feuerwehrhaus, wo sich mein Vater befand, und sah zu, wie er mit seinen Kollegen lachte. Manchmal ließ ich mich auf dem Dach des Feuerwehrhauses nieder, um ihm ganz nahe zu sein.

Vielleicht habe ich mich gar nicht so sehr verändert seit der Zeit. Zu spüren, wie die Wellen meine Zehen kitzelten, gab mir noch immer das Gefühl großer Kraft. Dass ich fliegen könnte, glaubte ich natürlich nicht mehr, aber als ich wieder zu meinem Sandwich zurückstapfte, hatten Wellen, Salz und der Sand am Siesta Beach meine Seele beruhigt.

Ich würde Maureen bei der Hinterlegung des Lösegelds helfen und meine nervösen Skrupel vergessen. Ich hatte ein Versprechen abgegeben und würde es auch halten.

Und wenn das Geld aus dubiosen Kanälen stammen sollte, war das nicht mein Problem. Und wenn es sowieso beknackt war, Lösegeld zu zahlen, dann war das Maureens Entscheidung, und sie selbst hatte sie getroffen. Ich war lediglich eine Freundin, ein Kumpel, so wie Sancho Pansa in Don Quijote.

Für den Moment hatte ich Freundespaare wie Thelma und Louise vergessen. Es ist gut, dass man nicht so weit vorausschauen kann. Wäre das möglich, würden wir niemals voranschreiten.

13

Als ich nach Hause kam, lagen Michael und Ella auf einem Liegestuhl auf der Veranda, Michael flach auf dem Rücken ausgestreckt, Ella aufrecht auf seiner Brust sitzend und die Ohren gespitzt in Richtung der sich verfinsternden Schatten unter den Bäumen. Sie war ohne Geschirr und Leine, Michaels Hände jedoch waren bereit, sie festzuhalten, sollte sie beschließen, die Nacht zu erkunden.

Beim Klang meiner Schritte drehten sich zwei Köpfe in meine Richtung. Ella schlug mit der Schwanzspitze, Michael senkte das Kinn.

Ich sagte: »Ella wurde heute noch gar nicht gekämmt. Könnte ich das jetzt machen?«

»Schon passiert. Ich bin schon recht gut darin.«

Ich war enttäuscht. Für Ellas Fellpflege bin ich zuständig, und ich mache es gern.

Ich ließ mich auf einen Stuhl plumpsen, im Hintergrund das abendliche Plätschern der Brandung und die letzten Schreie noch jagender Möwen. Eine von Michaels Händen streichelte Ella. Sie gähnte.

Mit Paco zu Hause wäre dies ein normaler Tagesausklang gewesen, abgesehen davon, dass für mich dieser Tag noch nicht zu Ende war. Noch ungefähr vier Stunden, und Maureen würde kommen, um mich abzuholen. Wenn ich Glück hatte, würde Michael schlafen und niemals davon erfahren.

»Noch immer keine Neuigkeiten von Paco?«, fragte ich.

Er schüttelte den Kopf, und der verstockte Zug um seinen Mund sagte mir, dass er nicht darüber sprechen wollte.

Über mir war die Farbe des Himmels in ein dunkles Violett übergegangen, und die ersten Sterne blinkten auf uns herab. Ich hielt nach Regenwolken Ausschau, aber es gab keine. Somit würde ich bei der geplanten Lösegeldübergabe wenigstens nicht durch den Regen waten müssen.

Ich stand auf und klopfte mir Katzenhaare und Sandkörner von den Shorts. »Ich werd' ins Bett gehen.«

»Ja, ich auch. Soll ich Ella morgen früh zu dir bringen, wenn ich losfahre?«

Am nächsten Tag um acht würde er wieder in die Feuerwache fahren, und er rechnete bis dahin wohl nicht mit Pacos Rückkehr.

»Gerne«, erwiderte ich. »Oder ich hole sie zu mir, wenn ich nach Hause komme.«

Ella ließ den Blick zwischen uns hin und her wandern wie ein Zuschauer bei einem Tennismatch. Damit Ella nicht zu lang alleine war, nahm ich sie zu mir, wenn Paco und Michael beide nicht zu Hause waren. Aber das war nicht der Grund dieses Gesprächs, vielmehr wollten wir beide vermeiden, über die Lücke zu sprechen, die Paco hinterließ, wenn er nicht da war. Schließlich verabschiedete ich mich von beiden mit einem Küsschen und ging nach oben, um zu duschen.

In meinem begehbaren Schrank überlegte ich mir anschließend, was ich anziehen sollte. Einem Mann würde das nicht passieren. Ein Mann würde keine Sekunde überlegen, was er tragen würde, wenn er vorhatte, eine Tasche voller Lösegeld zu einem Übergabeort zu schleppen. Ein Mann würde in seinen normalen Alltagsklamotten losziehen – Hose und Hemd, Schuhe, vielleicht noch Pullover oder Jacke. Aber welche Alternative hatte ein Mann auch schon? Frauen dagegen haben endlos viele Alternativen.

Ich würde einen dunklen Pfad hinuntersteigen, eine kühle Meeresbrise im Gesicht. Irgendwo in der Dunkelheit würden finstere Gestalten auf mich lauern, aber sie würden mich für Maureen halten. Würden sie mich erkennen, wäre klar, dass

Maureen sich nicht an die Anweisungen gehalten hatte, und sie würden Maureens Mann ermorden. Es kam also darauf an, mich richtig anzuziehen, oder Victor wäre am Ende tot.

Ich entschied mich für eine alte schwarze Jeans, die in der Dunkelheit wenig auffiel, dazu ein Navy-Sweatshirt mit Kapuze. Wie üblich zog ich meine weißen Keds an. Kombiniert mit dem dunklen Zeug stachen diese zwar hervor wie die Pfoten von Minnie Mouse, aber andere hatte ich nun mal nicht. Vor dem Ganzkörperspiegel in meinem Büro-Schrank-Kabuff wirkten die ausgeblichenen Nähte des Sweatshirts wie helle Kreidespuren, und meine Knie leuchteten durch die Löcher in der Jeans hervor wie ein gelbes Ampelsignal. Ohne das Kapuzenoberteil hätte ich ausgesehen wie eine reiche Tussi in künstlich abgerissenen Jeans. Mit dem Teil sah ich aus wie eine Pennerin in echt abgerissenen Jeans, die sich ihr Essen aus dem Müllcontainer zusammenklaut.

Fehlten nur noch die passenden Accessoires. Zu dem Zweck ging ich an meine Waffenschublade und holte meine frisch gereinigte und geölte Achtunddreißiger heraus, lud sie mit fünf Schuss Munition und steckte sie in den Bund meiner durchlöcherten Jeans. Die Macht der Gewohnheit ließ mich weitere fünf Schuss in einen Schnelllader geben und in meine Tasche stecken. Dann ging ich runter zum Bronco und holte meine alte Maglite-Taschenlampe heraus, die ich noch vom Department hatte. Meine Accessoires waren zwar nicht besonders schick, aber bei einer Wanderung durch die Dunkelheit vielleicht ganz nützlich.

Da es noch einige Stunden dauerte, bis Maureen kommen würde, legte ich mich in meine Hängematte auf der Veranda und döste ein. Ich erwachte mit pochendem Herzen aus einem Traum, in dem ich Kind war und meine Mutter meinen Bruder und mich nachts alleine gelassen hatte. Das hatte sie tatsächlich mehrmals gemacht, während unser ahnungsloser Vater im Dienst war, aber Michael und ich hatten sie nie verraten. Kinder sind ihren Eltern gegenüber loyal, auch wenn sich die Eltern ihnen gegenüber nicht loyal verhalten.

Mein Herz pochte noch immer, als die Scheinwerfer von Maureens Geländewagen in der Dunkelheit aufblitzten. Ich sprang auf die Beine und war schon unten, als sie vorgefahren kam. Ich öffnete die Beifahrertür und stieg schweigend ein, dann zog ich die Tür so leise wie möglich zu. Von der Waffe unter meinem Sweatshirt war nichts zu sehen, und die Taschenlampe in meiner Hand ließ Maureen, falls sie ihr überhaupt auffiel, unkommentiert.

Wie erwartet trug Maureen einen rosafarbenen Overall, sicher mit einem Designerlabel dran. Sie wirkte hellwach und seltsam erregt, so wie jemand, der im Morgengrauen zu einer langen Reise aufbricht. Ihr Auto war eine einzige Nikotinhölle.

Ich sagte: »Fahr vorsichtig, ich will nicht, dass Michael uns hört.«

Sie nickte und legte eine vorbildliche Wende in drei Zügen hin, die uns nahezu lautlos auf die Zufahrtsstraße führte. Maureen hatte sich schon immer darauf verstanden, auch in brenzligen Situationen einen Ausweg zu finden.

Wir saßen wie Busfahrgäste still nebeneinander. Als wir an die Midnight Pass Road kamen, bog Maureen in Richtung Norden ab, vorbei an der neuen Wohnanlage, die den heruntergekommenen Block ersetzt hatte, in dem sie mit ihrer Mutter gewohnt hatte. Maureens Mutter war ohne jeden Zweifel die übelste Person auf dem ganzen Planeten gewesen.

»Wie geht's deiner Mutter?«, fragte ich.

»Sie hat geheiratet und ist nach Georgia gezogen. Ich seh' sie selten.«

»Hm.«

Ich versuchte, Maureens Mutter aus heutiger Sicht zu sehen, nicht aus der Sicht des Teenagers, der ich damals gewesen war, und kam zu dem Schluss, dass ihre unangenehme Art wohl auch damit zusammenhing, dass ihr Mann sie mit der Tochter sitzengelassen hatte.

Ich sagte: »Hast du deinen Dad jemals wiedergesehen?«

Sie zuckte mit den Schultern. »Nur dieses eine Mal.«

Und mit diesen vier Worten brachte Maureen den wahren Grund auf den Punkt, warum ich in dieses Vorhaben überhaupt eingewilligt hatte. Sie war davon ausgegangen, dass ich ihre kryptische Antwort verstehen würde, was auch der Fall war. Einen Moment lang waren wir wieder zwei verletzte Kinder, die einander von ihrem Leid erzählen.

Ich konnte mich gut an den Moment erinnern, als Maureen mir von der Begegnung mit ihrem Vater erzählt hatte. Wir hatten uns hinter einer Sanddüne am Turtle Beach versteckt, und versuchten, einen Joint zu rauchen, den mir ein Junge während der Mathestunde zugesteckt hatte. Ihre Mutter, hatte sie gesagt, habe sie in den Supermarkt nach einem Laib Brot geschickt, und da sei sie ihrem Vater begegnet, der Zigaretten kaufen wollte. Sie hatte ihn seit ihrem fünften Lebensjahr nicht mehr gesehen, hatte ihn aber sofort wiedererkannt.

Daraufhin hatte sie einen langen Zug genommen und dabei die Augen zugemacht, so wie wir uns richtige Kiffer beim Rauchen vorstellten. Danach reichte sie die Kippe an mich weiter – wir sagten immer Kippe, egal wie lang das Ding noch war.

»Er hat mich nicht einmal erkannt, die eigene Tochter, das muss man sich mal vorstellen.«

Ich zog an dem Joint und wischte mir über die feuchten Augenwinkel. Mit erwachsener Attitüde sagte ich: »Hoffentlich sehe ich meine Mutter nie mehr wieder. Falls ja, würde ich auf dem Absatz kehrtmachen und wegrennen.«

Als ich das gesagt hatte, liefen mir Tränen über die Wangen. Ich hatte mir eingeredet, das Gras wäre Schuld daran gewesen, aber der wahre Grund war ein anderer; hätte ich meine Mutter tatsächlich wiedergesehen, ich wäre auf der Stelle auf sie zugerannt und hätte sie um Verzeihung gebeten für was auch immer ich ihr angetan hatte, das sie dazu gebracht hatte, mich zu verlassen.

Die andere Wahrheit war die, dass Maureen genau gewusst hatte, wie ich mich fühlte, aber trotzdem ließ sie mich weiter so tun, als wäre ich knallhart. Niemand kennt uns je so gut wie die Freunde aus der Zeit, in der wir noch jung und keine guten Schauspieler waren.

In Stickney Point bogen wir ostwärts ab und fuhren über die Brücke zum Tamiami Trail, wo wir südwärts abbogen. Eine Weile glitten wir schweigend dahin; in Nostalgie versunken musste ich daran denken, wie dumm Maureen in der Sache mit Harry Henry gewesen war, und wie am Boden zerstört Harry gewesen war, als Maureen Victor Salazar heiratete.

Ich sagte: »Mo, siehst du Harry gelegentlich mal?«

»Nein! Natürlich nicht! Ich bin meinem Mann treu.« Ihre Stimme war zu schrill.

Ich drehte meinen Kopf zur Seite und betrachtete ihr Profil. »Hätte ich jetzt nicht gedacht. Immerhin lebt Harry hier, und du lebst auch hier, da muss man sich doch gelegentlich mal sehen.«

Spröde sagte sie: »Wir leben in zwei verschiedenen Welten. Vielleicht würde ich ihn nicht einmal erkennen, wenn ich ihn sehen würde.«

Klar lebten sie in verschiedenen Welten, aber wir waren hier nicht in New York, und ich bezweifelte, dass sie ihn nie gesehen hatte, und sei es nur mal von Weitem.

Maureen und Victor wohnten auf Casey Key, also südlich von Siesta Key. Wie der Finger Gottes an der Decke der Sixtinischen Kapelle berührt Caseys ausgestreckter Finger die Südspitze von Siesta. Nichtsdestotrotz muss man, um Casey mit dem Auto zu erreichen, den Tamiami Trail ein Stück runterfahren, dann westwärts abbiegen und eine Brücke überqueren. Die Brücke von Casey Key ist keine Klappbrücke wie die von Siesta, stattdessen dreht sich das ganze Ding zur Seite, um Schiffe durchzulassen; wahrscheinlich ist es eine der letzten Drehbrücken der Welt.

Die Brücke führt zu einem schmalen Streifen Land, auf dem einige der größten Berühmtheiten dieser Welt Paläste hingeklotzt haben, die selbst Versailles in den Schatten stellen. Ein Wunder, dass die kleine Insel unter dem schieren Gewicht von so vielen Tonnen Marmor noch nicht abgesoffen ist.

Maureens Häuschen am südlichen Ende der Insel stand auf einem künstlichen, effektvoll terrassierten Hügel, sodass der Weg zum Strand hinunter möglichst steil erschien. Der dreistöckige, himbeerfarbene Bau mit limonengrünen Fensterläden prangte hinter einem Sichtschutz aus Königspalmen, und das gesamte Anwesen war von einer zweieinhalb Meter hohen, ebenfalls himbeerfarbenen Mauer umgeben. Ein limonenfarbenes Gittertor schreckte unerwünschte Besucher sowie Menschen mit Gespür für Farbe ab.

Vor dem Tor ließ Maureen die Muskeln spielen, und es teilte sich wie das Rote Meer, die beiden Hälften glitten lautlos zur Seite und gaben die Zufahrt frei. Ich wollte nicht fragen, welche Fernbedienung dies ermöglicht hatte.

Die Zufahrt führte seitlich am Haus vorbei zu einer sechsteiligen Garage. Eines der Tore stand offen, und Maureen lenkte den Geländewagen in den erleuchteten Innenraum. Die Garage war holzgetäfelt, anscheinend Teak. Unglaublich, wofür reiche Leute ihr Geld ausgeben.

Einen Moment lang saßen wir schweigend da, dann sahen wir einander an.

Maureen sagte: »Bringen wir's hinter uns.«

»Ja.«

Während ich ausstieg, ging sie zur Rückseite des Wagens und wuchtete eine große, rosafarbene Reisetasche heraus. Sie war nicht so prall gefüllt, dass sie nicht da und dort nachgegeben hätte, aber sie hing auch nicht ganz schlaff durch. Maureen schlug die Klappe zu und stapfte zu dem Weg, der über den terrassierten Hang zum Strand hinunterführte. Die Tasche war schwer genug, dass sie Maureen seitlich runterzog.

In Polizistenmanier umfasste ich meine Taschenlampe am vorderen Ende und legte mir das Griffstück über die Schulter. So konnte ich sie notfalls auch als Schlagwaffe einsetzen. Mit der linken Hand zog ich mir die Kapuze über den Kopf und folgte ihr. Nicht dass mir kalt gewesen wäre, ich wollte mich lediglich den Blicken von Beobachtern entziehen.

Kurz bevor wir so weit waren, dass wir vom Wasser aus gesehen werden konnten, blieb Maureen stehen und sah mich entschieden an. Ich wusste, was nun kommen würde.

»Dixie, sie wollten, dass ich alleine komme. Wenn wir nun zu zweit gehen, wissen sie gleich, dass ich nicht alleine bin.« Auf diese gedankliche Meisterleistung schien sie auch noch stolz zu sein.

Ich streckte meinen linken Arm aus. »Na, dann gib her.«

Eine Million Dollar in kleinen Scheinen sind erstaunlich schwer. Die Tasche schlug gegen mein linkes Bein, als ich den Pfad hinunterstieg. Von Terrasse zu Terrasse erleuchtete meine Taschenlampe jeweils ein Stück des Weges, der sich über ein paar Meter hinweg serpentinenartig durch niedrige Blühpflanzen hindurchschlängelte. Ich stellte mir vor, wie eine ganze Crew von Gärtnern alle paar Wochen die von der salzigen Seeluft abgestorbenen Pflanzen austauschte. Ich stellte mir auch vor, wie mich Kriminelle irgendwo da draußen in der Dunkelheit von einem Boot aus durch Nachtferngläser beobachteten. Da ich meine blonden Haare bedeckt hatte, fiel ihnen hoffentlich nicht auf, dass ich nicht Maureen war, aber ich achtete trotzdem darauf, mein Gesicht vom Licht abzuwenden.

Der Abstieg schien ewig zu dauern; in Wirklichkeit waren

126

es kaum fünf Minuten. Unten ragte ein langer Bootsanleger aufs Meer hinaus, das unter einer schmalen Mondsichel in der Dunkelheit lag. Nur gelegentlich funkelte der Widerschein eines Sterns auf der schlafenden, gekrümmten Weite. Die einzigen Geräusche waren das rhythmische Ächzen des Meeres und mein eigener Atem. Am Steg lagen drei Boote wie säugende Meereslebewesen mit der Nase voran vor Anker – eine Rennyacht, ein Ausflugskreuzer und ein Schnellboot. Am äußeren Ende des Anlegers setzte ein filigraner Aussichtspavillon einen irgendwie pittoresken Kontrapunkt.

Den Pavillon im Blick, schritt ich die Reihe der Boote mit dem Gang einer, wie ich hoffte, reichen Lady entlang. Ich hielt den Blick schnurgerade und versuchte normal zu atmen. Vor dem Pavillon hielt ich kurz inne und leuchtete mit der Taschenlampe hinein, ehe ich eintrat. Als ich mit Maureen dort einmal zu Mittag gegessen hatte, hatten wir auf Rattanstühlen mit Pfauenlehne vor einem Rattantisch gesessen. Um den Raum herum hatte es Sitzbänke mit grellbunten Kissen gegeben.

Der Boden war nun heller als damals, wahrscheinlich ausgebleicht von der salzigen Brise, die Pfauenstühle und der Tisch waren aber noch da. Die Stühle machten einen seltsam verwahrlosten Eindruck, als müssten sie mal gereinigt werden, und die Kissen, die auf den Bänken gelegen hatten, befanden sich nun wahrscheinlich in den Bänken. In Anbetracht von Victors Eiseskälte bezweifelte ich, dass die beiden viele romantische Abende hier verbracht hatten.

Ich trat ein und ging direkt auf den Rattantisch zu. Sekundenlang konnte ich mich nicht entscheiden, ob ich die Tasche direkt auf den Tisch oder auf einen der Stühle stellen sollte. Die Stimme der Vernunft in meinem Kopf schrie: *Das spielt doch keine Rolle! Stell sie einfach ab!*

Ich stellte die Tasche auf einen der Stühle und machte auf dem Absatz kehrt. Ich wette, die Wachen vor Buckingham Palace schaffen keine galantere Wende. Aus irgendeinem

Grund hielt ich zackige Bewegungen für angebracht, damit niemand sehen konnte, wie unwohl ich mich fühlte.

Auf dem Rückweg über den Steg sagte ich mir, dass die Entführer an nichts anderem als an Geld interessiert waren, und das lag nun für sie bereit. Sie würden es abholen und mir dankbar sein. Nun ja, vielleicht nicht gerade dankbar, aber sie würden nett von mir denken. Nicht von mir natürlich, weil sie ja dachten, ich wäre Maureen. Und vielleicht auch nicht nett, weil Entführer vielleicht keine netten Gedanken haben, aber sie würden mich aus ihren Gedanken entlassen, was gut war. Ich hoffte, just in dem Moment gerade würden sie mich aus ihren Gedanken entlassen.

Ich rannte zwar nicht gerade, aber ich überquerte den Anleger sicher doppelt so schnell wie zuvor und lief dann so schnell wie möglich den Pfad hinauf; oben angelangt, legte ich einen regelrechten Sprint hin.

Ich konnte Maureens Zigarette schon riechen, bevor ich die Garage umrundet hatte. Sie stand im Lichtschein einer Sicherheitsleuchte, und als ich auf sie zulief, warf sie die Kippe zu Boden und trat sie mit der Ferse aus. Ich rannte einfach weiter direkt bis zum Wagen und stieg ein. Ich schaltete die Taschenlampe aus und hielt sie auf meinem Schoß. Meine Hände zitterten, und es fühlte sich gut an, etwas Festes im Griff zu haben.

Sie glitt auf den Fahrersitz. »Hast du jemanden gesehen?«

Mir stand nicht der Sinn nach Reden. Meine Kiefer zitterten, und ich musste die Zähne aufeinanderbeißen, damit sie nicht klapperten.

Sie ließ den Motor an und stieß rückwärts aus der Garage. »Wie lange es wohl dauern wird, bis sie ihn nach Hause bringen?«

Ich zuckte mit den Schultern und versuchte, mein Zittern in den Griff zu bekommen.

Sie ließ wieder jene ominösen Muskeln spielen, die das Tor

in der Einfahrt öffneten. »Meinst du, er ist zu Hause, wenn ich zurückkomme?«

Ich schenkte ihr ein unbedarftes Lächeln. »Hoff' ich doch, Mo.«

Maureen war außer sich, sprühte geradezu vor Energie, ich dagegen war ein Wrack.

Ich kam mir vor, als hätte ich gerade einen Initiationsritus durchlaufen und würde nun, wie damals nach meiner ersten Periode oder meinem ersten Zungenkuss, einem exklusiven Klub angehören, dieses Mal dem Klub der Lösegeldübergabe-Spezialisten. Es war ein unheimliches Gefühl.

Ich machte die Augen zu und lehnte den Kopf für den Rest der Fahrt zurück. Unterdessen plapperte Maureen unablässig weiter, ohne zu merken, dass ich nicht antwortete. Bei mir zu Hause angekommen, öffnete ich die Tür und stieg aus.

Sie sagte: »Ich schulde dir was, Dixie.«

»Mo, erwähne diese Nacht bitte niemals wieder. Weder mir gegenüber noch sonst irgendjemandem.«

Sie bildete einen Kreis aus Daumen und Zeigefinger. »Alles klar, gebongt!«

Ich drückte die Beifahrertür leise zu und ging weg. Als ich meine Treppe hinaufstieg, wendete Maureen schwungvoll und bretterte laut genug über die Zufahrt davon, um Michael, die Möwen und sämtliche Sittiche aufzuwecken.

Mit dem Gefühl, als würde ich durch tiefes Wasser waten, stakste ich nach oben und ließ meine Klamotten neben dem Bett zu Boden fallen. Der Wecker auf meinem Nachttisch stand auf null Uhr fünfundvierzig, ich war also knapp eine Stunde unterwegs gewesen. Ich fiel ins Bett wie unter Drogen. Beim Einschlafen dachte ich, dass es zwar ein anstrengender Abend gewesen war, aber immerhin würde Maureen ihren Mann zurückbekommen.

Zumindest dachte ich das.

14

Mein Wecker klingelte zur gewohnten Zeit, und ich stand mit einem erstaunlich klaren Kopf auf, als hätte mir mein mitternächtliches Rendezvous mit einer Million Dollar eine Art Kick verpasst. Ich strotzte dermaßen vor Energie, dass ich mit Billy Elliot eine Extrarunde um den Parkplatz lief, und mit jeder Katze verbrachte ich ein paar Extraminuten bei so fantasievollen Spielen wie Jag-die-Pfauenfeder oder Spring-nach-dem-fliegenden-Geschirrtuch.

Auch Ruthie bekam ihre Pille schneller verabreicht. Da sie nun wusste, was sie erwartete, schien sie sich sogar darauf zu freuen, am Kopf hochgehoben zu werden. Diese Beobachtung habe ich auch schon bei anderen Katzen gemacht. Ich weiß nicht, ob es vielleicht mit der Erinnerung zusammenhängt, wie sie damals von ihrer Katzenmutter hochgehoben wurden, oder ob sie einfach denken, besser, man bringt es hinter sich. Jedenfalls war die Sache in exakt einer Minute erledigt, und dann rannte sie zu Max, um sich ihr Lob abzuholen.

Max sagte: »Ich glaube, Ruthie weiß, dass du mal Cop gewesen bist. Sie ist furchtbar autoritätsgläubig.«

Das war im Spaß gesagt, aber vielleicht vermisste er es ja, Leute mit seiner Autorität einzuschüchtern.

»Sie tut nur so. Eigentlich benutzt sie mich nur, um ihr Gesicht zu wahren. Auf diese Weise muss sie nicht nachgeben und die Pille freiwillig schlucken, und ein Extralob von Herrchen gibt es noch dazu.«

Er wirkte hocherfreut. »Sie folgt mir auf Schritt und Tritt, wie ein Hund.«

Das erstaunte mich nicht. Selbst in größeren Familien

130

neigen Faltohrkatzen dazu, sich immer nur einer Person anzuschließen.

Ich ließ das Traumpaar Max und Ruthie alleine und düste weiter. Mein Besuch bei Big Bubba war der letzte Einsatz an diesem Vormittag, aber bevor ich zum Village Diner zum Frühstücken fuhr, legte ich einen Zwischenstopp bei Hetty ein. Wie beim letzten Mal hörte ich, wie sie kurz vor der Tür stehen blieb, um durch das Guckloch zu spähen, ehe sie öffnete. Dabei lächelte sie und bat mich herzlich herein. An einem Handgelenk trug sie eine elastische Binde.

Lauter als nötig sagte sie: »Gerade eben hab' ich zu Jaz gesagt, dass du heute Morgen vielleicht vorbeischaust.«

Aus der Küche kam Ben so schnell angerast, dass er mit seinen tapsigen Welpenbeinchen über den Boden schlitterte. Hinter ihm erschien Jaz im Türrahmen, lachte, verstummte aber sofort, als sie mich erblickte. Sie trug Shorts mit künstlich eingearbeiteten Falten und eines jener knappen Baumwolltops, die bei jeder Frau über vierzig unanständig aussehen. Ihre Haut und die Haare wirkten sehr frisch, als hätte sie gerade erst ein Bad genossen.

Lautstark, als wäre ich seit unserer letzten Begegnung taub geworden, bugsierte Hetty mich durch die Küchentür. In der Luft lag ein leichter Speckgeruch, mir allemal lieber als jedes Parfum, und auch ohne große detektivische Fähigkeiten war sonnenklar, dass Hetty Frühstück für Jaz gemacht hatte.

Sie sagte: »Sieht Jaz nicht reizend aus? Wir waren gestern Abend zu dritt bei Wal-Mart. Ben muss Erfahrungen mit überfüllten Läden sammeln, und Jaz war so nett, uns zu begleiten, und bei der Gelegenheit hab ich ein paar hübsche Sachen für Jaz gesehen. Wir hatten alle einen Mordsspaß.«

Das hieß, Jaz war nach Sonnenuntergang zu Hetty zurückgekommen, und Hetty hatte sie zu Wal-Mart gekarrt und dort Sachen für sie gekauft. Ich fragte mich, ob Jaz dazu die Erlaubnis ihres Stiefvaters gehabt hatte.

Anstatt Fragen zu stellen, begann ich sehr weiblich von

den neuen Sachen zu schwärmen, was bei Jaz nicht gerade ein Lächeln hervorrief, aber immerhin guckte sie nicht mehr so angespannt.

In der Küche thronte Winston am Tisch wie der Vorsitzende eines Gerichts. Ich kraulte ihm den Kopf; Hettys Einladung zu Plätzchen und Kaffee lehnte ich ab.

»Was ist denn mit deiner Hand passiert?«, fragte ich sie.

Sie verzog theatralisch das Gesicht und fuchtelte durch die Luft. »Oh, das ist heute Morgen passiert. Ich wollte gerade einen Karton Hundefutter hochheben. Ist nicht schlimm, nur verstaucht. Gut, dass Jaz hier ist und mir bei den schweren Sachen helfen kann.«

»Und Ben wird von mir gekämmt«, ergänzte Jaz.

Hetty wirkte ein bisschen verlegen. »Natürlich. Das kommt noch dazu. Würde Jaz das nicht machen, Ben wäre ja total verstrubbelt.«

Ich grinste ansatzweise. Bens Welpenfell brauchte gewiss etwas Pflege, aber er wäre nicht total verstrubbelt, wenn man mal einen Tag ausfallen ließe. Ich vermutete zudem, dass Hetty ihre Verletzung nur vortäuschte, um Jaz das Gefühl zu geben, gebraucht zu werden. Dagegen war nichts einzuwenden. Wir alle brauchen das Gefühl von Wertschätzung.

Ich sagte: »Gut, dass du hier in der Nähe wohnst. Wo, sagtest du, ist das noch mal?«

Jaz zuckte mit den Schultern. »Ein paar Straßen weiter. Den Namen kenn ich nicht.«

Entweder war sie eine hervorragende Schauspielerin, oder aber sie wohnte schlicht und einfach noch nicht lange genug dort, um die eigene Adresse zu kennen.

So vorsichtig, wie man auf verschüttetem Vogelsand geht, fragte ich: »Steht euer Haus denn auf Stelzen? Sodass man die Haustür über eine steile Treppe erreicht?«

Sie schien zu überlegen, ob sie eine Antwort riskieren könnte, und nickte dann. »Woher wissen Sie das?«

»Nur eine Vermutung.«

Hetty fragte sich offenbar mit verblüffter Miene, wie ich wohl Jaz' Adresse rausgekriegt hatte.

Dabei hatte ich nicht die geringste Ahnung, wo sie wohnte; ich hatte nur Reba Chandlers Haus beschrieben, weil die Jungs ja geglaubt hatten, sie würden Jaz dort finden. Deshalb konnte man sicher davon ausgehen, dass sie und ihr Vater in einem derartigen Haus wohnten.

Meine Vermutungen funktionierten so prima, dass ich gleich noch eine anbrachte.

»Wirklich sehr nett von dir, hier zu helfen, Jasmine.« Ich legte die Betonung auf die erste Silbe.

»Jas-meen«, korrigierte sie und hielt sich die Hand vor den Mund.

Ich war erfreut, versuchte aber, nicht so zu wirken. »Die falsche Aussprache, hm? Tut mir leid.«

Ängstlich und aus großen Augen blickte sie uns an.

Hetty sagte: »Egal, wie man es ausspricht, es ist ein hübscher Name.«

Jaz nahm zwar die Hand vom Mund, wirkte aber immer noch äußerst misstrauisch. »Aber so darf ich mich nicht mehr nennen.«

Hetty und ich schauten einander wie versteinert in die Augen.

Ich sagte: »Eine Freundin von mir heißt Maureen, aber ich habe sie immer nur Mo genannt. Ich weiß nicht mehr, wie es dazu kam, aber Mo passt besser zu ihr als Maureen. Maureen hat so was Formelles, findest du nicht? Mo klingt freundlicher.«

Sie verzog den Mund: »Mir gefällt Rosemary überhaupt nicht.«

Hetty und ich sahen einander wieder an.

»Jasmine passt auch viel besser zu dir als Rosemary.« Ich achtete auf die Aussprache Jas-meen.

Hartnäckig sagte sie: »Darum heiße ich ja auch Jasmine. Meine Mutter hat mich so genannt.«

Hetty griff nach dem leeren Teekessel und ging damit zur Spüle, um ihn zu füllen. Jaz folgte ihr auf dem Fuß.

»Ich mach das schon! Sie müssen auf Ihre Hand aufpassen!«

Hetty lächelte verlegen und überließ es Jaz, den Kessel zu füllen und auf den Herd zu setzen. Jaz blickte ernst und entschlossen drein. Die beiden hatten eindeutig einen Narren aneinander gefressen.

Als Jaz den Kessel auf die Platte stellte, warf sie einen Blick auf die lilafarbene Küchenuhr und zuckte zusammen. »Ach du meine Güte! Schon so spät! Er bringt mich um, wenn er kommt und ich bin nicht da!«

Das Gesicht vor Angst erstarrt, drehte sie sich um und rannte zur Hintertür hinaus, die sie mit lautem Knall hinter sich zufallen ließ.

Hetty sagte: »Was …«

Ich wartete nicht ab, was sie sagen wollte. Stattdessen packte ich meine Schlüssel und lief zur Haustür, so schnell ich konnte. Im Gegensatz zu Jaz zog ich sie hinter mir zu, bevor ich zu meinem Bronco raste. Ich wollte unbedingt erfahren, wo Jaz wohnte.

15

Jaz war schon einen halben Häuserblock entfernt und jagte den Gehweg entlang wie ein aufgescheuchtes Fohlen. Ich ließ den Bronco an, raste wie Mario Andretti an der Startlinie rückwärts aus der Zufahrt und nahm dann Tempo weg, damit sie mich nicht bemerkte. Mit ihren dürren Beinen rannte sie entschlossen dahin, folgte den Kurven der Straße in Richtung Bay. Ich wurde von mehreren Autos überholt, deren Fahrer sich wohl wunderten, warum ich so langsam dahinkroch.

Je näher sie der Bay kam, umso mehr fragte ich mich, wo zum Teufel sie eigentlich hin wollte. Es gibt keine Privathäuser an diesem Abschnitt der Bay, nur das piekfeine Resorthotel Key Royale, das in einem Naturschutzgebiet liegt. Als Jaz sich diesem näherte, entdeckte ich einen khakifarbenen Hummer, der mit laufendem Motor an der Straße stand.

Etwas an diesem gigantischen Geländewagen machte mich stutzig, und ich beschleunigte, um aufzuholen. Als ich etwa acht Meter dahinter war, lief sie rechts am Hummer vorbei. Ich fuhr links um den Hummer herum, da schlug Jaz plötzlich einen Haken nach rechts und verschwand im Naturschutzgebiet. Ich fuhr vor dem Hummer rechts ran, konnte aber nur noch einen Blick auf ihren Kopf erhaschen, ehe sie in all dem Grün untertauchte. Hinter mir drehte der Hummer donnernd hoch und brauste in Richtung Bay.

Ich überlegte fieberhaft, wo Jaz wohl hinwollte, aber die Antwort lag auf der Hand, so unwahrscheinlich sie auch sein mochte. Ihr Ziel konnte nur das Resort Hotel sein.

Sarasota verfügt über fast ebenso viele exklusive Hotels

wie Privathäuser, das Key Royale beherbergt jedoch nur die Crème de la Crème. Die Gäste des Royale suchen in erster Linie Ruhe und Ungestörtheit und sind auch willens und in der Lage, dafür einiges hinzublättern. Die Hotelangestellten sind hochdiskret, und es gibt dort garantiert keine aufdringlichen Reporter oder gar Paparazzi.

Jaz und ihr Stiefvater waren weder reich, noch waren sie berühmte Schauspieler, die eine Atempause von ständiger Pressepräsenz suchten, und sie waren auch keine Politiker oder Regierungschefs, die dem Rampenlicht kurz entfliehen wollten. Aber wenn Jaz unbedingt nach Hause wollte, ehe ihr Stiefvater entdeckte, dass sie weggegangen war, dann konnte ihr Zuhause nur das Key Royale sein. Was nur heißen konnte, dass ihr Stiefvater dort als Angestellter eine Unterkunft bekommen hatte.

Okay, langsam fügte sich das Puzzle zusammen. Der Stiefvater trug ein Schulterhalfter. Das hieß, er war im Key Royale für die Sicherheit zuständig. Eine Mutter gab es nicht, also hatte er die alleinige Verantwortung für Jaz. In Anbetracht der Exklusivität dieses Schuppens hielt er sie praktisch unter Hausarrest, um sicherzugehen, dass sie nicht irgendwelche Geheimnisse über die dort absteigenden Berühmtheiten ausplauderte. Er war ein Volltrottel erster Güte, ein fieser Tyrann ohne jede Ahnung von den Bedürfnissen eines Teenagers, ein Mietbulle in einem billigen Anzug, aber kein Bandenführer.

Aber warum waren dann diese Kerle, Bandenmitglieder aus L.A., nach Siesta Key gekommen, um nach Jaz zu suchen? Und warum war ihr Stiefvater in der Praxis von Dr. Layton so nervös und überreizt gewesen? Vielleicht war er doch ein Bandenführer, der sich zur Tarnung einen Job im Key Royale gesucht hatte, während er sich in Sarasota aufhielt. Vielleicht war er nicht vorbestraft, sodass eine Überprüfung seines Leumunds bei seiner Anstellung keinen Verdacht erregt hatte.

Während ich einige Minuten lang im Auto saß, kam der Hummer aus der entgegengesetzten Richtung an. Er war zur Bay gefahren und hatte einen U-Turn gemacht. Als ich auf ihn aufmerksam wurde, war er schon vorbei, und ich konnte im Rückspiegel nur noch drei Köpfe von hinten ausmachen. Es hätten die Köpfe der Typen sein können, die auf der Suche nach Jaz in Rebas Haus gekommen waren. Es hätten aber auch Touristen sein können. Oder frustrierte Reporter, denen der Zugang zum Resort verwehrt worden war. Oder schlicht und einfach harmlose Leute, die gerne in so einer peinlichen Protzkarosse herumkurvten.

Ich fuhr weiter in Richtung Key Royale. Vor dem Wachhäuschen hielt ich an und warf einem griesgrämigen, grauhaarigen Mann mein einnehmendstes Lächeln zu. Griesgrämige Grauhaarige sind eine leichte Beute für Blondinen, die ihnen zulächeln. Man muss nur so tun, als wüsste man nicht, dass sie leichte Beute sind.

Ich sagte: »Hi, ich bin Dixie Hemingway. Ich bin Tiersitterin hier auf der Insel und bekam heute einen Anruf von ehemaligen Klienten. Sie baten mich, das Hotel zu besichtigen, um zu sehen, ob es ihrem Shi-Tzu hier gefallen könnte. Meinen Sie, die Security würde mir das gestatten?«

Er runzelte die Stirn und machte ein strenges Gesicht. »Warum rufen die Leute nicht einfach an und sprechen mit dem Portier? Er versendet sogar Fotos von den Tierzimmern.«

»Leider haben die Herrschaften schlechte Erfahrungen mit einem Hotel gemacht, das ihnen versprochen hat, ihr Hund würde nur das Beste bekommen. Das Beste entpuppte sich als I-a-Flöhe, und nun glauben sie keinem mehr ein Wort, es sei denn, es handelt sich um ausgewählte Personen ihres Vertrauens.«

Ich trug nicht allzu dick auf, damit er nicht glaubte, ich würde mir was darauf einbilden, mit diesen frei erfundenen Leuten bekannt zu sein.

»Ich bin im Tiersitterverband, wissen Sie. Warten Sie, ich kann Ihnen den Mitgliedsausweis zeigen.«

Ich kramte in meiner Handtasche herum und reichte ihm die laminierte Karte, aus der hervorging, dass ich hervorragende Beziehungen zu einem bedeutenden Tiersitterverband pflegte. Er sah sie sich an und gab sie mir zurück. Wahrscheinlich hatte er noch nie eine gesehen, aber er tat so, als hätte er jeden Tag mit Mitgliedsausweisen von Tiersitterverbänden zu tun. Daraufhin griff er nach einem riesigen schwarzen Oschi von Telefon mit einer Antenne, die dreißig Zentimeter herausragte, und drückte ein paar Tasten.

So mürrisch wie möglich sagte er: »Ich hab hier 'ne Lady am Eingang, die den tierfreundlichen Bereich besichtigen will. Ihr Köter hat sich in einem anderen Hotel Flöhe geholt, und sie will kein Risiko eingehen.«

Es krächzte aus dem Telefon, und er nickte. »Ja, ihre Identität hab ich überprüft.«

Nach weiterem Krächzen aus dem Telefon drückte er die Aus-Taste und legte es weg.

»Fahren Sie rein und parken Sie vor dem Eingang. Von dort gehen Sie zur Rezeption und fragen nach Gary.«

Ich schenkte ihm ein Tausend-Watt-Lächeln. »Allerherzlichsten Dank.«

Von seinem Gesicht fielen ungefähr zwanzig Jahre ab, als er lächelte. »Nichts zu danken, Verehrteste. Wäre ja schlimm, wenn dieser arme Hund wieder wo hingerät, wo er Flöhe bekommt.«

Die Regierungen dieser Welt sollten Blondinen anheuern, um andere Regierungen auszuspionieren, denn wir schaffen es, selbst da reinzukommen, wo niemand sonst auf der Welt reinkommen würde. Das Problem ist nur, wenn wir erst einmal drin sind, müssen wir doppelt so charmant sein wie davor, als wir uns reingeschummelt haben.

Anweisungsgemäß parkte ich direkt vor dem Eingang, klopfte mir so viele Katzenhaare wie möglich von der

Kleidung und betrat das Hotel. Die Lobby war erstaunlich schlicht. Keine Vergoldungen, keine Kristalllüster, keine Deckengemälde, überhaupt kein falscher Prunk. Es herrschten klare Linien und neutrale Sandfarben vor.

Auch die Rezeption zeigte keinerlei Arroganz, und obwohl von vornherein klar war, dass ich nicht in dieses exklusive Umfeld passte, waren sie doch so nett, mich dies nicht merken zu lassen. Auf meine Frage nach Gary trat ein hübscher Mann, der aussah, als wäre er überall auf der Welt zu Hause, nach vorne und gab mir die Hand. Ich war vollkommen platt. Da ich die Absicht hatte, ihm etwas vorzumachen, beschämte mich diese Geste.

»Gary, es ist wirklich sehr nett von Ihnen, mich reinzulassen. Mein Name ist Dixie Hemingway, ich bin Tiersitterin von Beruf. Ehemalige Klienten von mir, die in die Schweiz gezogen sind, riefen mich heute Morgen an und baten mich, Ihr Hotel zu inspizieren. Sie haben einen Shi-Tzu, ein echter Kinderersatz, und sie möchten sicherstellen, dass die kleine Hundedame sich auch wohlfühlt, wenn sie hier absteigen. Sie heißt Sally.«

Bedenklich, dachte ich, wie leicht mir diese Lügen über die Lippen gingen. Ich war beinahe selbst davon überzeugt, ich hätte Klienten, die mit ihrem Shi-Tzu namens Sally in die Schweiz gezogen waren.

Gary sagte: »Natürlich. Wir sind stolz darauf, auch unseren vierbeinigen Gästen allen nur erdenklichen Luxus zu bieten.«

Er schnippte mit den Fingern, und ein junger Mann in weißer Uniform trat nach vorne und stand stramm. Er sah aus wie der Kapitän eines Kreuzfahrtschiffs.

»Don, zeigen Sie Miss Hemingway bitte unseren tierfreundlichen Bereich. Und lassen Sie sie auch einen Blick in eines unserer Tierzimmer werfen, falls gerade eins frei ist.«

Don sagte: »Jawohl, Sir«, und lächelte mir respektvoll zu. Diese Leute waren alle so nett, ich wünschte, ich hätte tatsächlich Kunden gehabt, die mich gebeten hatten, mir das Hotel anzusehen. Ich hätte das Key Royale sofort empfohlen.

»Hier lang, Ma'am«, sagte Don und marschierte zackig los. Ich folgte ihm einen langen Gang entlang zu einer Doppeltür aus Glas, die, kaum sah sie uns, zur Seite glitt. Dahinter befand sich ein breiter, gepflasterter Weg, aber man befand sich nicht wirklich im Freien, denn die Luft war angenehm trocken und kühl. Von oben drang durch eine gewölbte Glasdecke gefiltertes Licht, und wir schritten durch üppiges Grün und Blühpflanzen hindurch. Sogar kleine, gelbe Schmetterlinge flatterten herum, und sie wirkten durchaus glücklich. Schmetterlinge kommen sich an einem kühlen Ort ganz ohne Feinde und mit jeder Menge süßem Nektar zu trinken wahrscheinlich wie im Himmel vor. Selbst für meine Ohren klang das sehr verführerisch.

Don sagte: »Wir gehen hier lang. Es ist der kürzeste Weg in das Parkareal, wo Ihr Hund sich richtig austoben könnte. Es liegen Gassitüten bereit, aber auch unsere Hausmeister kontrollieren den Platz mehrmals täglich.«

»Eigentlich ist es gar nicht mein Hund. Ich bin bloß Tiersitterin, die sich im Auftrag von Klienten hier umsieht.«

Seine Uniform verlor etwas von ihrem Glanz, und er ging weniger zackig.

Wir verließen den klimatisierten Schmetterlingsgarten und bewegten uns nun wirklich im Freien auf ein parkähnliches Areal zu, das von einem bogenförmigen, zweistöckigen Bau, der wohl Zimmer und Suiten enthielt, begrenzt wurde.

»Unsere Haustiere fühlen sich hier richtig wohl. Wir wollen nicht nur Gäste damit anlocken«, erklärte Don.

»Ich gestehe, ich lebe zwar auf der Insel, bin aber noch nie hier gewesen.«

Er zuckte mit den Schultern. »Die meisten sind noch nicht hier gewesen. Warum auch, meine ich, wenn sie nicht hier arbeiten?«

»Es ist ziemlich teuer hier, nicht wahr?«

Er grinste. »Es gibt hier Zimmer, die kosten fünftausend Dollar die Nacht. Unglaublich, oder? Und für eine Suite werden pro Wochenende zwanzigtausend fällig.«

»Wow. Wer hat denn so viel Kohle?«

»Viele. Wir sind immer ausgebucht.«

Wir erreichten die Rasenflächen des Parks und blieben am Rand stehen. Er sah aus wie ein sehr gepflegter Golfplatz. Die Hausmeister tilgten wohl unverzüglich jeden Grashalm, der von Hundepisse gelb geworden war.

»Gäste, die ihre Hunde auf dem Zimmer haben möchten, wohnen in diesem Gebäude, aber einige Gäste nehmen lieber ein eigenes Zimmer für ihre Hunde; alle kommen jedoch hierher, um sich auszutoben. Es gibt hier viele Kaninchen, die sich aus den Wäldern verirren, weshalb auch gut erzogene Hunde angeleint werden müssen. Welcher Hund kann einer netten kleinen Kaninchenjagd schon widerstehen, hm? Am Strand sind überhaupt keine Hunde erlaubt, weshalb wir Gäste, die ihren Hund zum Strand mitnehmen möchten, auf den Brohard Beach in Venice verweisen.«

Inzwischen war ich so begeistert von dem Schuppen, dass ich es kaum mehr erwarten konnte, meinen nicht existierenden Kunden in der Schweiz zu berichten, dass es in nur zwölf Meilen Entfernung einen Hundestrand für Sally gab. Don hatte jedoch soeben die Herkunft des verletzten Kaninchens erklärt, das Jaz zu Dr. Layton gebracht hatte, was mich wieder auf den wahren Grund meines Hierseins zurückbrachte.

Ich sagte: »Mann, hier würde ich gerne arbeiten. Gäbe es hier denn eine Unterkunftsmöglichkeit?«

»Nur die Manager wohnen hier. Sie haben Appartements im Erdgeschoß.«

»Und das Sicherheitspersonal?«

Er schüttelte den Kopf. »Nein, die gehen nach Hause, wenn ihre Schicht vorbei ist. Davon gibt es zu viele, als dass alle hier wohnen könnten. Wir haben praktisch an jeder Ecke Detektive in Zivil herumstehen.«

141

»Und wenn die Manager Kinder haben? Wohnen die dann auch hier?«

Er gab sich wieder verschlossen wie zuvor. »Das müssten Sie die entsprechenden Personen selbst fragen. Ihr Privatleben geht mich nichts an.«

Ich war beeindruckt. Er rückte zwar einige Insider-Informationen heraus, gab sich aber bei persönlichen Fragen über andere Angestellte verschlossen.

Er sagte: »Gehen wir nun zu den Privatzimmern für Hunde.«

Ich trabte brav hinter ihm her, hielt dabei aber ständig Ausschau nach Jaz. Je mehr ich sah, umso weniger erwartete ich, sie zu entdecken. Die Anlage erstreckte sich über ein riesiges Areal an der Bay, mit Tennisplätzen und Swimmingpools und kleinen Essplätzen unter Bäumen. Für die kontaktfreudigeren Gäste lagen an der Bucht Schnellboote, Segelboote, Fischerboote, Kanus, Paddelboote und Wasserskier bereit. Weiter entfernt von der Bucht und allen Sportanlagen gab es Villen und kleinere Landhäuser, die über ein weitverzweigtes Netz gepflasterter Wege miteinander verbunden waren. Ab und an boten dicht über dem Boden stehende Hinweisschilder eine gewisse Orientierungshilfe, falls einer der Gäste in Anbetracht der vielen Möglichkeiten mal überhaupt nicht mehr wusste wohin.

Don brachte mich zu dem Spezialgebäude, in dem sich Hunde und Katzen in gepflegter, klimatisierter Umgebung erholen konnten, inklusive erstklassiger Betten, Kletterbäume, Kratzbäume, Fernseher, Musik und Zimmerservice. Ich war mir sicher, der imaginäre Shi-Tzu namens Sally würde sich in einem dieser Zimmer sehr wohl fühlen, hielt aber immer noch nach Jaz Ausschau.

Auf dem Weg zurück in Richtung Hauptgebäude stand auf einem Schild HONEYMOON COTTAGES; dazu zeigte eine weibliche Hand, an welcher ein dicker Ehering prangte, einen schattigen, von Strandkresse gesäumten Pfad entlang. Die kleinen Häuschen grenzten mit ihrer Rückseite direkt an das Naturschutzgebiet, vorne boten Palmen und Meertraubenbäume einen Sichtschutz. Durch die Blätter hindurch sah ich eine Treppe, die zu einer schmalen Veranda hinaufführte.

Ich sagte: »Aaach! Hier sind also die Flitterwochen-Häuschen? Irre, es wäre so was von toll, hier die Flitterwochen zu verbringen!«

Ich klang dermaßen schwärmerisch, dass ich fast selbst gerührt war. Don war ganz sicher gerührt.

Er sah sich kurz um, um sicherzugehen, dass niemand in der Nähe war. »Möchten Sie einen Blick drauf werfen? Von außen, meine ich, reinlassen kann ich Sie nicht.«

»Oooh ja!«

Ich rannte so schnell los, dass Don Mühe hatte, mit mir Schritt zu halten. Die Flitterwochen-Häuschen waren derart brillant verschachtelt angeordnet, dass kein Haus ein direktes Gegenüber hatte und man von jedem Fenster einen freien Blick hatte. Sie waren durchweg im Alt-Florida-Stil gebaut, standen auf hohen Stelzen, und eine Treppe führte zu einer schmalen Veranda hinauf. Alle hatten eine schmale, einspurige Zufahrt. Jedes war eine Miniaturversion von Rebas Haus.

»Haben diese Häuschen Nummern? So wie eine Adresse?«, fragte ich.

Zum ersten Mal wirkte Don verunsichert. »Sie haben Namen, keine Nummern.«

Klar war das so. Das hätte ich wissen sollen. Sie hießen wahrscheinlich »Flamingo« oder »Hibiskus«. Sollte Jaz tatsächlich in einem dieser Flitterwochen-Häuschen wohnen, würde sie die Hausnummer nicht wissen, weil es keine gab. Aber was machte sie in einem Haus, das zwanzigtausend Dollar pro Wochenende kostete?

Don sagte: »Wir gehen besser zur Rezeption zurück. Sicher fragen sie sich schon, was wir hier so lange machen.«

»Oh, tut mir leid! Ich wollte Ihnen keine Unannehmlichkeiten bereiten. Das ist halt der Traum jeder Frau, wissen Sie?«

»Sind Sie verheiratet?«

»Verwitwet.«

Er machte ein betroffenes Gesicht, und ich hasste mich selbst. Nie zuvor hatte ich auf das Mitgefühl anderer gesetzt, nur weil ich Witwe war, und ich kam mir so billig dabei vor. Don tat ich jedenfalls unglaublich leid, und er fragte sich nicht mehr, warum ich wissen wollte, ob die Manager Kinder oder die Flitterwochen-Häuschen Namen hatten. Vielleicht dachte er, ich hätte aus Kummer den Verstand verloren. Ganz falsch lag er damit nicht, aber in diesem speziellen Fall war ich eher berechnend als verrückt gewesen.

Er begleitete mich zurück in die Eingangshalle. Dort bedankte ich mich überschwänglich für die Führung, versprach, meinen ominösen Klienten in der Schweiz das Key Royale eindringlich zu empfehlen, und ging zurück zu meinem Bronco. Am Tor verabschiedete ich mich vom Pförtner mit einem fröhlichen Winken und hauchte ihm ein *Danke!* entgegen. Er winkte zurück, als wären wir gute alte Freunde. Eigentlich hätte ich mich schämen sollen, einen so netten Mann auszutricksen, tatsächlich war ich aber ziemlich stolz.

Es war sonnenklar, dass Jaz und ihr Vater in irgendeiner Verbindung zum Key Royale Resort Hotel standen und dass Jaz jemandem in L.A. eines dieser Flitterwochen-Häuschen als ihr Zuhause beschrieben hatte.

Trotzdem war mir nach wie vor nicht klar, warum sie das tun sollte.

16

Im Diner schnappte ich mir eine *Herald Tribune* vom Zeitungsständer und reservierte damit meinen Platz, während ich mich frischmachen ging. Mein Energieschub hatte inzwischen merklich nachgelassen, und er verpuffte so ziemlich ganz, als ich Bambi Dirk an einem Waschbecken auf der Damentoilette stehen sah. Sie war ein weiteres Beispiel dafür, wie wenig doch so mancher Name zu seiner Trägerin passt, denn Bambi Dirk glich mehr einer Elchkuh als einem zarten Rehkitz. Zudem fragte ich mich, was hinter dieser sonderbaren Art von karmischem Klassentreffen stand, ob es eine kosmische Kraft war, die mich zuerst mit Maureen und nun mit Bambi zusammen brachte.

Während ich für Maureen früher eine besondere Zuneigung empfunden hatte, verband mich mit Bambi eine besondere Abneigung. Tatsächlich hatte sie mich gehasst wie der Teufel das Weihwasser, und das Gefühl beruhte durchaus auf Gegenseitigkeit. Bambi hatte es nie verwunden, dass ihr Freund sie wegen mir sitzengelassen hatte, und ich hatte es nie verwunden, dass sie Maureen zur Schulschlampe erklärt hatte. Nun lag ja dieses ganze Tralala aus Highschoolzeiten eigentlich hinter uns, aber trotzdem beäugten Bambi und ich einander wie zwei Raubkatzen, die kurz davor waren, loszufauchen und sich die Augen auszukratzen. Sie trug eine krötenfarbene Bluse und viel zu enge weiße Shorts nach dem Motto Arsch frisst Hose. Im Gegensatz zu mir hatte sie seit unserer letzten Begegnung deutlich zugenommen, was ich nicht ohne Genugtuung feststellte.

Sie sagte: »Hey, Dixie, ich wusste gar nicht, dass du noch hier auf der Insel lebst? Ich hab gehört, du wurdest vom

Sheriff's Department gefeuert und hättest die Stadt verlassen.«

Ich hielt beide Hände unter den Wasserstrahl, hütete mich aber davor, sie vollzuspritzen.

»Beides falsch, Bambi. Ich wurde nicht gefeuert, und ich wohne immer noch hier.«

Ihre Augenbrauen zogen sich zusammen, und auf ihrer Stirn entstand eine tiefe, senkrechte Furche. In wenigen Jahren würde diese Furche ein Dauerzustand sein, und sie würde aussehen wie ein Elch. Das könnte einer anständigen Frau nicht passieren.

»Aber du bist keine Polizistin mehr.«

»Ich bin Tiersitterin.«

Sie blickte mir verächtlich aus dem Spiegel entgegen und fuhr sich mit langen, manikürten Fingern durch die Haare. »Ich nehme an, du hast gehört, was deiner alten Freundin, dieser Schlampe, zugestoßen ist?«

»Alte Schlampen kenn' ich mehrere, Bambi. Welche meinst du?«

»Wenn du das nicht weißt, lebst du auf einem anderen Planeten. Es kommt in den Nachrichten ständig rauf und runter.«

Ich zog ein Papierhandtuch aus dem Spender, trocknete mir die Hände und knüllte es zusammen. Kurz davor, es Bambi ins Gesicht zu schmeißen, warf ich es doch in den Eimer und machte auf dem Absatz kehrt, bereit, hinauszurauschen. Aber es ist schwer, auf dem Absatz kehrtzumachen, wenn man Keds trägt, und noch schwerer, in Cargoshorts hinauszurauschen. Dazu wären Rüschenvolants vonnöten gewesen, oder zumindest ein weit schwingender, langer Rock. Aber wenn ich schon nicht hinausrauschen konnte, schaffte ich es immerhin, noch das letzte Wort zu haben.

»Schön zu sehen, dass du noch immer dieselbe alte Giftspritze bist, Bambi.«

Die Tür glitt seufzend hinter mir zu und ich stapfte am Männerklo, dem Büro der Geschäftsleitung und einem öffentlichen Telefon vorbei, den Gang entlang. Am Tresen, dem Platz für Gäste, die beim Essen fernsehen wollen, starrten alle zu dem Monsterbildschirm an der Wand hinauf. Ich huschte an ihnen vorbei auf den normalen Essbereich zu, blieb jedoch abrupt stehen, als ich Maureens Stimme hörte. Mit wackeligen Knien drehte ich mich um, und mein Blick fiel auf ihr übergroßes Gesicht auf dem Bildschirm.

Sie sah gut aus, ihr Bild entsprach dem, was sie war, eine nicht sehr kluge Frau mit Superfrisur und einem Wahnsinnskörper, die reich geheiratet hatte. Sehr reich. Sie trug einen heißen Minirock in Pink, dazu eine taillierte Jacke mit federig-fluffiger Bordüre. Schuhe sah man keine, dazu war die Kamera zu dicht dran, aber nur extrem hohe High Heels konnten ihren Brüsten diesen Vorwärtsdrall verleihen. Ihre glänzenden braunen Haare hatten dank lockiger Verlängerungen gut das doppelte Volumen, ihre bebenden Lippen waren süßlich rosa angemalt, die Wimpern dicht und dunkel, und die großen braunen Augen blickten feucht und flehentlich in die Kamera. Mit ihrer sanft säuselnden Stimme hätte sie glatt eine Grubenotter zum Heulen gebracht.

»Geben Sie mir bitte, bitte meinen Mann zurück. Sie haben bekommen, was Sie verlangt haben. Nun halten Sie bitte Ihr Versprechen, und geben Sie mir meinen Mann zurück.«

Daraufhin reckte sie das Kinn, wie um anzudeuten, sie würde tapfer akzeptieren, was auch immer kommen möge.

»Victor, solltest du mich jetzt hören, halte durch, Liebling. Ich liebe dich sehr, und ich zähle die Sekunden, bis du wieder bei mir bist.«

Bambi Dirk kam aus dem Gang zu den Toiletten hervorgeschossen und stakste hinter mir in Richtung Ausgang vorbei. Als sie mich sah, grinste sie mir höhnisch zu.

»Hab ich's nicht gesagt?«

Die Antwort sparte ich mir, mir waren die Konter gerade ausgegangen. Außerdem stimmte ja wohl doch, was sie gesagt hatte. Maureen beherrschte wirklich die Nachrichtensendungen. Aber das hatte ich alles selbst erlebt, und ich machte mir deswegen keine Sorgen. Mich beunruhigte die Absicht der Entführer, Victor zu ermorden, falls Maureen den Vorfall weitererzählen würde. Und nun hatte sie ihn, anstatt zu schweigen, über das Fernsehen landesweit publik gemacht.

Maureen war keine Leuchte, aber für so doof hielt ich sie nun auch wieder nicht.

Die Nahaufnahme wechselte zu einem Schwenk über Maureens limonengrünes Tor und das palastartige, himbeerrote Herrenhaus dahinter. Das Tor öffnete sich, und Maureen wurde von einigen offiziell aussehenden Herren in Empfang genommen und hindurchgeführt. Dann schloss sich das Tor wieder, und draußen blieb eine Meute von Journalisten zurück, die, alle mit Kameras und Notizblocks ausgerüstet, in einem lauten Durcheinander Fragen riefen.

Während die Kamera der kleinen Gruppe folgte, die Maureen zu ihrem Haus begleitete, ertönte eine Stimme aus dem Off: »Dies war die Wiederholung einer von Victor Salazars Ehefrau heute Vormittag einberufenen Pressekonferenz.«

Während ich dachte: *Eine Pressekonferenz?*, fuhr die Stimme fort.

»Mr Salazar wurde vor drei Tagen entführt. Bei Mrs Salazar ging eine Lösegeldforderung ein, in der die mutmaßlichen Entführer die Hinterlegung von einer Million Dollar in bar an einem bestimmten Ort verlangten. Mrs Salazar sagt, sie habe die Forderung erfüllt, aber trotzdem sei ihr Mann bisher nicht wieder aufgetaucht. Den Sheriff hat Mrs Salazar in der Sache der Entführung ihres Mannes nicht kontaktiert. Der Sprecher des Sheriffs empfahl bei der Gelegenheit noch einmal ausdrücklich, im Falle der Entführung eines Angehörigen unverzüglich die zuständigen Behörden um Hilfe zu ersuchen.«

Es erfolgte ein Szenenwechsel zu drei Experten mit gewichtigen Mienen und noch gewichtigeren Argumenten, wie man im Fall einer Entführung reagieren sollte. Sicher würde keiner empfehlen, es so wie Maureen zu machen.

Ich ging zu meiner Nische und ließ mich auf den Sitz plumpsen. Judy hatte meinen Kaffee schon bereitgestellt, und ich trank ihn in leicht abwesendem Zustand. Die Frau, die da gerade im Fernsehen die Rückkehr ihres Mannes erfleht hatte, musste die ganze Nacht damit zugebracht haben, sich die Haare und das Make-up zu machen, ehe sie die Pressekonferenz einberief. Auch das pinkfarbene Kostüm musste sie bewusst gewählt haben, nicht nur, damit es zu dem himbeerroten Haus passte, sondern auch, weil Frauen in Pink feminin und verletzlich wirken, nicht ohne jedoch auch eine gewisse innere Stärke auszustrahlen. Derlei Unsinn glauben die Menschen, und Maureen wusste das. Ich wurde das Gefühl nicht los, dass sie da eine ganz schöne Show vor der Kamera abgezogen hatte.

Zum ersten Mal fragte ich mich, ob Maureen ihren Göttergatten wirklich zurückhaben wollte. Ich hatte keine Ahnung, welche Art von Ehe Maureen und Victor führten, wusste aber, dass Geld für Maureen sehr wichtig war. Im Fall einer Scheidung müsste sie sich mit dem zufriedengeben, was ihr rechtlich zustand, im Fall von Victors Tod jedoch könnte sie seinen ganzen Reichtum für sich einheimsen, eine große Verlockung für Materialistinnen wie Maureen und leicht nachvollziehbar, auch wenn man selbst nicht so dachte wie sie.

Judy kam zu mir herüber, um mir Kaffee nachzuschenken. »Wen willst du denn abmurksen?«

»Was?«

»Du siehst so aus, als hättest du die Absicht, jemanden umzubringen.«

Ich wollte ihr nicht sagen, dass meine alte Highschool-freundin wahrscheinlich plante, ihren Mann aus dem Weg zu räumen. Eine schreckliche Vorstellung. Dazu kam, dass ich an Maureens Komplott sogar beteiligt gewesen war, sollte ich mit meiner Vermutung richtig liegen.

Manche Wahrheiten sind unumstößlich, und es wäre sinnlos, sie anzuzweifeln. Die Schwerkraft beispielsweise oder die Tatsache, dass zwei und zwei vier ist. Ebenso unumstößlich gilt, dass manche Leute einfach Glück haben. Sie können sich jede Dummheit leisten, ohne je für die Konsequenzen geradestehen zu müssen.

Ich gehöre nicht zu diesen Glücklichen.

Es zählte nicht, dass ich Maureen überreden wollte, die Polizei anzurufen und Victors Entführung zu melden. Es zählte nicht, dass ich ihr aus einem Gefühl der Verpflichtung heraus geholfen hatte, und es zählte auch nicht, dass ich in bester Absicht gehandelt hatte. Tatsache war, dass ich mir eine große Dummheit geleistet hatte, und ich spürte den eisigen Griff der Konsequenzen im Nacken.

17

Alles war mucksmäuschenstill, als ich nach Hause kam, durchtränkt von jener Mittagsmüdigkeit, die sowohl die Brandung als auch das Vogelgezwitscher verstummen lässt. Ella räkelte sich auf dem Wohnzimmersofa, und wir versicherten einander, dass es in unserem ganzen Leben nie jemand anderen gegeben hatte, dass wir einander so sehr liebten wie unser eigenes Leben. Sie schnurrte extralaut, um mir weiszumachen, dass sie mich nicht wie eine heiße Maus fallen lassen würde, sobald Michael zur Tür hereinkam.

Ich hatte Michael mein ganzes Leben lang geliebt und hatte vollstes Verständnis für ihre Gefühle. Ich trug sie in die Küche und gab ihr frisches Wasser, dann machte ich mich auf den Weg unter die Dusche. Nebenbei schaltete ich noch den CD-Spieler an, um mich von Pete Fountains Klarinettenklängen umwehen zu lassen.

Die besten Ideen habe ich meistens, wenn Wasser an mir herabperlt, aber dieses Mal waren meine Gedanken zu verwirrt, und ich kam zu keinem Entschluss. Ich sollte Maureen anrufen, sagte ich mir, immerhin war ich ihre älteste Freundin, und sie befand sich in Not. Dann fiel mir ein, dass unsere Schulzeit fünfzehn Jahre zurücklag, dass ich ihre Telefonnummer gar nicht hatte und wahrscheinlich auch nicht erfragen konnte, weil sie geheim war.

Ich sagte mir, dass ich in Victors Entführung verwickelt war, weil ich mich von Maureen hatte überreden lassen, diese verdammte Reisetasche voller Geld zu diesem Pavillon zu schleppen. Da fiel mir ein, dass sie bei ihrer inszenierten Pressekonferenz meinen Namen ja gar nicht erwähnt hatte, und somit wäre ich vielleicht aus dem Schneider. Aber ich sagte mir auch, dass die Wahrscheinlichkeit, da nicht mit hineingezogen zu werden, so groß war wie die Wahrscheinlichkeit eines Sommers in Florida ohne Hurrikan.

Als ich aus der Dusche stieg, war ich fast vollständig durchweicht, aber weit davon entfernt, die Lage irgendwie positiv zu sehen. Pete Fountain dudelte noch vor sich hin, und gerade als ich nach einem Handtuch griff, klingelte mein Handy. Nass, wie ich war, schoss ich aus dem Bad. Meine Handynummer haben nur wenige Freunde, und nur drei von ihnen – Michael, Paco und Guidry – haben einen speziellen Klingelton, wenn sie mich anrufen. Michael und Paco wissen, dass sie zu dieser Elite gehören, Guidry hat keine Ahnung davon.

Ich hoffte, Michael würde mich anrufen, weil er Neuigkeiten über Paco hatte, aber es war Guidry.

Er sagte: »Bist du zu Hause?«

Ich gab zu, dass ich es war.

»Ich biege gerade in deine Zufahrt ein. Bin in zwei Minuten da.«

Nass und außer Atem schlüpfte ich in ein schenkellanges Shirt mit Spaghettiträgern und knotete meine nassen Haare zusammen. Mit den Klängen von Pete Fountain im Hintergrund öffnete ich Guidry mit nackten Füßen und nacktem Gesicht die Tür. Sein Blick aus den grauen Augen gab sich neutral und objektiv, aber seine Pupillen verrieten ihn. Wenn man einem Mann mit hervortretenden Brustwarzen gegenübertritt, weiten sich seine Pupillen wie ein sich ausbreitender Tintenfleck. Die andere Seite war natürlich die, dass meine Brustwarzen mich zuerst verraten hatten.

Er sagte: »Ich bin wegen diesem Mädchen hier.«

Ich war so mit Maureen beschäftigt gewesen, dass ich eine Weile brauchte, um zu verstehen, dass er Jaz meinte. Ich wies auf das Sofa und ließ mich in den dazugehörigen Sessel plumpsen. Ich zog die Beine seitlich an, erkannte aber sofort, dass ich eine Menge Haut zeigte, und zog mir das Shirt über die Knie. Ella sprang zu mir auf den Sessel und kuschelte sich in die Ecke. Ich war froh über ihre Anwesenheit. An meiner Seite fühlte sie sich wie ein warmes Kissen an.

Guidrys Augen wandten sich den Klängen von Pete Fountains Klarinette zu.

Ich sagte: »Heute Morgen war sie bei Hetty. Sie und ihr Stiefvater wohnen angeblich in der Nähe. Die Hausnummer weiß sie nicht, aber ich habe ihr Reba Chandlers Haus beschrieben – du weißt schon, auf Stelzen gebaut und mit einer hohen Treppe –, und sie sagte, so würde es aussehen.«

Seine Augen signalisierten mir *Ich höre zu,* aber sein Kopf war der Musik zugeneigt, weshalb ich mir nicht sicher war, ob er bei mir war.

»Während wir uns unterhielten, bemerkte Jaz, wie spät es war, und erschrak. Sie sagte, ihr Stiefvater würde sie umbringen, wenn er nach Hause kommen würde und sie nicht da wäre. Das war sicher nicht wörtlich gemeint, aber du weißt ja, wie Kids so reden. Wie auch immer, sie rannte raus und ich hinterher. Ich verfolgte sie im Auto, um zu sehen, wo sie hinlief. Sie rannte in das Naturschutzgebiet hinter dem Key Royale, und mir war klar, sie konnte nur ein Ziel haben, das Hotel.«

Guidry fasste mich schärfer ins Auge, und ich war mir nun ziemlich sicher, dass er zuhörte.

»Ich hab mich reingeschummelt und wurde von einem Angestellten herumgeführt. Es gibt dort Flitterwochen-Häuschen, die direkt an das Naturschutzgebiet angrenzen, und angeblich verirren sich von dort auch ständig Kaninchen auf das Hotelgelände. Diese Häuser stehen wie Rebas Haus auf hohen Stelzen, und ich gehe davon aus, dass Jaz eines dieser Häuser einer Freundin oder sonst jemandem beschrieben hat, weshalb diese Typen zu Rebas Haus kamen und nach ihr suchten. Die Hausnummer konnte sie gar nicht wissen, weil diese Häuschen alle nur Namen haben, keine Nummern.«

Guidry blickte skeptisch drein. »Du glaubst, sie wohnt in einem Flitterwochen-Häuschen im Key Royale?«

»Es klingt abstrus, ich weiß, aber ich glaube es trotzdem. Der Typ, der mich herumgeführt hat, sagte, für diese Häuschen müsste man zwanzigtausend pro Wochenende hinblättern. Jaz' Stiefvater sieht nicht so aus, als könne er sich das leisten, aber eine andere Erklärung sehe ich nicht. Meines Erachtens muss er dort als Sicherheitsmann arbeiten, aber Don – so heißt der Typ, der mich rumgeführt hat – sagte, das Hotel würde außer den Managern keinem Angestellten Logis bieten. Und die Angestellten, die ich gesehen habe, waren alle gut angezogen und kultiviert. Nicht so wie Jaz' Stiefvater.«

»Habt ihr, du oder diese Miss Soames, je den Nachnamen dieses Mädchens erfahren?«

»Nein, aber ich weiß, dass Jaz die Kurzform für Jasmine ist, *Jas-meen* ausgesprochen, und sie sagt, ihre Mutter habe sie so genannt. Sie hasst es, wenn ihr Stiefvater sie Rosemary nennt. Als sie ihre Mutter erwähnte, weinte sie und verstummte. Hetty geht nicht davon aus, dass es überhaupt eine Mutter gibt, und vielleicht hat sie recht. Gestern Abend war Hetty mit ihr einkaufen und hat ihr ein paar neue Klamotten spendiert. Zu essen gibt sie ihr auch.«

Pete Fountain spielte nun den *Tin Roof Blues,* und Guidrys Blick veränderte sich auf eine bestimmte Art und Weise; ich war mir sicher, dass er sowohl mir als auch der Musik zuhörte.

Plötzlich kam ich mir wie der letzte Trottel vor. Vielleicht hatten sich Guidrys Pupillen ja gar nicht wegen meiner Brustwarzen geweitet, sondern wegen Pete Fountain. Guidry stammte aus New Orleans. Er sprach Französisch. Er kam aus einer reichen Familie und war blitzgescheit. Jazz aus dem French Quarter von New Orleans löste vielleicht mehr bei ihm aus als ich mit meinem Körper.

»Guidry, bist du eigentlich Kreole oder Cajun? Was heißt das überhaupt, Cajun?«

Ich schwöre bei Gott, das war mir einfach so rausgerutscht. Die Frage an sich und auch der Zeitpunkt waren völlig daneben. Außerdem war es mir schnurzpiepegal, welche Art Franzose er war. Das Problem war nur, dass mein Mund nicht wusste, dass es mir egal war.

Ella streckte den Kopf hervor und sah mich streng an. Sie sagte: »Thrippp!«, und rollte sich wieder zusammen. Anscheinend hatte die Musik ihre Vorliebe für Scat-Gesang in ihr wachgerufen. Entweder das, oder ihr war meine vorlaute Art peinlich, und sie schämte sich in meiner Gegenwart.

Guidrys graue Augen erforschten einen Moment lang mein Gesicht, so ziemlich auf die Art wie zuvor Ellas Blicke. Als er antwortete, klang er ein wenig wie ein Lehrer, dessen Geduld überstrapaziert wurde.

»Hast du mal vom Französisch-Indianischen Krieg gehört? Als Kanada gegen Frankreich und Großbritannien gekämpft hat?«

Ich schüttelte den Kopf. Ich bereute die Frage so sehr. Ich wollte keinen Geschichtsunterricht erhalten, sondern nur wissen, ob er Kreole oder Cajun war.

»Frankreich und Großbritannien beanspruchten beide ein Gebiet in Kanada, das von Franzosen besiedelt war. Ein Teil dieses Gebiets nannte sich Akadien. Die Briten haben den Krieg gewonnen, worauf die französischen Siedler alle wegmussten. Viele von ihnen gingen nach Louisiana. Davon handelt das Gedicht *Evangeline*. Da sie aus Akadien gekommen waren, nannten sie sich *Acadian,* was die Amerikaner in Louisiana jedoch *Cajun* aussprachen. Bei ihrer Ankunft gab es da auch schon französische Kreolen, aber die Cajuns sprachen einen anderen französischen Dialekt, was sie heute noch tun. Aber reine Cajuns gibt es heute ebenso selten wie reine Kreolen. Dafür umso mehr Mischehen und Abstammungslinien.«

»Du bist also Cajun?«

Er grinste. »Seit wann ist die Genealogie dein Hobby?«

»Ich bin nur neugierig.«

»Okay, dann erzähl ich dir meine Familiengeschichte. Nur schade, dass meine Schwester nicht da ist. Sie kennt sämtliche Details.«

Ich nahm an, dieses Mal meinte er seine wirkliche Schwester und keine Nonne, die ihn in der Schule vor den Mädchen gewarnt hatte.

Er fuhr fort: »Französische Siedler der ersten Generation in Louisiana bezeichnete man einfach als *French*. Schon ihre Kinder jedoch wurden *Creole* genannt, um sie als in Amerika Geborene von den Einwanderern abzugrenzen. Mein kreolischer Ur-ur-ur-Großvater lernte meine Ur-ur-ur-Großmutter auf einem Quadroon-Ball kennen.«

Ich hörte ihm nur halb zu. Mich beschäftigte die Tatsache, dass er eine Schwester hatte, und ich fragte mich, ob es nur eine war und ob er vielleicht auch Brüder hatte.

»Weißt du, was Quadroon bedeutet?«

»Eine alte französische Währung?«

Er rieb sich mit den Fingerspitzen die Stirn. »Als Quadroon galten Menschen mit weniger als einem Viertel schwarzem Blut, und ein Quadroon-Ball war eine Veranstaltung, auf der französisch-kreolische Männer mit hübschen, gebildeten Quadroon-Frauen bekannt gemacht wurden.«

Ich sagte: »Mm-hm.«

Ich hatte das Bild einer süßen jungen Braut mit milchkaffeebrauner Haut vor Augen, die ihren stolzen französischkreolischen Bräutigam in die Arme schloss.

Als hätte er erraten, welche Vorstellung mir durch den Kopf geisterte, sagte Guidry: »Die Frauen wurden nicht als potenzielle Ehefrauen, sondern als potenzielle Geliebte vorgestellt.«

Ich wendete mich voller Abscheu ab.

»Das kann man heute kaum mehr nachvollziehen, aber gemischtrassige Ehen waren bis in die 1960er-Jahre hinein verboten. Die Leute dachten damals, die Welt würde untergehen, wenn ein solches Paar heiratete.«

»Aber dein Großvater ...«

»Mein Ur-ur-ur-Großvater. Der Familienlegende zufolge hat er sich vom Fleck weg in die Frau verliebt, die er auf einem Quadroon-Ball kennengelernt hat. Die Liebe hielt bis an sein Lebensende, und die beiden hatten vier Kinder, alles Söhne. Sie erhielten seinen Namen und besuchten die besten Schulen des Landes.«

Meiner Illusionen beraubt, sagte ich: »Hatte er auch eine richtige Frau?«

»Nein, Guidry-Männer sind mit einer Frau glücklich.«

Meine Wangen erhitzten sich. Guidry hatte mir einmal gesagt, dass er seine Frau nach der Scheidung nicht mehr geliebt habe. Ich fragte mich, ob er seine Liebe für die Frauen schon ganz verbraucht hatte und nie mehr eine andere lieben würde.

Er sagte: »Ehe du fragst, wir haben keine Familienlegende bezüglich der Vorfahren meiner Mutter, aber die meisten von ihnen waren französischer und spanischer Herkunft.«

In dem Moment verstummte die Pete-Fountain-CD, als hätte sie die Hintergrundklänge für Guidrys Familiengeschichte geliefert, die nun beendet war.

Guidry richtete den Blick mitten in die Stille hinein. Er setzte sich etwas gerader hin und wirkte ein wenig verlegen.

»Ehe ich meinen Familienstammbaum erklommen habe, haben wir über dieses Mädchen namens Jaz gesprochen.«

»Guidry, etwas an ihr und ihrem Stiefvater stimmt nicht. Es geht schon mit der Frage los, warum ein Typ, der Polyesteranzüge und bügelfreie Hemden trägt, so teuer wohnen sollte. Und dann gibt es in diesen Flitterwochen-Häuschen nur ein Schlafzimmer, was die schrecklichsten Vermutungen aufwirft, falls sie dort gemeinsam wohnen. Um alleine zu wohnen, ist Jaz jedoch wiederum zu jung, und eine Mutter scheint es nicht zu geben. Die ganze Sache ist einfach nur bizarr.«

»Die gewichtigere Frage ist, wie sie sich finanzieren«, sagte Guidry.

»Meinst du immer noch, Jaz könnte mit einer Bande zu tun haben?«

»Für wie alt schätzt du sie?«

»Zwölf oder dreizehn.«

»Warst du in diesem Alter klug genug, dich von den Typen mit den coolsten Klamotten und den heißesten Schlitten fernzuhalten?«

Ich sagte: »Als ich so alt war, kannte ich überhaupt niemanden, der ein Auto hatte.«

Das stimmte. Einen Jungen mit einem eigenen Auto hatte ich erst auf der Highschool kennengelernt. Harry Henry, Maureens damaliger Freund, fuhr einen alten, verbeulten Leichenwagen mit verrostetem Auspuff, der Funken auf der Straße hinterließ.

Guidry sagte: »Ich werde mal sehen, was ich über die Verbindung des Stiefvaters zum Key Royale herausfinden kann. Falls du Jaz in der Zwischenzeit wieder mal siehst, sag ihr, sie soll sich von diesen Typen fernhalten. Besonders jetzt.«

»Ist sie denn in Gefahr?«

»Solltest du sie sehen, versuch sie dazu zu überreden, bei Miss Soames zu bleiben.«

Dann stand er sofort auf, als wäre er nur gekommen, um mir dies mitzuteilen. Weitere Fragen, das entnahm ich seiner Miene, erübrigten sich, aber ich hatte kapiert, worum es ging. Die Strafverfolgungsbehörden planten einen großen Schlag gegen das organisierte Bandentum. Sollte Jaz diesbezügliche Kontakte haben, könnte sie verletzt werden. Wenn es Hetty und mir gelänge, sie herauszuhalten, wäre sie in Sicherheit. Soweit man bei einem Mädchen ohne verantwortungsvolle Eltern überhaupt von Sicherheit sprechen kann.

Aber warum sollte ausgerechnet ich Jaz dazu überreden, bei Hetty zu bleiben? Ich hatte keinen Einfluss auf das Mädchen. Ich hatte keinen Einfluss auf Jaz oder Maureen oder Guidry oder sonst jemanden auf dieser ganzen Sch…welt. Nicht einmal auf mich selbst hatte ich irgendeinen Einfluss.

Ich stand auch auf. »Wenn der Stiefvater mit einer Bande zu tun hat …«

Ich sprach den Satz nicht zu Ende. Wir wussten beide, dass man für Kinder aus zerrütteten Familien wenig tun kann.

Guidrys Blick ruhte einen Moment lang auf mir. »Hübsch, das Kleid.«

Meine Brustwarzen standen stramm wie salutierende Soldaten, und seine Pupillen weiteten sich wieder. Okay, es waren von Anfang an meine Brustwarzen gewesen, nicht Pete Fountain.

Ella sprang in dem Moment auf den Boden und umschmeichelte, von Scat-Tönen begleitet, meine Beine.

Guidry senkte den Blick und grinste. »Ich sehe, deine Wachkatze ist gut abgerichtet.«

Für zwei Cent hätte ich ihm glatt gesagt, dass ich keine Unterwäsche trug. Mist, ich hätte es ihm auch umsonst gesagt, aber er gab mir keine Gelegenheit dazu. Seine Hand schwebte einen Moment lang über meiner nackten Schulter, und sein Kopf neigte sich etwas zur Seite, so, als wollte er mich küssen, aber dann wandte er sich ab und entschwand nach draußen, als hätte er sich plötzlich an einen dringenden Termin auf der anderen Seite der Welt erinnert.

Erst draußen auf der Veranda und somit in Sicherheit verabschiedete er sich. Dann hob er die Hand und brummelte: »Danke, Dixie.«

Ich antwortete nicht, weil ich mich plötzlich wie ein tonloses Instrument fühlte. Ich ließ die Rollläden herunter und trottete ins Schlafzimmer, schlüpfte ins Bett und zog mir die Decke über die kalten Schultern. Als Ella dazukam und mir Gesellschaft leistete, kuschelte ich mich eng an sie. Dann brach ich in heftiges Schluchzen aus, ohne genau zu wissen warum.

Vielleicht weil der Mann meiner alten Freundin entführt worden war oder weil Kinder aufwachsen, ohne dass ihnen jemand nach der Schule ein Glas Milch und Kekse hinstellt; aber ich glaube nicht, dass dies der Grund war. Es gibt Zeiten, da müssen einfach Tränen fließen, und man kann nichts dagegen tun.

Manchmal habe ich das Gefühl, als befände sich mein Herz seit Längerem in der Geiselhaft unbekannter Schurken – außerirdischer Wesen, die mich entführt und in eine andere Welt versetzt haben, eine Welt, die jener, wie ich sie vor dem Tod von Todd und Christy kannte, zwar ähnelt, die aber trotzdem nicht dieselbe ist. In diesem Alternativuniversum gehe ich meinen Geschäften nach, spreche, esse und schlafe ich und führe allem Anschein nach ein richtiges Leben. Mein wahres Selbst jedoch ist irgendwo eingesperrt und schaut aus seinem Gefängnis nach draußen, und ich habe oft große Zweifel, ob andere Menschen ihr wahres Selbst leben oder nur leere Gefäße sind wie ich.

Dann denke ich, ich sollte einen Club für andere »Leerlinge« gründen. Wir könnten uns als die Anonymen Leerlinge bezeichnen und uns treffen und Kekse knabbern und Tee trinken und nicht vortäuschen, zu sein. Das wäre eine große Erleichterung. Anderen Menschen, die mich mögen, nicht vorgaukeln zu müssen, ich wäre ein Mensch mit Substanz. Ich bin mir sicher, andere Leerlinge empfinden dies genauso. Wir könnten zusammenkommen und uns in unserem Nicht-Sein unterstützen.

Nachdem ich mich ausgeweint hatte und mich nicht mehr so hohl fühlte, schlief ich ein und wachte erst wieder auf, als es Zeit für meine Nachmittagsrunde war. Mit Ella auf dem Schreibtisch übertrug ich schnell ein paar Angaben auf meine

Klientenkarten und schlüpfte dann in meine üblichen Cargoshorts und ein ärmelloses T-Shirt.

Immer wieder musste ich an Maureen denken und fragte mich, was nun passieren würde, da sie Victors Entführung publik gemacht hatte. Ob sie wohl mit dem Sheriff's Department zusammenarbeitete? Konnten sie ihr noch helfen, oder war bereits alles zu spät?

Ich ließ Ella alleine auf meinem Bett zurück und machte mich auf den Weg zu Tom Hale. Er und Billy Elliot schauten die *Oprah Winfrey Show,* in der gerade zwei Paare beschrieben, wie sie ihre Ehen mittels außerehelicher Affären frisch hielten. Oprah schien wenig begeistert von dieser Idee, wahrte aber doch die Fassung. Ich könnte mir vorstellen, dass sie nach manchen Gesprächen hinter der Bühne verschwindet und ihre Wut an einem Sandsack abreagiert.

Tom stellte den Fernseher ab und drehte seinen Rollstuhl herum, um mir zuzusehen, wie ich Billy Elliots Leine am Halsband einklinkte.

Er sagte: »Ein Eheberater sagte gerade in dieser Sendung, dass sich romantische Verliebtheit gerade mal achtzehn Monate hält, nicht mehr und nicht weniger. Das bedeutet dann wohl, dass Menschen, die länger als achtzehn Monate bis zu ihrer Hochzeit warten, überhaupt nie heiraten werden.«

»Ach Quatsch, ich kenne genug Leute, die sind schon ewig verheiratet und noch immer scharf aufeinander.«

Er grinste. »Du solltest bei *Oprah* auftreten.«

»Tom, hast du Maureen Salazar in den Nachrichten gesehen?«

Er grinste noch, als er zu mir aufsah, aber das Grinsen erstarb, als meine Frage zu ihm durchgedrungen war.

»Die Frau des Erdölhändlers? Du meine Güte, Dixie, war Salazar der Typ, mit dem deine gestrige Frage zu tun hatte?«

»Du hast sie gesehen?«

»Ihr Mann ist angeblich entführt worden, und sie hat den Entführern eine Million Dollar Lösegeld gezahlt. Das Geld stammte aus dem Safe in ihrem Haus, nicht wahr?«

Billy Elliot wuffte, um anzudeuten, dass er unser Geplapper lange genug ertragen hatte, und ich ließ mich zur Tür hinausführen. Billy hatte recht. Mein Job war es, mit ihm Gassi zu gehen, nicht Tom zu Spekulationen zu verleiten, warum wohl ein Mann wie Victor Salazar haufenweise Bargeld in seinem Privatsafe bunkerte.

18

Auf dem Weg zu Big Bubba machte ich kurz Halt im Supermarkt, um Bananen zu kaufen. An der Kasse vollführte ein Mädchen an der Seite seiner Mutter diesen für die Kids von heute so typischen manischen Daumentanz beim Schreiben einer SMS. So sehr war die Kleine auf den Miniaturbildschirm fixiert, dass ihre Mutter ihr einen Stoß geben musste, nachdem sie gezahlt hatte und bereit zum Gehen war. Anschließend warf die Mutter einen Blick in die Runde und rollte mit den Augen, um uns an ihrer grenzenlosen Geduld mit ihrer SMS-süchtigen Tochter teilhaben zu lassen. Mehrere andere brachten augenzwinkernd ihr Verständnis zum Ausdruck.

Während meine halbreifen Bananen auf dem Band vorrückten, sagte die Kassiererin: »Meine Enkel hab ich schon dabei erwischt, wie sie während der Passahfeier gesimst haben.«

Als ich die Tüte mit den Bananen einpackte, fiel mir ein, dass ich Jaz nie mit diesen Kopfhörern gesehen hatte, mit denen alle Kids auf der ganzen Welt herumrennen. Kein BlackBerry, kein iPhone und auch sonst nichts Derartiges, nicht einmal so ein altmodisches Ding ohne Tastatur.

Mädchen schwatzen gerne miteinander. Meine Generation telefonierte, heute tun sie's per SMS. Sie tauschen Geheimnisse aus, welche Jungs ihnen gefallen, was es zu Mittag gab, welche Musik sie mögen, welche Sendungen sie gucken und was sie in just dem Moment gerade machen. Warum war Jaz eine Ausnahme?

Darüber dachte ich während der ganzen Fahrt zu Big Bubba nach. Ich war überzeugt, dass sie eines der Flitterwochen-Häuschen jemandem beschrieben hatte, und diese Person hatte die Beschreibung an die Gangster weitergegeben, die bei Reba aufgekreuzt waren. Aber wie hatte sie das gemacht? Es war natürlich gut möglich, dass Jaz ein Handy bei sich zu Hause hatte und dass sie auf Teufel komm raus simste, wenn sie alleine war. Trotzdem hielt ich das für ausgeschlossen. Eigentlich konnte ich mir Jaz alleine sowieso nur in ängstlich zusammengekauertem Zustand vorstellen.

Big Bubba gab sich bei meiner Ankunft laut und aggressiv.

»Hast du mich vermisst? Hast du mich vermisst? Hast du mich vermisst?«, krähte er.

Er klang so, als hätte er die Nase gründlich voll davon, so wenig beachtet zu werden, als sei er mit seiner Geduld ein für alle Mal am Ende, als könne ihm die Welt, sollte man ihm nicht deutlich mehr Aufmerksamkeit schenken, seine roten Schwanzfedern küssen.

»Du langweilst dich, nicht wahr? Dein Frauchen kommt ja bald nach Hause«, sagte ich zu ihm.

Eigentlich hatte Big Bubba viele Jahre lang jeden Tag warten müssen, bis Reba vom College nach Hause kam, aber ich wusste, dass sich das Haus für ihn stiller anfühlte als sonst.

Ich sorgte für größtmögliche Ordnung und Sauberkeit in seiner Welt, wusste aber, so richtig wohl würde er sich erst wieder nach Rebas Rückkehr fühlen. Wir alle brauchen diese eine ganz spezielle Bezugsperson, um uns sicher und geborgen zu fühlen.

Nachdem ich ihn in seinen Käfig zurückgelockt und ihm noch etwas länger gut zugeredet hatte, deckte ich seinen Käfig zur Nacht ab und verließ ihn.

Inzwischen war es eine Gewohnheit geworden, nach meinem Besuch bei Big Bubba noch bei Hetty vorbeizuschauen, aber als ich dort ankam, sah ich sie mit Ben zusammen auf dem Gehweg auf mich zukommen. Ich parkte das Auto in der Zufahrt, stieg aus, lehnte mich an die Tür und wartete. Ben zockelte glücklich dahin wie ein kleiner

164

Knirps, der die Welt entdeckt. Hetty ließ ihm gerade so viel Spielraum an der Leine, dass er nicht außer sich geriet, aber doch all die interessanten Steine und Pflanzen entlang des Wegs untersuchen konnte.

Als sie bei mir ankamen, kniete ich mich nieder und kraulte die Stelle zwischen Bens Schulterblättern, während sein Schwanz erfreut rotierte wie ein Helikopter.

Hetty sagte: »Komm doch auf 'ne Tasse Tee rein.« Sie ging voran und schnippte mit den Fingern nach Ben. Zumindest dachte ich, ihr Fingerschnippen würde sich an Ben richten, aber sie könnte auch mich gemeint haben.

Ben und ich trotteten gehorsam hinterher, und kurz vor Hettys Haustür bemerkte ich eine dunkle Limousine, die einen halben Häuserblock entfernt am Gehsteig parkte. Ich geriet beinahe in Panik, weil in so einer Gegend niemals Autos am Gehsteig parken, beruhigte mich aber wieder und ging ins Haus.

In der Küche lag Winston schlafend auf dem Fensterbrett, rücklings ausgestreckt und die Vorderbeine abgeknickt wie ein japanischer Tänzer. Würden wir Menschen so viel schlafen wie Katzen, wären wir vielleicht auch ebenso liebenswert. Na ja, einige vielleicht.

Ich setzte mich an den Tisch, Ben legte sich vor meine Füße. Hetty füllte mühelos einen Teekessel und stellte Tassen heraus. Die Elastikbinde, so stellte ich nun fest, hatte sie längst wieder abgenommen.

»Ist Jaz zurückgekommen?«, fragte ich.

Sie schüttelte den Kopf. »Sie schien dermaßen verängstigt, als sie weglief, dass ich fürchte, sie wird nie mehr wiederkommen.«

»Ich bin ihr heute Morgen gefolgt, aber sie tauchte im Naturschutzgebiet hinter dem Key Royale unter. Ich vermute, sie und ihr Stiefvater wohnen dort. Falls ja, dann sicher nur vorübergehend. Er muss ein Sicherheitsmann dort sein, eine andere Erklärung hab ich nicht.«

»Das würde einiges erklären.«

»Es erklärt nicht, warum diese Bandenjungs sie kennen, und auch nicht, warum sie nach ihr suchen.«

Hetty schüttete Plätzchen aus einem viereckigen Plastikbehälter auf einen Teller. »Sie kennt diese Jungs gar nicht. Sagt sie zumindest.«

»Nimmst du ihr das ab?«

Hetty seufzte und goss heißes Wasser über Teebeutel in einer Kanne. »Nein. Ich glaub, sie hat gelogen.«

»Na dann.«

»Dixie, ich habe selbst Kinder, ich habe Kinder unterrichtet, ich kenn mich aus. Jaz ist ein gutes Mädchen.«

»Und ihr Stiefvater arbeitet vielleicht gar nicht im Key Royale. In Wirklichkeit ist er vielleicht zahlender Gast, und sein Geld kommt aus Bandengeschäften.«

Hetty seufzte abermals. »Er sah ja schon aus wie ein Gangster, oder?«

Sie goss zwei Tassen Tee ein und schob eine zu mir herüber, dann sagte sie: »Was ist eigentlich so schlimm an dieser Frage? Alle anderen Kinder kannst du fragen: ›Kleines, wie heißt eigentlich dein Stiefvater?‹, und sie sagen es dir. Da springt niemand auf und rennt weg, weil es geheim ist.«

Ich nahm ein Plätzchen vom Teller und biss rein. Es war lecker, nicht zu süß, leicht knusprig. Schmeckte nach Erdnussbutter und einer Spur Blaubeere. Bei genauerem Hinsehen jedoch stellte ich fest, dass es ein Hundebiskuit war.

»Servierst du mir neuerdings Hundeleckerlis als Belohnung, oder willst du dich generell bei mir beliebt machen?«

Ihr Blick fiel auf die Plätzchen, dann sah sie genauer hin. »Oops, falscher Behälter!«

»Egal, ich find sie gut.«

»Sind auch sehr gesund. Erdnussbutter und Blaubeere, rein bio.«

Ben hob den Kopf, als wollte er einen Geschmacksbericht abgeben, besann sich aber dann eines Besseren.

Als ich auf meinen in Hettys Zufahrt geparkten Bronco zuging, setzte sich die am Gehsteig stehende dunkle Limousine in Bewegung und rauschte los. Die untergehende Sonne stand günstig, und es fiel ein greller Spot auf das Gesicht des Fahrers. Es war Jaz' Stiefvater. Er saß über das Lenkrad gebeugt und hielt es mit beiden Händen fest umklammert, als stünde er unter großer innerer Anspannung. Offenbar hatte er Hettys Haus observiert. Die Frage war, ob er erwartete, Jaz dort anzutreffen, oder ob er Hetty ausspionieren und Informationen sammeln wollte, um diese dann an Einbrecher weiterzugeben.

Ich zog mein Handy heraus, um Guidry anzurufen. Es meldete sich seine Mailbox, was gut war, denn ich war in erster Linie besorgt und hatte eigentlich gar nicht so viel zu sagen.

Ich sagte: »Jaz ist nicht wieder bei Hetty aufgetaucht, dafür habe ich gerade ihren Stiefvater gesehen. Er fährt eine dunkle Limousine, aber ich konnte das Kennzeichen nicht notieren. Er hat in Hettys Straße geparkt und ihr Haus beobachtet und fuhr dann weg.«

Ich ging zurück und klingelte bei Hetty. Sie öffnete die Tür mit einem besorgten Gesicht. Als ich ihr die Neuigkeit mitteilte, erbleichte sie.

»Lieutenant Guidry ist schon informiert«, beruhigte ich sie, »aber du solltest trotzdem extravorsichtig sein. Ruf die neun-eins-eins, falls dir etwas Ungewöhnliches auffällt.«

Ich verließ Hettys Haus mit dem Gefühl dumpfer Niedergeschlagenheit, woran sich auch so schnell nichts ändern würde. Nach wie vor wusste niemand, wo Paco sich aufhielt, und Michael würde erst am nächsten Morgen von der Feuerwache zurückkommen. In meinem Küchenschrank herrschte gähnende Leere, von meinem Kühlschrank ganz zu schweigen. Wollte ich auswärts essen, müsste ich zuerst nach Hause fahren und mich frischmachen.

Jede andere Frau hätte eine unbeteiligte Freundin anrufen

167

können, um einen unbeschwerten Abend mit Gesprächen von Frau zu Frau zu verbringen. Jede andere Frau hätte die Möglichkeit gehabt, zu vergessen, dass Paco als Undercoveragent in gefährlicher Mission unterwegs war, hätte über Erzählungen von der Liebe und ihren Tücken lachen können. Ohne viel Hoffnung ging ich die Liste von Freunden in meinem Kopf durch, die mit mir zu Abend essen könnten. Es gab keine. Alle meine Bekannten hatten entweder Familie oder einen Job oder was fürs Herz, und ihre Abende waren von vornherein verplant.

Ich war die einzige Frau auf der ganzen Welt ohne eine Liste von Freunden, die sie spontan zum Essen einladen konnte. Die einzige Frau auf der ganzen Welt, die nicht bei einer guten Freundin vorbeischauen konnte, um wie die Leute im Fernsehen mit Stäbchen etwas aus kleinen To-Go-Pappschälchen aufzuspießen. Die einzige Frau auf der ganzen Welt, die nicht schnell mal etwas vom Imbiss holen und eine gute Freundin damit überfallen konnte. Raffinierte Fingerfood-Häppchen. Gefüllte Weinblätter. Delikate Frühlingsrollen. Wenigstens Käse-Fritten.

Es war echt zum Heulen.

Dieses Nachdenken über verfügbare Freunde, die ich nicht hatte, ließ mich an die Freunde denken, die ich mal gehabt hatte, was möglicherweise der Grund dafür war, warum ich plötzlich nach Süden in Richtung Turtle Beach abbog, um mit meinem alten Freund Harry Henry mal wieder ein bisschen zu plaudern.

Okay, vielleicht wollte ich auch nur herauskriegen, was Harry über Maureen wusste. Wozu sind alte Freunde schließlich gut, wenn nicht dazu, sich über den entführten Mann einer anderen Freundin zu unterhalten?

19

Turtle Beach hat nicht den pulvrig-weißen Sand wie Siesta und Crescent Beach. Der Sand dort ist dunkel und dicht, von der Art, wie Schildkröten ihn lieben, um sich darin einzugraben.

Früher mal hatte der Turtle Beach zu einem Bootskanal geführt, dem Midnight Pass, der eine Verbindung von der Bay zum Golf herstellte. Aufgrund einer besonders bekloppten Bezirksentscheidung jedoch hatte man versucht, der Natur ins Handwerk zu pfuschen und die Durchfahrt zu verlegen, was zur Folge hatte, dass es nun überhaupt keine Durchfahrt mehr gibt, was unsere Freizeitkapitäne natürlich maßlos aufregt.

Die Sonne ging fast unter, als ich den Bronco parkte und zum Strand hinunterging. Graue Wolken waren aufgezogen, und der Strand mit den Menschen darauf erstrahlte wie auf einem alten Foto in einem sepiafarbenen Licht. Ein schmerbäuchiger Tourist warf den Möwen Brotkrumen zu, während seine Begleiterinnen, zwei Frauen in mitgebrachten Liegestühlen, vergeblich nach dem sagenumwobenen Himmelsfeuerwerk Ausschau hielten. Die Möwen machten sich krächzend über die ihnen zugeworfenen Krumen lustig und zogen kreisend ab, worauf der Mann empört die Arme in die ausladenden Hüften stemmte und die Frauen finster ansah, als wäre es deren Fehler, dass seine Krumen keinen Anklang gefunden hatten. Zweifelsohne daran gewöhnt, immer alles ausbaden zu müssen, wuchteten sie sich missmutig aus ihren Liegestühlen und klappten sie zusammen. Enttäuscht und mit hängenden Schultern stapften sie zu dritt zum Parkplatz, wo sie sich mit viel Brimborium den Sand abklopften, ehe sie in ihre Limousine stiegen. Just als sie abfuhren, öffnete sich der Himmel, und die Möwen stürzten herab und fielen über die Brotreste her. Wolken, die noch vor wenigen Minuten die Sonne verdeckt hatten, standen nun über dem Wasser wie Himmelselefanten mit vergoldetem Rücken. Die Sonne verschwand hinter dem Horizont, begleitet von einem letzten indigo- und orangefarbenen Strahlen am Himmel. Was für ein Pech für diese Pessimisten, dass sie keine Lust gehabt hatten, sich einen wolkenverhangenen Sonnenuntergang anzusehen.

Harry war nicht unter den Strandbesuchern, die dem spektakulären Ende des Tages beiwohnten.

Also stapfte ich zum Sea Shack runter, einem Freiluftschuppen, in dem Meeresfrüchte serviert wurden und Strandpenner und sonnengegerbte Fischer ihr Bier tranken und Poker spielten.

Schon auf der Mittelschule genügte es, Harry Henrys Namen zu hören, und schon brachen meine Freundinnen und ich in nervöses Kichern aus, und zwar nicht nur darum, weil Harry Henry praktisch zwei Vornamen hatte und wie ein Filmstar aussah. Seit seinem Stimmbruch hatte er den Mädchen reihenweise den Verstand geraubt, und einige dieser Mädchen waren doppelt so alt wie er. Bereits als Sechzehnjähriger, damals schon annähernd eins neunzig groß und hinreißend schön, hatte er Gerüchten zufolge die Hälfte aller Highschool-Mädchen flachgelegt. Angeblich waren sich sogar die Englischlehrerin und die Mathelehrerin wegen ihm in die Haare geraten, und zwar wortwörtlich.

Als er und Maureen ein Paar wurden, war allen anderen klar: Das hatte so kommen müssen. Zwar war Maureens Ruf, promisk zu sein, nicht ganz so verdient wie in Harrys Fall, aber sobald ihr klar geworden war, dass ihr Körper den Kerlen den Verstand raubte, setzte sie ihn auch entsprechend ein. Die beiden entdeckten einander erst im Abschlussjahr, von da an jedoch waren sie unzertrennlich, und auch als Paar strahlten sie dieses gewisse Etwas aus, das Stars von Kreti und Pleti unterscheidet. Wir anderen, die wir nicht so gut aussahen und nicht so sexy waren, hatten alle erwartet, dass sie für immer zusammenbleiben würden, für immer durch ihre Schönheit abgehoben vom Rest der Welt. Die Tatsache, dass beide strunzdumm waren, machte sie irgendwie sogar noch attraktiver für uns. Auf der Highschool waren sie das Traumpaar schlechthin.

Dann, noch bevor die Tinte auf den Abschlusszeugnissen trocken war und noch während die Quasten der Abschlusshüte an unseren Rückspiegeln baumelten, geschah etwas ganz Unbegreifliches. Maureen heiratete einen Mann, von dem keiner von uns je zuvor etwas gehört hatte. Harry hatte den Schlag hingenommen wie ein Boxchampion, der einen Volltreffer gegen den Kopf einstecken musste. Er rannte lange Zeit verstört und benommen durch die Gegend, ratlos darüber, warum das Mädchen, das er liebte, letztlich doch einen anderen geheiratet hatte.

Hätte Harry eine Spur schauspielerisches Talent oder Ehrgeiz besessen, dann hätte er vielleicht Hollywood oder eine Karriere als Model ins Auge gefasst. Stattdessen jedoch war er auf Siesta Key geblieben und schlug sich mit Gelegenheitsjobs auf gecharterten Tiefsee-Fischerbooten durch. Unverheiratet lebte er auf einem alten Hausboot an der Midnight Pass Marina.

Ich traf Harry im Sea Shack, zu jener besonders stillen Zeit, in der das Meer, kurz vor der Abendflut den Atem anzuhalten scheint und das Licht eine besonders durchsichtige Qualität annimmt. Harry saß an einem der hinteren Tische auf einer Bank, mit dem Rücken an eine von der Sonne ausgebleichte Wand gelehnt. Er hatte einen Freund bei sich, den ich nie zuvor gesehen hatte – einen zotteligen Hund mit ausladendem Bart und einem Fell wie das einer Schildpattkatze gemustert. Der Hund saß ebenfalls auf der

Bank, und es sah so aus, als würde Harry auch sein Essen, Fritten und gebratenen Fisch in einem Plastikkörbchen, mit ihm teilen.

Ich hielt eine Kellnerin an und bat sie, mir die Spezialität des Hauses und ein Bier zu bringen, ging rüber und nahm auf der Bank gegenüber von Harry Platz. Er und der Hund sahen mich beide mit demselben Ausdruck milder Neugier an.

Ich sagte: »Harry, was muss dieser Hund für einen Geschmack haben, wenn er mit dir rumhängt?«

Er grinste, und der Hund grinste auch. Der Hund wedelte mit dem Schwanz. Harry grinste noch mehr, und ich hatte den Eindruck, im Geiste würde auch er mit seinem Schwanz wedeln.

»Ich hab ihn beim Pokern gewonnen. Besonders schön ist er nicht, dafür aber irre schlau. Ich glaube, er beherrscht die Strategie des Kartenzählens.«

»Was ist er denn? Eine Mischung zwischen Scotch Terrier und Labrador?«

Harry wuschelte durch das gefleckte Fell seines Lieblings. »Mann, Dixie, ich kenn doch seine Vorfahren nicht. Ist halt einfach ein amerikanischer Hund, eine bunte Mischung aus allen Rassen. Das mit diesen Stammbäumen ist doch alles Kokolores.«

Harry hatte recht. Ich hatte mich so sehr an teure Rassehunde gewöhnt, dass ich ganz vergessen hatte, mit wie viel Aufwand und Intelligenz die Natur Mischlinge hervorbringt.

»Entschuldige bitte, Hund«, sagte ich. »Ich wollte dir nicht zu nahe treten.«

»Sein Name ist Hugh Hefner, weil er, obwohl auch längst ein alter Knacker, immer noch hinter den jungen Mädchen her ist. Ich nenn ihn einfach Hef.«

»Verbringt er sein Leben im Pyjama?«

»Nö, Hef rennt nackt rum. Und versteh mich nicht falsch,

Hef kommt den Hundedamen, die er anbaggert, nicht wirklich zu nahe, er hängt nur gern mit ihnen rum.«

Die Kellnerin brachte mein Bier und ein Plastikbesteck, das in eine Papierserviette eingewickelt war. Auf unnötigen Schnickschnack legte das Sea Shell scheinbar keinen Wert. Beim Weggehen tätschelte sie Hefs Kopf.

Ich nahm einen Schluck Bier. »Du hast gehört, was mit Mos Mann passiert ist?«

Er sah auf das glitzernde Meer hinaus. »Unmöglich, nicht davon zu hören. Sie erscheint stündlich im Fernsehen.«

»Harry, hast du ihn denn mal kennengelernt?«

»Wen?«

»Mos Mann, Victor.«

Er grinste, und einen Moment lang sah er wieder jung und hübsch aus, trotz seiner Haut, die trocken und faltig war wie ein alter Lederstiefel.

»Klar, er und ich hingen ständig gemeinsam rum. Wir beide waren richtige Jetskier.«

Ich war mir ziemlich sicher, dass er Jetsetter meinte, aber sei's drum.

»Ohne Scheiß, Harry, stimmt das?«

Sein Gesicht zuckte schmerzhaft zusammen. »Warum fragst du überhaupt, Dixie? Ich bin Mo doch nicht gut genug, erinnerst du dich?«

Die Kellnerin brachte ein rotes Plastikkörbchen mit frittiertem Barsch im Teigmantel und dick geschnittenen Fritten. Hefs Ohren gingen nach vorne, während ich die kleinen Pappschälchen mit Sauce Tartar und Krautsalat heraushob und neben meiner Bierflasche arrangierte. Dann griff ich nach einer Flasche Tabasco am Ende des Tisches und spritzte scharfe Pfeffersauce auf meinen Fisch, drehte schließlich das Körbchen herum, damit die Fritten auf der rechten Seite waren, der Fisch auf der linken. Es ist wichtig, sein Essen exakt auszurichten, ehe man es vertilgt. Dann wickelte ich das Plastikbesteck aus und legte die Serviette auf meinen Schoß, spießte ein Stück Barsch auf und steckte es in den Mund. Mit der Hand vor dem Mund herumwedelnd, griff ich nach meinem Bier.

Harry grinste: »Du magst es noch immer gerne scharf, hm?«

Ich keuchte und trank noch mehr Bier. »Nicht so scharf! Junge, Junge, verdammt heiß ist es noch dazu, das Zeug!«

Er nickte stolz. »Machen sie gut hier.«

Hef wirkte auch sehr stolz.

Ich nahm eine Fritte mit den Fingern und fuchtelte damit hin und her, um sie abzukühlen.

»Harry, ich frage mich, ob Mo wirklich so sehr unter Victors Entführung leidet. Immerhin wollten die Entführer ihren Mann umbringen, wenn sie die Sache ausplaudern würde, und sie geht damit ins Fernsehen. Kommt dir das nicht seltsam vor?«

»Ich hab es schon immer gewusst«, sagte er – und begann mir mit rotgeränderten Augen zuzublinzeln – »dass sie ihn verlassen würde.«

Ich warf die abgekühlte Fritte Hef zu, und er schnappte sie auf wie ein Profi.

»Ihn verlassen im Sinn von sich scheiden lassen?«

Er nickte übertrieben bedächtig wie jemand, der nicht allzu viel verraten möchte. »Hat sie selbst gesagt.«

»Wann?«

Sein Blinzeln verschärfte sich. »Wann sie's mir gesagt hat, oder wann sie ihn verlassen wollte?«

»Beides.«

Ein Pelikan kam an das Geländer an Harrys Seite geflogen, und er drehte sich um und beäugte den Vogel, als hätte er vielleicht eine Botschaft für ihn.

»Sie hat mir das von Anfang an gesagt. Sie hatte immer vor, ihn zu verlassen, sagte aber nie genau, wann. In einem Jahr sollte es erst nach Weihnachten sein, weil sie zu Weihnachten einen Skiurlaub planten, den sie noch mitnehmen

174

wollte, und mehrere Jahre hieß es dann, nach dem August, weil sie im August immer eine große Reise machten. In anderen Jahren wiederum sollte es nach ihrem Geburtstag sein, weil sie zum Geburtstag immer einen neuen Diamanten geschenkt bekam.«

Der Pelikan legte seinen Kopf nach hinten auf den gebogenen Hals und schlief ein. Hef sah zu dem Vogel hin und spitzte die Ohren. Vielleicht wünschte er ja, er könnte seinen Hals auch so verdrehen. Ich jedenfalls tu's.

Eine Zeit lang konzentrierte ich mich auf meinen Barsch und die Fritten, und auch Hef bekam den einen oder anderen Bissen ab. Harry lehnte seinen Kopf an die Wand und schloss die Augen. Vor uns schwappte das Meer eintönig an den Strand und begann, sich selbst in den Schlaf zu wiegen.

Ich überließ Hef meine letzte Fritte, trank den letzten Schluck Bier und warf meine zusammengeknüllte Serviette in das Körbchen.

»Harry, kam dir je der Gedanke, Mo könnte dich nur hinhalten?«

Er schlug die Augen auf und sah mich an, und für einen kurzen Moment blitzte im weichen Dämmerlicht der Goldjunge aus ihm hervor, der er auf der Highschool gewesen war.

»Verdammt noch mal, Dixie, die hält mich doch seit dem Tag hin, an dem wir uns kennengelernt haben. Sie hält mir eine Rasierklinge entgegen, und ich lecke den Honig davon ab.«

»Und du hast dich auch nach ihrer Heirat mit ihr getroffen, stimmt's?«

Er sah finster unter seinen sonnengebleichten Augenbrauen hervor. »Wie schon gesagt, Dixie, ich bin ihr nicht gut genug. Seit zwei oder drei Jahren hab ich sie nicht mehr gesehen.«

Einen Moment lang sah ich ihm in die Augen, wohl wissend, dass er log, aber mir war auch klar, dass mehr aus ihm nicht rauszukriegen war. Also beschloss ich, ihn in Ruhe zu lassen.

»Okay, Harry.«

»Geht's deinem Bruder gut?«

»Ja, Michael geht es gut.«

»Guter Fischer, der Junge.«

Ich schwang die Beine über die Bank und stand auf. »Danke, Harry. Und pass auf dich auf.«

Ich beugte mich über den Tisch und kraulte Hefs Kopf, während Harry, ironisch salutierend, sich mit zwei Fingern an die Mütze fasste. »Wir sehen uns, Dixie.«

Beim Hinausgehen gab ich der Kellnerin genug Geld, dass auch Harrys Rechnung damit bezahlt war. Ich dachte, so viel war ich ihm schuldig.

Das Problem damit, seine Nase in Dinge zu stecken, die einen wirklich nichts angehen, besteht darin, dass man sich unweigerlich einem Monster gegenübersieht, und es ist nicht irgendein Monster, sondern *dein* Monster, und du musst damit klarkommen. Harry Henry kannte ich praktisch schon mein ganzes Leben lang, und ich kannte alle seine Macken. Ich wusste, wie er die Augen verdrehte und wie sein Mundwinkel ein kleines bisschen hochging, wenn er log, dass sich die Balken bogen. Und mir war sonnenklar, dass Harry gelogen hatte, als er sagte, er hätte Maureen seit zwei oder drei Jahren nicht mehr gesehen. Ich bereute es, dass ich ihn aufgesucht und mit ihm gesprochen hatte, und ich bereute es auch, dass ich mich überhaupt eingemischt hatte, anstatt mich um meinen eigenen Kram zu kümmern.

Aber nichtsdestotrotz hatte ich mit ihm gesprochen, und er hatte mich angelogen. Auf dem Nachhauseweg fragte ich mich unentwegt, was diese Lüge wohl bedeuten könnte. Denn alles, was er sonst gesagt hatte, deutete doch klar darauf hin, dass der Kontakt zwischen ihm und Maureen niemals abgebrochen war. Mich erstaunte das nicht. Maureens Ehebruch ging mich jedoch überhaupt nichts an, auch wenn ich sonst der Meinung war, dass sich ein Paar, bei dem einer der Partner ständig fremdging, lieber trennen sollte. Warum hatte ich dann das Gefühl, dass bei Maureen und Harry noch weitaus Schlimmeres im Busch sein könnte als Ehebruch?

Schlimmer noch, warum hatte ich eine schreckliche Vorahnung, dass ein so süßer Trottel wie Harry in Victors Entführung verwickelt sein könnte?

20

Am nächsten Morgen wachte ich mit Ella warm an meinen Rücken gekuschelt auf. Ich ließ sie im Bett liegen, während ich mir ein bisschen Wasser ins Gesicht spritzte und die Zähne putzte. Als ich den Flur entlang zu meinem Büro-Schrank-Kabuff tapste, um mir Shorts, T-Shirt und Keds zu holen, sah ich, dass Ella aufrecht dasaß und gähnte. Für eine Katze ist vier Uhr morgens brutal früh.

Sie folgte mir bis zur Haustür, und ich blieb kurz stehen, um sie auf den Kopf zu küssen und mich von ihr zu verabschieden. Ich sagte: »Michael kommt um acht nach Hause und holt dich ab.«

Wahrscheinlich bildete ich mir das nur ein, aber bei der Erwähnung von Michaels Namen schienen ihre Augen aufzuleuchten, eine Reaktion, die bei weiblichen Wesen häufig vorkommt.

Draußen war der Himmel dunkel und dicht, ein bisschen wie Flusenfilz aus dem Wäschetrockner. Am Ufersaum tummelten sich Sandkrabben und Muscheln im nährstoffreichen Brandungsschaum, während sich gleichzeitig die Möwen an ihnen gütlich taten. Die Natur ist hocheffizient. Auf dem Weg die Treppe hinunter glitt ich mit taunassen Fingerspitzen über das Geländer hinweg. Im Carport drehte ein Schmuckreiher, der auf nur einem Bein auf dem Dach von Pacos Pick-up balancierte, seinen Kopf um hundertachtzig Grad, um mich vorbeigehen zu sehen. Ein Braunpelikan, der auf meinem Bronco saß, plusterte sich auf, entfaltete die Schwingen auf volle eins achtzig Spannbreite und flog mit flappendem Flügelschlag davon.

Ich schaffte es bis zur Midnight Pass Road, ohne die

Sittiche in den Bäumen in Aufruhr zu versetzen, und bog nordwärts ab. Tom Hales Appartementblock ist nur einen Katzensprung entfernt, und so stand ich nach fünf Minuten vor seiner Tür. Tom schlief noch, Billy Elliot aber erwartete mich bereits, auf dem Gesicht ein breites, glückliches Grinsen. Wir hatten den Parkplatz ganz für uns alleine, und als ich ihn wieder nach oben brachte, wedelte er glückselig mit dem Schwanz. Irgendwo habe ich mal gelesen, dass man den Grad der Zufriedenheit eines Hundes daran ablesen kann, in welcher Richtung sein Schwanz beim Wedeln geht. Geht er rechts herum, ist der Hund glücklich. Links herum bedeutet weniger glücklich. Billys Schwanz rotierte eindeutig im Uhrzeigersinn.

In Toms Wohnung herrschte immer noch Stille, aber als ich Billys Leine ausklinkte, bemerkte ich einen hauchdünnen, rosafarbenen Schal auf dem Sofa. Es war lange her, dass Tom einen weiblichen Gast bei sich übernachten ließ, und ich war froh, zu sehen, dass er den Verlust seiner letzten Freundin überwunden hatte. Vor allem, weil sie nicht einmal annähernd gut genug für ihn und Billy Elliot war.

Ich legte Daumen und Zeigefinger zu einem Kreis aneinander und flüsterte Billy ein »Alles klar!« zu. Er wedelte mit dem Schwanz, und zwar rechts herum.

An jenem Morgen hatte ich zwei neue Klienten, einen stämmigen Britisch-Kurzhaar-Kater namens T-Quartz und seine Mitbewohnerin, eine schneeweiße Perserkatze namens Princess. Während T-Quartz noch eine gewisse Distanz wahrte, schlug Princess jegliche Vorsicht in den Wind und erkor mich vom Fleck weg zu ihrer neuen besten Freundin. Ich fragte mich, ob ihre jeweiligen Namen auch ihre Persönlichkeit beeinflusst hatten. Da ich mit ihrem Haus noch nicht vertraut war, brachte ich ein bisschen mehr Zeit bei ihnen zu und kam später als sonst zu Max und Ruthie.

Ruthie und ich brachten die Nummer mit der Pille mittlerweile so gekonnt über die Bühne, dass manch einer sogar

Eintritt bezahlt hätte, um dieses Kunststück zu sehen. Max jedenfalls strahlte während unserer Vorstellung und nahm dann Ruthie in die Arme, um ihr zu sagen, dass sie die mit Abstand klügste Katze auf der ganzen Welt war.

Ich ließ die beiden einander weiter anhimmeln und düste zu Big Bubba. Als ich in die Zufahrt einbog, fuhr hinter mir eine dunkle Limousine die Straße entlang. Der Wagen bremste kurz ab, und im Rückspiegel sah ich, wie der Fahrer im Vorbeifahren den Kopf zur Seite drehte. Ich konnte ihn nicht richtig erkennen, aber er sah aus wie Jaz' Stiefvater. Um ihn besser sehen zu können, wendete ich den Bronco, aber in dem Moment rauschte der Wagen bereits wieder davon.

Die Vorstellung, Jaz' Stiefvater könnte mich in Rebas Zufahrt gesehen haben, gefiel mir gar nicht. Sollte er tatsächlich mit organisierten Einbrecherbanden zu tun haben, wollte ich auf keinen Fall, dass er Rebas Abwesenheit spitzkriegte.

Drinnen kreischte Big Bubba begeistert, als ich die Decke von seinem Käfig nahm. »Hast du mich vermisst? Hast du mich vermisst? Hast du mich vermisst?«

Lachend öffnete ich die Käfigtür. »Ja! Ja! Ja!«

Auch er lachte, als hätte er den lustigsten Witz der Welt gehört. Ich ließ ihn sein Käfigdach besteigen und ging in die Küche, um seine Bananen- und Apfelscheiben zurechtzumachen. Als ich ins Sonnenzimmer zurückkam, war er zu Boden gesegelt und wartete vor der Schiebetür, damit ich sie für ihn öffnete und er auf den *Lanai* hinaustapsen konnte. Big Bubba war so was von intelligent.

Als sein Käfig wieder sauber und ordentlich war, stellte ich Big Bubbas Lieblingspolizeiserie in seinem Fernseher an.

Leider jedoch wurde die Sendung von einer Eilmeldung unterbrochen. Eine hyperventilierende Reporterin stand auf einem Bootsanleger, an dessen Ende ein Boot vor Anker lag, das dem Sheriff's Department von Sarasota gehörte. Das Boot war leer, aber die Frau ließ die Welt wissen, dass bis vor Kurzem noch eine Leiche darin gelegen hatte.

»Bei dem Toten handelt es sich vermutlich um Victor Salazar«, sagte sie. Dabei lächelte sie, zog aber die Augenbrauen eng zusammen, um zu zeigen, dass sie wie jeder andere auch Mitgefühl empfand. »Mr Salazar war vor wenigen Tagen entführt worden. Heute am frühen Morgen wurde seine Leiche von Fischern gefunden. Seine Witwe, Maureen Salazar, wird vor der Öffentlichkeit abgeschirmt und hat sich bisher nicht dazu geäußert.«

Traurig und einigermaßen beunruhigt stand ich reglos da, als zu einem Nachrichtensprecher zurückgeschaltet wurde, der nähere Angaben zu Victor Salazar und seinen geschäftlichen Aktivitäten machte. Salazar sei sechzig Jahre alt gewesen und stamme aus Venezuela, sagte er, und er sei in beträchtlichem Maße an der Ölproduktion des Landes beteiligt gewesen. Von Erdölhandel war nicht die Rede, nur von Besitzanteilen.

Erstaunt hatte mich Victors Alter, denn ich hatte ihn wesentlich älter geschätzt. Schon bei der Hochzeit war er mir uralt vorgekommen. War er hingegen erst sechzig, dann hieß dies, er war fünfundvierzig gewesen, als er Maureen geheiratet hatte, und das kam mir nun nicht so alt vor. Im Vergleich zu Harrys dreiunddreißig Jahren allerdings war sechzig dann doch sehr alt.

Während ich Big Bubba in seinen Käfig zurückbrachte, überlegte ich fieberhaft, wie ich mit Maureen in Kontakt treten könnte, um ihr mein Beileid auszusprechen. Ihre Telefonnummer hatte sie mir nie gegeben, entweder absichtlich oder aus Nachlässigkeit, und ich war mir sicher, dass sie eine Geheimnummer hatte.

Zurück in meinem Bronco, rief ich die Auskunft an und fragte nach Victor Salazars Telefonnummer, die aber wie erwartet geheim war. Maureen Salazars Nummer war ebenfalls geheim. In Anbetracht ihres Reichtums war das vorauszusehen gewesen. Vielleicht aber hatte ja Harry Henry Maureens Nummer, doch ich zögerte, noch einmal mit ihm zu sprechen, könnte ich doch mehr dabei erfahren, als ich wissen wollte.

Frühstücken war angesagt, aber bevor ich den Diner ansteuerte, fuhr ich einen halben Häuserblock weiter zu Hetty Soames. Sie konnte zumindest gute Nachrichten über Jaz haben.

Hatte sie nicht.

Ziemlich mitgenommen sagte Hetty: »Dixie, dem Kind muss was zugestoßen sein. Sie mochte mich und Ben und würde nicht einfach so verschwinden, ohne sich zu verabschieden.«

»Tut mir leid, Hetty.«

»Ich habe ein schlechtes Gefühl bei dieser Sache. Ein ganz schlechtes.«

Mir ging es genauso, aber ich sagte nichts.

Als ich Hetty verließ, fuhr abermals eine dunkle Limousine dicht hinter mir vorbei. Zuerst vermutete ich, es wäre dieselbe wie jene von neulich, an deren Steuer vielleicht Jaz' Vater gesessen hatte, aber nachdem ich auf die Midnight Pass Road eingebogen war, kamen weitere Fahrzeuge dazwischen, und ich kam zu dem Schluss, dass ich paranoid war. Viele Autos auf der Straße sind dunkle Limousinen, und alle sehen einander ähnlich.

Als ich den Village Diner betrat, sah ich zu dem großen Fernseher über der Theke hinauf. Er war leise genug eingestellt, um niemanden zu belästigen, der nicht die neuesten schlechten Nachrichten zu seinem Frühstück mitserviert bekommen wollte, aber dennoch laut genug, damit die Leute am Tresen jedes Wort verstanden. Ich schnappte den Namen »Victor Salazar« und das Wort »entführt« auf, ging aber zügig weiter.

Judy war prompt mit meinem Kaffee zur Stelle. »Hast du schon von diesem entführten Mann gehört? Seine Frau hat eine Million Dollar geblecht, und sie haben ihn trotzdem kaltgemacht.«

»Hab ich.«

»Schöner Mist, hätte sie gewusst, dass sie ihn sowieso kaltmachen, hätte sie sich eine Million Mäuse sparen können.«

Ohne eine Antwort abzuwarten, rauschte sie ab, um andere Entzugskranke mit Koffein zu versorgen. Ich fühlte mich erbärmlich. Wenn Judy wüsste, dass ich die Person war, die die Million Dollar an Victors Entführer übergeben hatte, würde sie mir die Freundschaft aufkündigen. Sie hätte mir so etwas niemals zugetraut, und auch alle meine anderen Bekannten würden mich sicher schief ansehen, sollte meine Rolle bei der Lösegeldübergabe je publik werden.

Vielleicht würden sie sogar vermuten, ich könnte etwas mit Victor Salazars Entführung zu tun haben. Schon beim Gedanken daran begann sich alles um mich herum zu drehen.

Judy brachte mein Frühstück, wollte wohl etwas sagen, überlegte es sich aber anders und ließ mich mit meinen dunklen Vermutungen alleine.

Eine dieser Vermutungen lag wie ein Löwe auf einem Felsen in der Sonne ausgestreckt, wedelte träge mit dem Schwanz und wartete darauf, bis ich nahe genug war, um mich anzuspringen. Sollte Harry etwas mit Victors Entführung zu tun haben, dann nur mit dem Wissen und der Zustimmung von Maureen. Harry hatte sich seit jeher von Maureen benutzen lassen, und ich war mir sicher, dass auch gegenwärtig etwas zwischen den beiden lief. Er könnte ihr Liebhaber sein, was einen Mann dazu bringen kann, Dinge zu tun, die er sonst nie tun würde. Harry war immer ein Narr gewesen, wenn Maureen im Spiel war, und wenn sie ihn um Hilfe gebeten hätte, hätte er ihr sicher geholfen.

Sollten sie aber in die Entführung verwickelt sein, bedeutete dies, sie hatten auch etwas mit Victors Ermordung zu tun, und das zu glauben, fiel mir bei beiden schwer.

Was mich zu der weniger belastenden, aber wahrscheinlicheren Möglichkeit brachte, dass keiner von den beiden mit der Entführung zu tun gehabt hatte, dass Maureen jedoch sofort die Chance ergriffen hatte, Victor loszuwerden und sein ganzes Geld einzustreichen. Falls sie sowieso die Absicht gehabt hatte, ihn zu verlassen, musste ihr diese Entführung gerade recht kommen. Hätte sie ihn zurückbekommen, wäre sie in derselben Lage wie zuvor, wäre weiterhin eine Frau mit einem steinreichen Mann und einem bettelarmen Liebhaber.

Vielleicht hatte sie nach dem Anruf der Entführer beschlossen, sich exakt so zu verhalten, dass sie Victor letztlich ermorden mussten. Die Entführer hatten die Bedingung gestellt, nichts von Victors Verschwinden nach außen dringen zu lassen, und was hatte sie getan? Sie war sofort zu mir gerannt, und nachdem das Lösegeld bezahlt war, hatte sie die am Boden zerstörte Ehefrau gespielt und eine Pressekonferenz einberufen, um vor aller Welt zu verkünden, dass er entführt worden war. Sogar als sie um die Freilassung Victors bettelte, hatte sie gewusst, dass ihre Vorstellung eventuell seinen Tod bedeuten könnte. Und Harry war womöglich von Anfang an in ihren Plan eingeweiht gewesen.

Wenn dies so stimmte, würde alles, was ich nun tun würde, ihrer Sache dienen. Wenn ich den Ermittlern gestehen würde, dass ich selbst die Reisetasche mit dem Geld zu diesem Pavillon geschleppt hatte, würde das nur die Bestätigung dafür liefern, dass Maureen die Entführer ausbezahlt hatte. Außerdem würde ich dastehen wie der letzte Volltrottel – was ich vielleicht auch war. Die zwei Leute, von denen ich immer geglaubt hatte, sie seien blöder als die Polizei erlaubt, hatten mich, die Neunmalkluge, vielleicht ganz geschickt hereingelegt. Schließlich kannten mich beide so gut, wie ich sie kannte, und sie hatten es gut verstanden, meine Mitleidsknöpfe zu drücken.

Andererseits hatte ich nicht den geringsten Beweis, dass an meinen schlimmen Vermutungen etwas dran war. Wieder war ich an dem Punkt angekommen, an dem ich schon einmal gewesen war: Maureen hatte nichts Verbotenes getan, als sie beschloss, Victors Lösegeld zu bezahlen. Und ich hatte auch nichts Verbotenes getan, als ich das Geld für sie zum Pavillon schleppte. Selbst Maureens Pressekonferenz, auf der sie Victors Entführung publik gemacht hatte, war nicht illegal gewesen. Dumm vielleicht, das ja, wenn sie Victor lebend zurückhaben wollte. Treu- und gewissenlos im anderen Fall, aber nicht illegal.

Wirklich kriminell hatten nur Victors Entführer gehandelt – nicht Maureen, nicht Harry Henry und auch ich nicht.

Wie auch immer, es war eine unschöne Geschichte, und ich wünschte, ich würde überhaupt nichts davon wissen. Die Tatsache, dass ich nicht nur davon wusste, sondern obendrein selbst darin verwickelt war, war mir so unangenehm, dass ich für keine weitere Tasse Kaffee mehr blieb. Ich hinterließ Geld für Judy und verließ den Diner, ohne mich zu verabschieden.

Wie eine heimkehrende Taube strebte ich auf der Midnight Pass Road südwärts und bog nach rechts in unsere Zufahrt ab, wo ein diskretes Schild steht: SACKGASSE, PRIVATWEG. Allein bei dem Gedanken, bald zu Hause zu sein, ging es mir schon besser. Ich würde mit Michael sprechen und auf diese Weise versuchen, mein Leben wieder in ein ruhigeres Fahrwasser zu bringen. Um die Sittiche in den Eichen nicht aufzuschrecken, reduzierte ich das Tempo. Mein Blick schweifte hinaus über den glitzernden Golf. In der Ferne bildeten Segelboote vor dem blauen Horizont weiße Dreiecke, und ich erkannte die weiße Gischtspur eines Wasserskifahrers hinter einem Schnellboot.

Da tat sich etwas im Rückspiegel, und mein Herz schlug und zuckte wie ein in der Falle sitzendes Tier, als hinter mir schon wieder eine dunkle Limousine auftauchte.

Die halbe Menschheit fährt dunkle Limousinen, aber was

hat so ein Gefährt auf einer Privatstraße zu suchen, es sei denn, der Fahrer steuert bewusst ein bestimmtes Ziel an? Auch Polizisten fahren neutrale Limousinen. Wenn das Fahrzeug hinter mir ein neutrales Polizeiauto war, konnte das nur bedeuten, dass jemand vom SIB, dem Special Investigations Bureau im Sheriff's Department von Sarasota County, zu uns kam, um Michael darüber zu informieren, dass Paco etwa zugestoßen war.

21

Merkwürdig, wie grau die Welt wird, wenn etwas einzutreten droht, was man schon immer befürchtet hat; als würde sich ein Mulltuch über alle Farben legen und sie eintrüben. Ich fuhr in den Carport neben Pacos Pick-up und war kaum imstande, die Tür aufzumachen und auszusteigen. Sollte sich bewahrheiten, was ich befürchtete, wäre dies unerträglich für mich. Michaels Auto war weg, was gut, aber auch schlecht war. Gut, weil er nicht da sein würde, die Nachricht zu hören, die ihm das Herz brechen würde, schlecht, weil ich dann diejenige sein würde, die es ihm letztlich sagen musste.

Die Limousine rollte langsam auf den mit Muschelschalen bedeckten Parkplatz, und der Fahrer drehte den Kopf zur Seite und fasste mich direkt ins Auge.

Meine Nackenhaare sträubten sich, und ich dachte mir: *Nur weg von hier, nichts wie weg.* Es war kein Beamter vom SIB, sondern Jaz' Stiefvater.

Er riss die Wagentür auf und sprang heraus. Der Schleier über meinem Gesichtssinn löste sich, und vor dem Hintergrund eines flammend roten Himmels schob sich der Mann in mein Blickfeld.

Unverhüllt aggressiv brüllte er: »Wo ist das Mädchen?«

Ich trat einen halben Schritt zurück, hin zur Treppe, die zu meiner Wohnung führte, und stellte mich dumm.

»Welches Mädchen denn?«

Er rückte vor, aber nicht nur einen halben Schritt. Er kam auf mich zu, und zwar schnell. »Meine Stieftochter! Ist sie hier?«

Manchmal fühle ich mich so stark wie ein Dschungeltiger.

Das war nun nicht der Fall. Ehrlich gesagt, ich hatte eine Scheißangst vor dem Mann. Angst vor seiner schieren Größe, Angst vor der Waffe unter seinem linken Arm.

Ich zog die Fernbedienung für meine Rollläden aus der Tasche meiner Shorts, drehte mich um und rannte die Treppe hinauf.

Die Rollläden hatten sich schon in Bewegung gesetzt, als er keuchend vor der untersten Stufe stehen blieb. Mit hochrotem Kopf brüllte er: »Sie wissen ja nicht, wo Sie drinstecken, Lady!«

Grässlich, dass dieser Widerling mich auch noch als ›Lady‹ bezeichnete. Am liebsten hätte ich ihm irgendwo hingetreten, wo es besonders gut tut.

Ich warf einen Blick zurück über das Geländer und rief: »Ich gebe Ihnen genau zwei Sekunden, und dann verschwinden Sie.«

Dabei gab ich mir alle Mühe, es so klingen zu lassen wie »sonst lasse ich Pech und Schwefel auf Sie herabregnen«, nur leider standen mir solche Mittel nicht zur Verfügung.

Das musste er gewusst haben, denn er rannte los, die Treppe hinauf, und zwar erstaunlich schnell für einen Mann seiner Statur. Meine Rollläden waren oben angekommen und rasteten ein, aber ich saß in der Falle. Er stand auf halber Höhe, und selbst wenn ich schnell durch die Verandatür in meine Wohnung gerannt wäre, würde er mich einholen, noch bevor ich die Rollläden wieder herunterlassen könnte.

Als er näher kam, tat ich das Einzige, was ich tun konnte. Ich rannte bis zum oberen Treppenabsatz, setzte meinen Fuß auf die Mitte seiner Brust und schob ihn weg. Perplex und außer Balance ruderte er mit den Armen durch die Luft, während ich zur Tür rannte. Er griff nach dem Geländer, verfehlte es und stolperte unbeholfen rückwärts bis zur untersten Stufe, gerade als Michaels Auto unten mit einem Ruck zum Stehen kam.

Michael stieg in Windeseile aus, und an seinem Gesichts-

ausdruck erkannte ich, dass er meine Selbstverteidigungs-
nummer mitbekommen hatte. Das genügte, um ihn zur
Weißglut zu treiben.

Ich rief: »Er ist bewaffnet, Michael!«

Michael scherte sich nicht die Bohne drum.

Der Mann schaute zu mir hinauf und dann hinüber zu
Michael, begleitet von beschwichtigenden Handbewegun-
gen. »Sie haben mich missverstanden, Lady.«

Ich befürchtete, er könnte seine Waffe zücken, aber
Michael ließ ihm keine Gelegenheit dazu.

Sonst hatte ich Michael nur einmal so rasend und außer
sich erlebt, da war ich zwölf und er vierzehn gewesen, und
irgendein Flegel hatte mir das T-Shirt hochgeschoben und
mich in eine meiner Brustwarzen gekniffen. Michael hatte es
ihm sofort und dermaßen gegeben, dass die Nase des Jungen
plattgedrückt war und einer seiner Schneidezähne nur noch
an einem blutigen Etwas baumelte, noch bevor ich mein
T-Shirt wieder heruntergezogen hatte.

Dem Hünen unten an der Treppe erging es nicht besser.
Michael verpasste ihm gekonnt einen Magenschwinger, gefolgt von einem dumpf aufschlagenden Kinnhaken.

So gerne ich beobachtet hätte, wie Michael die Scheiße aus
ihm herausprügelte, rief ich trotzdem: »Hör auf, Michael,
stopp!«

Er packte den Arm des Mannes und drehte ihn so gewalt-
sam nach hinten auf den Rücken, dass ich mich selbst fast
gewunden hätte vor Schmerz.

Michael lächelte mir finster zu. »Warum?«

»Weil Guidry hier ist.«

Das stimmte. Guidrys Blazer rollte über die Muschelschalen neben dem Carport.

Ohne seinen Griff zu lockern, wartete Michael, bis Guidry
geparkt hatte und ausgestiegen war. Guidry wirkte wie ein
Mann, den normalerweise nichts überraschen kann, der sich
aber schon mal gerne auf die Probe stellen lässt.

Ich nahm einige Stufen im Eilschritt und übersprang den Rest komplett, eine Art vorweggenommener Siegestaumel. Irgendwie hatte ich es geschafft, den potenziellen Anführer einer Diebes- und Mörderbande anzulocken. Mein Bruder hatte den Kerl fest in der Zange, und nun brauchte Guidry ihn nur noch festzunehmen und sich bei mir zu bedanken.

»Guidry, das ist der Mann, von dem ich dir erzählt habe, Jaz' Stiefvater.«

Guidry nickte ihm knapp zu. »Lieutenant Guidry vom Sheriff's Department des Sarasota County.«

Zu mir sagte er: »Was geht denn hier vor?«

Ich sagte: »Dieser Mann ist mir nach Hause gefolgt und hat mich bedroht. Ich hab ihn die Treppe runtergetreten, Michael hat ihn an der Flucht gehindert.«

Der Mann sagte: »Das stimmt nicht. Ich habe die Frau nicht bedroht. Ich vermisse meine Stieftochter, und ich vermute, diese Frau weiß, wo sie sich aufhält. Ich will doch nur meine Tochter wiederfinden.«

»Und Ihre Stieftochter ist das Mädchen namens Jaz?«, fragte Guidry.

Der Mann verzog das Gesicht. »Sie selbst nennt sich so. Eigentlich heißt sie Rosemary.«

Guidry sagte: »Egal, wie sie heißt, wir haben Grund zur Annahme, dass sie Bandenmitglieder kennt, die wegen Mordes gesucht werden.«

Der Mann seufzte schwer und wischte sich mit der freien Hand mehrmals wie verzweifelt über das Gesicht.

»Jesus, wie ich diesen Job hasse.«

Wir alle warteten. Ich fragte mich, ob er tatsächlich gestehen würde, dass er der Anführer einer Bande war, die in seinem Auftrag Drogenhandel und Raub betrieb.

Er sagte: »Ich bin United States Marshal, Lieutenant.«

Mein Kinn sackte nach unten, Guidry fasste ihn jedoch unbeeindruckt ins Auge. »Irgendwelche Ausweise?«

Mit leicht zuckendem Mundwinkel griff der Mann in

seine Brusttasche, zog eine flache Brieftasche heraus und wies sich aus.

Guidry sagte: »Lass ihn los, Michael.«

Michael verengte die Augen zu einem Schlitz und sah sich den Mann lange an, ehe er seinen Griff lockerte. Während er seine schmerzende Schulter unter dem navyblauen Polyesterhemd kreisen ließ, krümmte der Mann seinen Rücken, als würde ihm die ganze Wirbelsäule wehtun.

Michael sagte: »Brauchst du mich hier?«

Guidry schüttelte den Kopf, und Michael trottete auf seinen Kücheneingang zu. Er schüttelte aus dem Handgelenk heraus seine Rechte, um die Blutzirkulation in Gang zu bringen, wirkte aber sonst so, als hätte er wichtigere Dinge im Kopf.

»In welcher Beziehung stehen Sie zu dem Mädchen?«, fragte Guidry.

Der Marshal sah mich an, als würde er vor mir lieber nicht sprechen, zuckte aber dann gleichgültig mit den Schultern. »Sie war eine von mehreren Zeugen einer Ermordung aus einem vorbeifahrenden Auto in L.A. Inzwischen ist sie die *einzige* Zeugin.«

»Sie befindet sich im Zeugenschutzprogramm, und Sie sind für sie verantwortlich.«

»So ist es.«

»Das erklärt dann wohl auch, warum Sie die Kleine im Key Royale für sehr viel Geld unter Verschluss halten?«

»Ein sichererer Ort war nicht zu finden. Wachen an der Einfahrt, jede Menge Security auf dem Gelände. Zimmerservice rund um die Uhr, unbegrenzte Filmauswahl auf Großbildschirmen. Es sollte aber nicht für immer sein, nur bis zum Prozessbeginn im nächsten Monat.«

Mit einem mürrischen Blick in meine Richtung sagte er: »Sie ist auch immer schön brav dort geblieben, bis diese Frau da und ihre Freundin dazwischenkamen. Danach begann sie auszubüchsen. Mir ist es ein Rätsel, wie das bei so viel

Security möglich war, aber ich vermute, sie ist mehr als einmal weggerannt.«

Guidry sagte: »Dem Manager im Key Royale zufolge haben Sie einen speziellen Nebensaisonpreis bekommen.«

Der Marshal und ich sahen Guidry erstaunt an. Höchsterstaunlich, dass er die Leute vom Key Royale zu einer derartigen Indiskretion bewegen konnte, und der Marshal war wohl erstaunt, dass sie sich überhaupt geäußert hatten.

Der Mann rieb sich wieder das Gesicht. »So eine Göre macht mehr Ärger als ein ganzer Mafiaclan. Diese Kids kapieren nicht, in welcher Gefahr sie sich befinden, sie haben keinerlei Selbstdisziplin. Du darfst sie keinen Moment aus den Augen lassen, sonst rufen sie gleich ihre alten Freunde an und plappern aus, wo sie gerade sind.«

»Hat Jaz diese Typen denn angerufen, die nach ihr gesucht haben?«, fragte ich.

Sein Gesicht erstarrte. »Ich wusste nicht, dass überhaupt irgendwelche Typen nach ihr gesucht haben.«

»In einem Haus, in dem ich beruflich zu tun hatte, tauchten drei Kerle auf, einer davon ein gewisser Paulie. Sie haben ausdrücklich nach Jaz gefragt.«

Guidry sagte: »Es gibt Fingerabdrücke von diesem Paulie, die wir identifizieren konnten. Sein Name ist Paul Vanderson, einer von den dreien, denen man die Ermordung aus dem fahrenden Auto in L.A. vorwirft.«

Der Marshal sagte: »Sie hätte sie niemals angerufen. Sie fürchtet sich zu Tode vor ihnen.«

Ich sagte: »Sie hat wohl irgendjemandem dieses Flitterwochen-Häuschen im Key Royale beschrieben, in dem sie wohnt, denn diese Typen suchten gezielt nach einem Haus, das zu dieser Beschreibung passt.«

Der Marshal sah grimmig drein. »Ich hab ihr ein Handy gegeben, damit sie mich notfalls anrufen kann, nahm es ihr aber wieder weg, weil sie Leute in L.A. anrief. Angeblich hat sie nur eine Schulfreundin angerufen, aber falls sie gesagt hat, wo sie sich aufhält, könnte dieses Mädchen das weitererzählt haben.«

Am liebsten hätte ich ihm auf der Stelle eine geklatscht. »Was ist mit euch Typen von der Bundespolizei eigentlich los? Habt ihr alle ein Brett vor dem Kopf? Sie lassen ein so junges Mädchen allein? Natürlich wird sie die eine oder andere Freundin anrufen. Und natürlich wird die Freundin tratschen. Was haben Sie sich überhaupt gedacht?«

Zum ersten Mal wirkte er leicht beschämt. »Verstehen Sie doch, alles dreht sich jetzt nur noch um den Terrorismus, und wir sind überall und nirgends. Wir haben keine Leute, um Babysitter für Teenager zu spielen. Zuerst hatten wir ihr eine Kollegin zugeteilt, und die beiden verschanzten sich in einem Hotelzimmer in Kansas. Aber der Termin für die Verhandlung wurde verschoben, und besagte Kollegin bekam einen neuen Auftrag. Also haben wir sie hierher gebracht, wo sie etwas mehr Freiraum haben würde. Ich weiß, es ist keine ideale Situation, aber ich habe zweimal täglich nach ihr gesehen, habe ihr Comics und Schokoriegel gebracht. Sogar zum Friseur hab ich sie ein paar Mal gebracht. Es war nicht so, als sei sie im Knast.«

»Hätte man sie nicht irgendwo bei einer Familie unterbringen können?«

Er begegnete meinem zornigen Blick mit matten Augen. »Solange der Mordprozess nicht stattgefunden hat, würde man die Familie dadurch auch in Lebensgefahr bringen.«

Ich sagte: »Was ist mit den Eltern von Jaz? Warum sind sie nicht bei ihr?«

»Sie war noch ein Baby, da machte sich die Mutter schon aus dem Staub, und der Vater ließ sie wenige Jahre später im Stich. Sie hat bei einer ihrer Großmütter gelebt, aber die alte Dame ist vor ein paar Monaten gestorben. Jetzt lebt sie im Waisenhaus. Sie ist die einzige Zeugin, die wir haben, alle anderen, die den Mord beobachtet haben, haben schnellstens das Weite gesucht.«

Seine Stimme klang ruppig, aber seine angespannten Lippen verrieten, dass er bei allem Ärger und Frust auch traurig war.

»Seit wann wird sie nun vermisst?«, fragte Guidry.

»Sie war nicht im Hotel, als ich gestern Abend nach ihr sehen wollte. Und auch seit meinem Besuch heute Morgen ist die Situation unverändert.«

Sein Blick wandte sich zu mir, als hoffe er immer noch, ich wüsste, wo Jaz war.

Guidry sagte: »Könnte sie weggelaufen sein?«

»Ihre Sachen waren alle da. Wäre sie weggelaufen, dann hätte sie die doch sicher mitgenommen.«

Bittere Schuldgefühle stiegen in mir hoch. Zwar hatte ich Hetty nicht ermutigt, Jaz bei sich aufzunehmen, aber davon abgehalten hatte ich sie auch nicht. Beide hatten wir es doch nur gut gemeint, als wir Jaz die Möglichkeit gaben, aus ihrer Langeweile und der Einsamkeit zu entfliehen; diese Flucht jedoch könnte sie nun das Leben gekostet haben.

Ich sagte: »Gestern Vormittag bin ich Jaz gefolgt, als sie ins Hotel zurück wollte. Sie rannte in das hinter dem Hotel angrenzende Naturschutzgebiet und bog genau an der Stelle ab, an der ein Hummer am Bordstein parkte. Ich nehme an, darin saßen die Typen aus L.A. Wäre ich nicht dabei gewesen, hätten sie sich Jaz in dem Moment gekrallt. Kann sein, dass sie gestern Nachmittag dorthin zurückgekommen sind und sie erwischt haben, als sie wieder zu Hetty laufen wollte.«

Schweigen machte sich breit. Uns allen war klar, dass das Schlimmste bereits passiert sein könnte.

Der Marshal gab Guidry seine Karte. »Natürlich kooperieren wir mit sämtlichen vor Ort laufenden Ermittlungen, Lieutenant, aber ich bezweifle, dass sie das Mädchen noch lebend finden werden.« Bitter fügte er hinzu: »Ohne die Kleine kommen die Typen frei.«

Mit einem gerade noch höflichen Nicken in meine Richtung ging er zu seinem Auto und fuhr weg.

Ich wusste noch immer nicht, wie er hieß, und ich mochte ihn auch noch immer nicht. Andererseits hatte er ja alles getan, um Jaz zu beschützen. Zumindest das konnte man ihm zugutehalten.

Ich sagte: »Woher wusstest du, dass er hier war?«

»Das wusste ich gar nicht. Eigentlich wollte ich über ganz was anderes mit dir reden.«

Mir war das Herz zwar schwer wegen Jaz, aber trotzdem fuhr blitzartig ein Lichtstrahl durch meine betrübte Stimmung.

»Ich würde mit dir gern über den Mord an Victor Salazar sprechen.«

Das hätte ich wissen sollen. Nun, da Victor tot war, erstreckten sich die Ermittlungen nicht mehr nur auf einen Entführungsfall, sondern auf einen Mord. Guidry war nicht in persönlicher Mission hier, sondern ausschließlich in seiner Rolle als Mordermittler.

Ich sagte: »Vielleicht ist es besser, du kommst mit nach oben.«

22

Ich stieg vor Guidry die Treppe hinauf. Dabei fühlte ich mich wie ein Bär mit einem Dorn in der Tatze. Ich öffnete die Verandatür und huschte in meine aufgeheizte Wohnung. Ella war verschwunden, was bedeutete, dass Michael bereits hier gewesen, dann aber noch einmal weggefahren war.

»Setz dich, ich mach die Klimaanlage an.«

Er ließ sich auf das Sofa fallen, während ich ins Schlafzimmer lief und das in der Wand installierte Klimagerät anschaltete. Dann warf ich meine Tasche aufs Bett und ging ins Wohnzimmer, um mich dem Tribunal zu stellen.

»Machen wir's kurz. Ich hab von Anfang an von Victor Salazars Entführung gewusst. Seine Frau ist eine alte Freundin von mir, und sie kam unmittelbar nach dem ersten Anruf der Entführer zu mir und hat mir alles erzählt. Sie sagte, sie hätten eine Million Dollar Lösegeld in bar verlangt. Es sollte in Maureens Aussichtspavillon auf ihrem Bootssteg deponiert werden. Maureen wollte nicht, dass ich die Polizei anrufe, bat mich jedoch, sie bei der Hinterlegung des Geldes zu begleiten. Ich willigte ein, und sie kam hierher, um mich abzuholen. Bei ihr zu Hause angekommen, bat sie mich, das Geld alleine zum Pavillon zu schleppen. Das hab ich gemacht, und sie fuhr mich wieder nach Hause.«

Mit beinahe tonloser Stimme sagte Guidry: »Du hast eine Million Dollar zu Mrs Salazars Bootssteg geschleift und es dort für die Entführer abgestellt.«

Ich straffte meine Schultern und sah ihm in die Augen. »Es ist nicht verboten, Lösegeld zu zahlen, und Maureen hat sich dafür entschieden. Angeblich hat ihr Victor seit jeher zu diesem Schritt geraten, falls er entführt werden sollte.«

»Wie gut hast du Victor Salazar gekannt?«

»So gut wie gar nicht. Er und Maureen haben weiß Gott wo geheiratet, und ich war wohl kaum mehr als ein- oder zweimal mit ihm in einem Raum. Er war nicht sonderlich sympathisch.«

»Was weißt du über seine Geschäfte?«

»Maureen sagt, er wäre Erdölhändler.«

»Was gibt's zu dieser Million zu sagen?«

»In Zwanzig-Dollar-Scheine gestückelt. Maureen hatte sie in eine rosafarbene Reisetasche gestopft.«

»Und du hast die Kohle gesehen?«

Ich überkreuzte die Beine. Guidrys Mundwinkel zuckten.

»Das Geld hatte Maureen schon vorher eingepackt.«

»Tatsächlich gesehen hast du es also nicht?«

Die feinen Härchen an meinen Armen standen ab. »Worauf willst eigentlich hinaus?«

Guidry fasste mich einen Moment lang ins Auge. »Du vertraust Mrs Salazar?«

Mein Finger kreiste verlegen auf meinem Knie. »Maureen und ich waren auf der Highschool eng miteinander befreundet.«

»Und sie ist stets aufrichtig und ehrlich gewesen?«

Ich räusperte mich. »Ich könnte nicht sagen, Maureen wäre unehrlich gewesen. Nicht wirklich. Nicht sehr.«

Er antwortete nicht, und als ich ihn schließlich ansah, war mir klar, dass er eine Erklärung erwartete. Eine ernst gemeinte Erklärung.

»Es war schwierig zwischen uns. Wir hatten beide Erfahrungen mit Alkoholikereltern und wurden von einem Elternteil im Stich gelassen. Niemand konnte verstehen, was das bedeutet, und so haben wir uns gegenseitig irgendwie unterstützt.«

Er hielt kurz inne und sagte dann: »Mrs Salazar sagte zu mir, dass sie mit dir gesprochen hat und dass du das Geld deponiert hast. Ich wollte das nur von dir bestätigt haben.«

Ich atmete tief durch. »In den Nachrichten hieß es, Victor sei ertrunken. Stimmt das?«

Er schüttelte den Kopf. »Er war bereits tot, als ihn jemand aus einem Boot ins Meer geworfen hat.«

»Und die Todesursache?«

»Kopfschuss. Aus nächster Nähe.«

»Eine Art Hinrichtung also. Unterweltmäßig.«

»Wie kommst du darauf?«

Ich zuckte mit den Schultern. »In Fernsehkrimis steckt immer das organisierte Verbrechen dahinter, wenn jemand direkt mit aufgesetzter Waffe in den Kopf geschossen wird.«

»Gibt es für dich einen Grund, anzunehmen, Victor Salazar hätte etwas mit dem organisierten Verbrechen zu tun gehabt?«

»Ich hab dir doch gesagt, alles was ich von Victor Salazar weiß, ist das, was Maureen mir gesagt hat, und demnach handelte er mit Erdöl. Weißt du eigentlich, was so jemand genau macht?«

»Salazars Fußgelenke waren an einem Anker festgebunden. Angler haben ihn an der Mole von Venice rausgefischt.«

In warmen Gewässern dauert es nicht lange, bis ein toter Körper so stark aufgebläht ist, dass er an die Oberfläche steigt – aber doch nicht ein an einem schweren Gegenstand festgebundener Körper.

Ich sagte: »Wenn er an einem Anker festgebunden war ...«

Guidry presste die Lippen zusammen, als würde er ein Lachen unterdrücken. »Das verwendete Seil war zu lang.«

Mein Mund wollte etwas sagen, aber ich war zu nichts mehr imstande, als ihn anzustarren und mir diesen toten Körper vorzustellen, wie er an der Wasseroberfläche trieb, an den Füßen ein langes Seil, das zu einem Anker im Schlick hinunterführte.

Für Guidry war die Tatsache, dass Victors Leiche mit

einem viel zu langen Seil versenkt worden war und somit an die Oberfläche steigen konnte, ein lustiges Detail in einem gruseligen Mordfall. Vielleicht war er nicht einmal sonderlich überrascht, schließlich werden viele Kriminelle nur deshalb geschnappt, weil sie sich in den eigenen Fehlern verheddern.

Für mich war das überlange Seil ein überdeutliches Zeichen dafür, dass Harry Henry in den Entführungsfall verwickelt war. Wer auf der ganzen Welt wäre schließlich sonst dumm genug gewesen, einen derartigen Fehler zu begehen?

Danach gab es für Guidry und mich nicht mehr viel zu sagen. Bei der Verabschiedung murmelten wir beide noch etwas davon, wir würden uns später wiedersehen. Ich wusste nicht, wie Guidry sich fühlte, ich jedenfalls schämte mich, als wäre ich in einen dubiosen Film geraten, in der Hoffnung, es würde mich niemand sehen.

Nie hätte ich mir vorstellen können, dass Harry Henry imstande gewesen wäre, jemanden zu entführen oder zu ermorden, aber nun ließ sich eine gewisse Ahnung nicht mehr unterdrücken, dass dieser Bursche bis zu seinen hübschen Wangen hinauf in Victors Tod verstrickt war. Harry hatte Maureen seit der Highschool wirklich geliebt und war ihr nach wie vor regelrecht hörig. Hätte sie ihn darum gebeten, Victor zu entführen, er hätte es jederzeit getan. Aber hätte er für sie auch einen Menschen getötet?

In meinem Kopf drehte sich alles in einem ständigen Hin und Her zwischen schrecklichen Bildern von Jaz, die vielleicht von mutmaßlichen Mördern geschnappt worden war, damit sie nicht vor Gericht gegen sie aussagte, und der Möglichkeit, dass zwei Menschen, die ich praktisch mein ganzes Leben lang gekannt und gemocht hatte, gemeinsam einen Mord begangen hatten.

Und dann war da ja auch noch Michael mit seiner geschwollenen Hand, weil er einen US-Marshal attackiert hatte. Wegen mir hatte er wieder mal den Racheengel gespielt, und seine ganze Vehemenz hatte sich als unnötig erwiesen. Vielleicht kam er sich deswegen wie ein Trottel vor, und ich sollte zu ihm gehen, um ihm alles zu erklären.

Ich stand gerade an der Treppe, da kam Michael, die Tür hinter sich zuschlagend, aus dem Kücheneingang gerannt und eilte über die Terrasse zum Carport wie in einer dringlichen Mission.

Alle außer mir hatten scheinbar wichtige Dinge vor.

Müde und erschöpft schlurfte ich wieder hinein, nahm eine ausgiebige Dusche und kroch ins Bett. Als ich aufwachte, war ich zwar nicht mehr ganz so müde, aber angesichts der aktuellen Lage noch immer so bedrückt wie zuvor. Ein Blick über die Brüstung meiner Veranda zu den Autos im Carport sagte mir, dass Michael nach Hause gekommen war, also zog ich mich schnell an und lief zu ihm hinunter. Es war höchste Zeit, meinem großen Bruder Bericht zu erstatten, was so alles passiert war.

Ich fand ihn und Ella in der Küche, Ella auf ihrem Lieblingsplatz auf dem Barhocker und Michael am Herd, wo er in einem großen, dampfenden Pott herumrührte.

Ich schnupperte interessiert. »Chili?«

Meine Stimme klang geradezu rührend hoffnungsvoll. Michael wedelte mit seinem Holzlöffel in Richtung Küchenblock.

»Hol dir 'ne Schale, dann darfst du probieren.« Er fasste mich extrascharf ins Auge. »Was hast du denn sonst so getrieben, außer US-Marshals die Treppe runterzukicken?«

Ich nahm eine der roten Keramik-Chilischalen unserer Großmutter aus dem Schrank und reichte sie ihm. Dann goss ich mir einen Becher Kaffee aus der Maschine auf dem Tresen ein.

Michael löffelte rotbraunes Chili in die Schale, häufte bergeweise geriebenen Cheddar darauf sowie, als krönenden Abschluss, Zwiebelringe.

»Moment«, sagte er. »Ich hab noch Maisbrot-Sticks im Ofen. Die sind gerade fertig.«

Ella und ich sahen entzückt zu, wie er die Backofentür öffnete und zwei mit goldbraunen Maisbrot-Sticks gefüllte Spezialformen herausholte. Mittels einer geschickten Drehung seiner Handgelenke wendete er beide Formen gleichzeitig über einem auf dem Tresen bereitliegenden Geschirrtuch und ließ mit einem kleinen Schlag gegen die Formen heiße Maisbrot-Sticks herauspurzeln. Zwei davon legte er für mich auf einen Teller und stellte ihn auf den Küchenblock neben mein Chili.

Ich nahm davor Platz. »Sicher hast du gehört, dass Maureens Mann entführt worden ist.«

Er winkte beiläufig mit der Hand. Geschwollen war sie nicht, nur leicht rot.

»Ich weiß, dass ein paar Angler seine Leiche gefunden haben.«

Vorsichtig, mit nach vorne gestülpten Lippen zerkraute ich krachend einen Bissen der noch ofenheißen Sticks. Beim Hinunterschlucken seufzte ich genüsslich. Dann probierte ich etwas von dem Chili und seufzte abermals. Kein verderbter Sünder, der sich wider Erwarten plötzlich im Himmel wiederfindet, hätte dankbarer sein können.

Michael goss sich einen Becher Kaffee ein und nahm gegenüber Platz. Ella senkte die Augenlider und sah ihn sehnsuchtsvoll an.

»Was hat nun Maureens Mann mit dir zu tun?«

»Du weißt doch, sie war neulich mal abends hier. Da wollte sie mir nur sagen, dass er entführt worden war. Die Entführer hatten angerufen und eine Million Dollar verlangt.«

»Okay.«

»Sie wollte, dass ich das Geld mit ihr zusammen hinterlege.«

Er hob eine Braue. Ich aß schnell noch mehr von dem

Chili, falls er es mir wegnehmen sollte, nachdem ich den Rest erzählt hatte.

»Am Abend darauf holte sie mich ab, und ich schleppte eine Tasche voller Geld zu einem Pavillon auf ihrem Bootssteg. Dann brachte sie mich nach Hause.«

Er wartete.

»Das ist alles. Jedenfalls alles, was ich damit zu tun habe. Aber ich weiß von Guidry, dass Victor schon tot war, als er über Bord geworfen wurde. Jemand hat ihn erschossen. Seine Leiche wurde an einem Anker festgebunden, nur das Seil war wohl leider zu lang. Deshalb stieg die Leiche nach oben, und die Fischer konnten sie herausangeln.«

Michael guckte, als hätte er am liebsten sofort losgeprustet. »Sie haben ihn mit einem viel zu langen Seil an einen Anker gezurrt?«

»Findest du das etwa lustig?«

»Ein bisschen schon.«

Ich aß noch mehr Chili.

»Und was war nun mit dem Marshal? Wen hat er überhaupt gesucht?«, fragte Michael.

Ich war mit dem Chili fast fertig, also aß ich den Rest auch noch gleich und verdrückte dazu den zweiten Maisbrot-Stick, ehe ich antwortete. Ich dachte mir, ich könnte Kraft gebrauchen.

»Vor ein paar Tagen kamen drei Jungs im Teenageralter zu Reba Chandlers Haus, als ich Big Bubba versorgte. Diesen Papagei, weißt du. Ich drehte mich um, und da standen sie plötzlich vor mir. Sie dachten, sie würden ein Mädchen namens Jaz dort vorfinden.«

»Du kennst das Mädchen?«

»Ich hab die Kleine bei der Tierärztin gesehen, es ist dasselbe Mädchen, das der von dir verprügelte Marshal gesucht hat. Er kreuzte mit ihr bei der Tierärztin auf, weil er ein Kaninchen überfahren hatte, das dann starb, worüber sie ganz außer sich geriet. Nettes Mädchen. Er gab sich als ihr

202

Stiefvater aus, was aber gelogen war. Sie steht unter Zeugenschutz, und er ist ihr Leibwächter oder was auch immer.«

Michael zog mit der flachen Hand einen Schlussstrich durch die Luft. »Dieses Mädchen interessiert mich nicht. Mich interessieren die Typen, die dich angegangen haben.«

»Aber es haben doch alle miteinander zu tun. Alle kommen aus L.A., und die Jungs gehören dort zu einer Bande. Einer von ihnen hat Fingerabdrücke auf einem Glas mit Vogelfutter in Rebas Haus hinterlassen, die identifiziert wurden. Er ist einer von drei Jungs, die in L.A. aus einem fahrenden Auto heraus jemanden erschossen haben, und Jaz ist die einzige aussagebereite Zeugin. Deshalb steht sie ja unter Zeugenschutz. Bis zum Prozessbeginn sollte sie hier versteckt werden. Jetzt ist Jaz aber verschwunden, und der Marshal glaubt, die Bande hätte sie geschnappt.«

Er wurde still. »Warum dachte er, du wüsstest, wo sie sein könnte?«

»Vielleicht hat er mein Auto vor Hettys Haus gesehen und ist mir gefolgt.«

Michael hob fragend eine Augenbraue. Ich hasse es, wenn er das tut.

»Hetty Soames hat einen neuen Welpen, den sie zum Hilfshund ausbildet, und sie hat Gefallen an Jaz gefunden und ihr einen kleinen Job angeboten. Sie hat ihre Adresse für Jaz auf einen Zettel geschrieben, weshalb der Marshal die Adresse kannte. Jaz wollte partout nicht sagen, wo sie wohnt – nun ja, sie hat auch sonst nicht viel gesagt –, Guidry jedenfalls hat mich gebeten, ein bisschen mehr aus ihr herauszukitzeln. Ich habe täglich bei Hetty vorbeigeschaut.«

»Und Guidry hat von der Sache gewusst?« Michael klang gereizt und auch ein bisschen verletzt.

»Er ermittelt in einem Mordfall, der sich hier vor wenigen Tagen ereignet hat. Dabei wurde ein Mann von einer Einbrecherbande umgebracht. Nachbarn sahen zuvor ein paar Teenager vor dem Haus herumlungern, und ihre Beschreibung passte genau auf die Jungs, die in Rebas Haus aufkreuzten. Das Sheriffbüro bekam bestätigt, dass die Fingerabdrücke aus dem Haus des ermordeten Mannes mit den in Rebas Haus gefundenen übereinstimmen, und somit wussten sie, dass es dieselben Typen waren.«

»Die Bandenmitglieder, die einen Jungen in L.A. ermordeten, haben hier ebenfalls einen Mann ausgeraubt und ermordet?«

Ich sah ihm an, dass er Mühe hatte, so viele schreckliche Detailinformationen auf einmal zu verarbeiten. »In dem Prozess, der ihnen in L.A. bevorsteht, soll Jaz als Zeugin auftreten.«

Michael stand auf, holte sich auch einen Maisbrot-Stick und verschlang ihn in zwei Bissen. Das macht er oft, wenn er aufgeregt ist. Möglicherweise ist es ein Überbleibsel aus der Zeit, als er aufgrund der egoistischen Schwäche und Unreife unserer Mutter gezwungen war, mich und sich selbst durchzufüttern.

»Okay. Und was gibt's sonst noch?«

»Ich befürchte, Harry Henry hat etwas mit der Entführung von Maureens Mann zu tun. Er wäre nicht imstande, ihn umzubringen, aber irgendwie ist er darin verwickelt.«

»Harry Henry? Nee, so was würde Harry niemals tun.«

»Mir hat er gesagt, Maureen habe sich vom ersten Tag an gleich wieder scheiden lassen wollen. Angeblich haben er und sie einander seit zwei oder drei Jahren nicht mehr gesehen, aber ich weiß, das war gelogen. Und außerdem, wen sonst könntest du dir denn vorstellen, der eine Leiche mit einem Anker versenken will, dabei aber ein so langes Seil verwendet, dass die Leiche an die Oberfläche treibt?«

Michaels Augen hatten sich zu Schlitzen verengt.

»Was meinst du damit: Er hat es dir gesagt? Hast du ihn denn danach gefragt?«

»Nicht direkt. Wir haben im Sea Shack ein wenig geplaudert.«

Michael setzte sich und legte die Ellbogen auf den Tisch. Er nahm den Kopf zwischen beide Hände und drückte ihn lange, während Ella ihn mit immer größeren Augen alarmiert ansah. Als er den Kopf wieder hob, wirkte er ernstlich besorgt.

»Sonst noch was?«

»Nein, das war's. Harry hat übrigens nach dir gefragt. Er hat gesagt, du wärst ein guter Angler.«

»Zum Teufel noch mal, Dixie.«

»Ich stecke nirgendwo drin, Michael. Ich kenne halt nun mal alle diese Leute, sonst nichts.«

Michael seufzte. »Noch mal von vorn. Du hast Lösegeld deponiert. Du hast mit jemandem gesprochen, der vielleicht Maureens Mann ermordet hat. Und du kennst neuerdings ein Mädchen, das sich auf der Flucht vor einer Mörderbande befindet.«

»Es ist nicht so schlimm, wie du es darstellst.«

»Halt dich von Harry Henry fern.«

»Ach was, Harry ist ganz in Ordnung, nur etwas schräg. Seinen neuen Hund nennt er Hugh Hefner.«

»Typisch. Hugh Hefner ist wohl Harrys Idol.«

Ich stand auf, wusch meine Tasse und die Schale ab und packte beides in den Geschirrspüler. Ich ging um den Küchenblock herum und küsste Ella auf die Nase. Dann küsste ich Michaels Wange.

»Danke für das Chili. Mach dir wegen mir keine Sorgen. Ich tu's ja auch nicht.«

Als ich die Küchentür zumachte, sah ich die beiden im Fenster. Ella leckte Brösel von Michaels Fingerspitzen und wirkte dabei wie im siebten Himmel, er dagegen sehr besorgt. Das mit Paco war schon schlimm genug, aber nun hatte ich ihm noch eine zusätzliche Last aufgebürdet.

Auch ich war übrigens nicht halb so ruhig, wie ich getan

hatte. Während meiner Berichterstattung für Michael kam ich mir vor wie mitten im Auge des Orkans. Noch war es dort ganz ruhig, aber Hurrikane sind in ständiger Bewegung, und wenn sie weiterwandern, trifft dich der Sturm meist aus einer ganz anderen Richtung als der, in die du geblickt hast.

Bis zu meiner Nachmittagsrunde hatte ich noch etwas Zeit. Also rannte ich nach oben, um meine Autoschlüssel zu holen. Es war höchste Zeit für ein Gespräch mit Cora Mathers.

23

Cora Mathers ist eine gut achtzigjährige Freundin von mir, deren Enkelin, eine ehemalige Klientin, auf brutalste Weise ermordet worden war. Damals hatte mich Coras Kraft im Umgang mit diesem schrecklichen Ereignis enorm beeindruckt, und wir beide hatten uns in der Folgezeit irgendwie gegenseitig adoptiert.

Cora lebt auf dem Festland in einem hübschen Appartement im Bayfront Village, einer exklusiven Seniorenwohnanlage am Tamiami Trail mit Blick über die Bay. Gekauft hatte das Appartement ihre Enkelin, die viel Geld auf eine Weise verdient hatte, wie sie Cora nie vermutet hätte. Sie hatte immer geglaubt, ihre kluge Enkelin sei durch geschickte Investitionen reich geworden und habe, weil sie ein gutes Herz hatte, gut für ihre Großmutter und ihre Katze vorgesorgt. Ein gutes Herz hatte sie sehr wohl gehabt.

Auf dem Weg zum Bayfront Village bog ich vom Tamiami Trail ab zu Whole Foods, einem wenige Straßenblocks entfernten Biosupermarkt. Ich stellte den Bronco in der Parkgarage ab und lief schnell hinein, kaufte ein Dutzend rosarote Rosen und einen Karton Tiefkühlsuppe. Als ich zur Garage zurücklief, umkurvte mich ein Motorrad und fuhr auf einen Parkplatz. Der Fahrer trug einen schwarzen Helm und war nicht zu erkennen, aber ich beäugte ihn mit Argusaugen, ob er nicht vielleicht ein Handzeichen gab und sich als Paco entpuppte. Als er den Helm abnahm, drehte er den Kopf in meine Richtung und sah mich an. Er hatte ein breites Gesicht voller Sommersprossen und kleine Schweinsäuglein, dazu eine finstere, wie eingefrorene Visage. Er war eindeutig nicht Paco.

Ich tat so, als hätte ich ihn überhaupt nicht angestarrt, stieg in den Bronco und brauste davon. Als ich unter der Kolonnade des Bayfront vorfuhr, war der Parkwärter sofort zur Stelle und öffnete die Fahrertür, noch bevor ich selbst dazu kam. So einen Service können sich nur Reiche leisten.

Als er mich erkannte, guckte er gleich weniger unterwürfig, aber noch genauso freundlich.

»Sie wollen zu Ms Mathers? Hübsch, die Rosen.«

Ich glitt aus dem Bronco und nahm die Tasche mit der Suppe an den Griffschlaufen über den Arm.

Ich sagte: »Sind auch rein biodynamisch.«

»Wollen Sie sie denn essen?«

»Das nicht, aber man vergiftet sich nicht gleich, wenn man sich an einem Dorn sticht.«

»Ach Quatsch! Als Nächstes kommt dann wohl Bio-Kunstdünger.«

Gab es wahrscheinlich längst, dachte ich, sagte aber nichts weiter, sondern ließ ihn mein Auto in die Katakomben der Parkgarage des Bayfront steuern. Ich mag diese Nobelpaläste. Man fühlt sich dort gleich selbst ein bisschen wie Krösus.

Die gläsernen Schiebetüren glitten seufzend beiseite, als ich darauf zuschritt, und die Empfangsdame winkte mir von ihrer im Provence-Stil gehaltenen Theke zu. In der Eingangshalle wimmelte es nur so von quicklebendigen Senioren, die eifrig Pläne machten für Musikstunden, Bridgepartys, Opernausflüge und mehrgängige Gourmet-Dinners. Von so viel Unternehmungslust könnte ich mir eine Scheibe abschneiden, aber vielleicht musste man ja erst mal alt werden, um richtig Spaß am Leben zu haben. Immerhin gab es also noch etwas, worauf man sich freuen konnte.

Als ich auf die lange Reihe von Fahrstühlen zustrebte, griff die Empfangsdame zum Telefonhörer, um Cora schon mal vorzuwarnen. Früher hatte sie immer bei Cora nachgefragt, ob mein Besuch erwünscht sei, aber mittlerweile weiß sie, dass Cora mich immer sehen will. Mir gefällt das. Es ist gut, jemanden zu haben, bei dem man immer willkommen ist.

Cora wohnt im sechsten Stock, und als ich aus dem Aufzug kam, stand sie schon im Flur und erwartete mich. In jungen Jahren war Cora vielleicht gerade mal ein bisschen größer als eins fünfzig gewesen, aber nun, da sie im Alter geschrumpft war, müsste sie sich schon auf die Zehenspitzen stellen, um diese Größe zu erreichen. Mit ihren flaumigweichen, weißen Haaren ist sie geradezu zerbrechlich zart gebaut und kommt auf ihren dünnen, fleckigen Beinen nur mühsam voran. Dafür jedoch hat sie einen blitzschnellen Verstand. Und wenn sie mich aus ihren wasserblauen Augen ansieht, habe ich das Gefühl, mich nimmt ein Adler unter die Lupe.

Sie sagte: »Warum hast du mir denn nicht gesagt, dass du kommst? Dann hätte ich frisches Schokoladenbrot gebacken. Jetzt hab ich nur einen Rest.«

»Schmeckt auch älter noch gut.«

»Ach, was für schöne Blumen. Was hast du noch dabei?«

»Maissuppe mit Shrimps, die du so sehr magst. Die Rosen sind biologisch, damit du dran riechen kannst, ohne dich zu vergiften.«

Sie lachte und setzte sich mit ihren Trippelschrittchen so langsam in Bewegung, dass ich mehrmals auf der Stelle treten musste, um sie nicht umzurempeln. Coras Appartement ist komplett in Rosa und Türkis gehalten, von den Marmorböden bis zu der auf den Boden reichenden Tischdecke auf dem runden Tisch zwischen der kleinen, offenen Einbauküche und dem Wohnzimmer. Die Glastüren zur Sonnenveranda ermöglichen einen stets wechselnden Blick auf Wasser, Wolken und Segelboote.

In der Luft hängt immer ein Hauch von dem sündhaft leckeren Schokoladenbrot, das Cora in einer alten Brotbackmaschine zubereitet – noch ein Geschenk von ihrer Enkelin.

Das Rezept hält sie streng geheim, aber zu einem gewissen Zeitpunkt während der Herstellung gibt sie herb-süße Bitterschokolade dazu, die sich nie ganz auflöst, sondern kleine, saftige Kleckse in dem Brot bildet. Beim Servieren zerpflückt sie es in große Brocken, die, warm und mit Butter bestrichen, selbst hartgesottene Kriminelle schwach werden und ein Geständnis ablegen ließen, nur damit sie davon probieren dürften.

Da ihre Küche für uns beide zu klein war, setzte sie sich an den Tisch und sah mir zu, während ich darin herumwerkelte. Sie sagte: »Lass die Suppe draußen, damit sie auftaut. Ich will sie abends gleich essen.«

Während das Wasser im Teekessel heiß wurde, stellte ich die Rosen in einem Glaskrug auf den Küchentresen. Ich legte ein Tablett mit unseren Teeutensilien bereit und stieß auf einen halben Laib Schokoladenbrot.

Cora sagte: »Tu's nicht in die Mikrowelle, sonst wird es zäh. Reiß nur ein paar Brocken ab.«

»Ich weiß.«

Sie sah mir zu, wie ich die Butter aus dem Kühlschrank nahm und die Teebeutel in der Kanne mit heißem Wasser überbrühte. Danach trug ich das Tablett zum Tisch und nahm gegenüber von ihr Platz. Sie wartete ab, bis ich Tee eingegossen und die Schokoladenbrotstücke verteilt hatte.

Dann sagte sie: »Was ist denn passiert?«

Cora ist wie Michael. Beide brauchen mich nur anzusehen, um zu wissen, was mit mir los ist.

Ich nahm einen Schluck Tee und überlegte, wo ich anfangen sollte, frei nach dem Motto: Welches Desaster kommt zuerst?

»Vor ein paar Tagen hab ich ein junges Mädchen kennengelernt. Sie heißt Jasmine, wird aber Jaz genannt. Ist ein nettes Mädchen, ziemlich schlau und mag Tiere. Sie kommt aus L.A. und hat gesehen, wie ein Junge von Bandenmitgliedern abgeknallt wurde. Eine ganze Straße voller Leute war dabei, aber sie ist die Einzige, die sich traut, als Zeugin vor Gericht auszusagen. Nun steht sie bis zum Prozessbeginn unter Zeugenschutz. Sie wurde hierher gebracht und in ein kleines Appartement in einem Resort Hotel auf Siesta Key gesteckt. Sie bekam einen Beamten an die Seite gestellt, der mehrmals täglich nach ihr gesehen hat, aber aus Einsamkeit rief sie Freunde in L.A. an. Es sickerte durch, wo sie sich befand, und die Bande kam hierher, um nach ihr zu suchen. Jetzt ist sie wie vom Erdboden verschwunden, und der Marshal, der sie beschützen sollte, glaubt, sie haben sie umgebracht.«

Coras Blick wurde traurig. »Weiß ihre Familie davon?«

»Es gibt keine Familie. Sie wurde von ihrer Großmutter aufgezogen, nachdem ihre Eltern sie im Stich gelassen hatten. Die Großmutter starb vor wenigen Monaten, und Jaz kam ins Heim. Die arme Kleine ist so gut wie chancenlos.«

»Stimmt nicht ganz. Immerhin gab es die Großmutter. Und die muss sogar ganze Arbeit geleistet haben, da es ihr gelungen ist, sie zu einem so tapferen und ehrlichen Mädchen zu erziehen.«

Ich sah Cora verwundert an. Bis jetzt hatte ich Jaz immer als Mädchen gesehen, das in Schwierigkeiten steckt. Aber Cora hatte recht. Jaz war unglaublich tapfer mit ihrer Bereitschaft, gegen eine Bande auszusagen. Von den anderen anwesenden Zeugen hatte keiner so viel Mut bewiesen.

Ich pflückte ein Stückchen Schokoladenbrot ab und steckte es in den Mund. Es schmeckte fast so gut wie frisch aus dem Ofen.

Ich sagte: »Hätte sie doch nur nicht so offenherzig darüber geplaudert, wo sie war.«

»Schuld sind die Krankenhäuser.«

Ich pflückte das nächste Stück ab und fragte mich, ob Cora nun geistig doch allmählich abbaute.

»Früher wurden in den Krankenhäusern alle neugeborenen Babys in einem einzigen großen Raum mit einer

Glaswand davor untergebracht, damit man sie besichtigen konnte. In ihren kleinen Plastikbehältern waren sie alle nebeneinander aufgereiht, die Mädchen mit rosafarbenen Decken zugedeckt, die Jungs mit blauen. Manchmal haben sie ihnen noch dazu passende Bommelmützen aufgesetzt. Es gab genau festgelegte Besichtigungszeiten. Und weil man nicht zu jeder beliebigen Zeit antanzen konnte, um sie zu sehen, war es etwas Besonderes, wenn man sie sehen durfte. Manchmal, wenn mir so schwer ums Herz war, dass ich nicht mehr weiterwusste, ging ich ins Krankenhaus, um mir diese Babys anzusehen. Sie waren so frisch und trugen noch die Fingerabdrücke Gottes. Wenn ich sie so vor Augen hatte, wurde mir immer erneut bewusst, dass wir alle zu Beginn perfekte Wesen sind.«

»Diese Typen, die einen Jungen nur zum Spaß einfach abgeknallt haben, waren vielleicht bei ihrer Geburt perfekt, aber jetzt sind sie zutiefst verkommen.«

»Das liegt daran, dass die Leute keine Gelegenheit mehr haben, einen ganzen Saal voller neugeborener Babys zu sehen. Darum verstehen sie nicht, dass kein Neugeborenes schlecht ist. Die Menschen vernachlässigen Babys, lassen sie hungrig und krank herumliegen, und wenn dann diese Babys im Erwachsenenalter kriminell werden, sagen dieselben Menschen: ›Siehst du, hab ich's doch gleich gesagt. Sie sind schlecht‹.«

Sie nahm die Teetasse und sah mich mit ihren eindringlichen Greisinnenaugen an. »Dieses Mädchen, von dem du gesprochen hast, könnte wie diese Jungs auch eine schlechte Entwicklung genommen haben, aber sie hatte eine Großmutter, die sie geliebt hat. Deshalb ist sie so tapfer und ehrlich. Deshalb war auch meine Enkelin tapfer und ehrlich, weil ich sie in dem Sinn erzogen habe.«

Ich wusste ganz genau, dass Coras Enkelin *nicht* ehrlich gewesen war. Tapfer war sie jedoch gewesen, und vielleicht deshalb, weil Cora sie großgezogen hatte.

Ich sagte: »Mich hat auch meine Großmutter großgezogen.«

»Siehst du. Großmütter sind darin spitze.«

Mich drängte es, zu sagen, dass Jaz, egal wie mutig und
ehrlich sie war, ermordet werden könnte, aber dann fiel mir
ein, was Coras Enkelin widerfahren war, und ich schwieg.
Mit ihren Äußerungen über Jaz hatte Cora im Übrigen recht.
Keiner der anderen Anwesenden, die den Mord beobachtet
hatten, war ehrlich genug, sich als Zeuge zur Verfügung zu
stellen.

Ehrlichkeit kann aber andererseits auch ein Zeichen von
Unreife sein. Wenn man sich vor Schurken versteckt, die
einem ans Leder wollen, und die Schurken fragen jemanden
nach dem Aufenthaltsort, geht man doch davon aus, dass
diese Leute reif genug sind, um zu lügen. Kleine Kinder oder
unreife Erwachsene würden den Aufenthaltsort sofort ausplaudern.

Jaz hatte den Mut gezeigt, sich zu einer Aussage vor Gericht bereit zu erklären. Aber sie war auch so blauäugig und
unreif gewesen, jemandem ihren wahren Aufenthaltsort zu
verraten, und nun war sie entdeckt und vielleicht ermordet
worden.

Als wolle sie testen, wie reif ich selbst überhaupt war, fragte
Cora: »Was läuft eigentlich zwischen dir und diesem gut
aussehenden Detective, in den du verliebt bist?«

Prompt verschluckte ich mich und prustete herum wie
eine Ertrinkende. »Das stimmt nicht! Ich bin nicht verliebt
in ihn.«

Sie schenkte mir jenes gelassene, für alte weise Frauen
typische Lächeln. Dabei verschwinden ihre Augen fast ganz
hinter lauter kleinen Fältchen, aber das Leuchten darin trifft
dich noch immer wie ein Laserstrahl.

»Ich verstehe nicht, warum du das immer noch abstreitest.
Es ist doch sonnenklar, dass du verliebt in ihn bist.«

Mein Herz schlug wie verrückt, als wäre ich bei etwas Verbotenem ertappt worden. »Ich will nicht in ihn verliebt sein. Ich will in gar keinen Mann verliebt sein.«

»Keine von uns will das, Schätzchen, aber was wir wollen, tut meistens nichts zur Sache. Wir verlieben uns trotzdem.«

Ich vergesse immer, dass Cora ja auch mal jung war. Natürlich war sie das, und es hatte auch Männer in ihrem Leben gegeben.

Sie strich Butter auf ein Stückchen Schokoladenbrot und hielt es dann zwischen den Fingern in die Luft wie ein Dozent einen Zeigestab. »Du darfst nur nicht glauben, du wärst verliebt, wenn es eigentlich Mitleid ist, was du empfindest. Wir Frauen neigen dazu. Zu lieben ist für eine Frau die einfachste Sache der Welt. Eine Frau könnte hingehen und zehn Männer auf dem Highway herauswinken, und sicher wären zwei, drei darunter, die sie lieben könnte. Eine Frau braucht einen Mann nur ein bisschen näher kennenzulernen und dabei zu erfahren, wie schlecht es ihm in der Schule gegangen ist, oder dass ihn sein Vater schlecht behandelt hat, schon verliebt sie sich. Vor allem, wenn er gut aussieht und nett lächelt und halbwegs schlau daherredet. Aber in der Hälfte aller Fälle ist nicht Liebe im Spiel, sondern Mitleid. Frauen wollen einen Mann immer für die schlimmen Sachen entschädigen, die ihm die Welt angetan hat, und das halten sie dann für Liebe. Als Nächstes heiraten sie ihn gleich, und das ist dann so, als würde man einen Hund mit Schaum vor dem Mund rein aus Mitleid mit nach Hause nehmen. Man kann noch so sehr glauben, ihn zurechtbiegen und gewissermaßen heilen zu können, wenn es sich um den Falschen handelt, wird er sich so schnell gegen dich wenden wie ein tollwütiger Hund.«

»Ich würde nicht sagen, dass mir Guidry leidtut.«

»Na gut. Aber du musst sicher sein, dass es überall passt, auch im Bett. Man spricht zwar nicht gern darüber, aber Frauen brauchen viel mehr Liebe als Männer. Männer reden mehr darüber, aber Frauen brauchen es öfter. Und wenn du mit einem Mann zusammen bist, der es nicht gerne oft macht oder nicht gut darin ist, wirst du fett und verschroben. Also lass dich bloß nicht auf einen frigiden Mann ein.«

Ich spürte, wie ich errötete. Nicht dass mir das Thema peinlich gewesen wäre, aber bei dem Gespräch erinnerte ich mich daran, wie der Sex mit Todd gewesen war. Einmal hatte er mir eine Studie über Leute gezeigt, die zwanzig, dreißig oder sechzig Jahre miteinander verheiratet waren und kleinlaut zugegeben hatten, dass sie noch immer fantastischen Sex miteinander hatten. Sie kamen sich ein bisschen seltsam dabei vor, weil man ihnen beigebracht hatte, die Lust würde mit der Zeit sterben und durch das Gefühl warmer Zuneigung ersetzt, aber ihre Lust aufeinander war immer lebendig geblieben. Todd hatte damals gesagt: »Das heißt dann wohl, wir beide bringen unser Bett noch mit Hundert ins Wanken.«

Ich musste an Judy denken, wie sie gesagt hatte, Guidry würde vor Langeweile sterben, sollte ich je mit ihm ins Bett gehen. Was jedoch, wenn ich abginge wie eine Rakete und Guidry das Feuer gänzlich fehlte?

Cora sah mich erwartungsvoll an. Ich musste wohl länger in Gedanken versunken gewesen sein, als mir klar war.

Ich sagte: »Sollte ich mich je wieder verlieben, dann sollen die Gefühle langsam wachsen und nicht explodieren wie ein Feuerwerk.« Der Satz gefiel mir. Klang irgendwie abgeklärt und reif.

Cora wirkte nicht sonderlich beeindruckt. »Wenn die Liebe langsam wachsen will, dann tut sie das. Und wenn sie explodieren will, dann tut sie das auch. Warum lässt du's nicht einfach auf dich zukommen?«

Warum unterstellt man mir eigentlich immer wieder, ich sei ein Kontrollfreak? Mannometer, am liebsten würde ich diese Leute ein bisschen manipulieren, um mir nicht ständig sagen lassen zu müssen, ich sei kontrollsüchtig.

Mir fiel keine ehrliche Antwort ein, also sagte ich ihr, es wäre Zeit für meine Nachmittagsrunde. Ehe ich wegging, spülte ich noch das Teegeschirr und räumte die Küche auf. Die taufeuchte Packung mit der Suppe ließ ich mitten auf dem Tresen stehen, damit Cora sie nicht vergessen würde, dann küsste ich sie auf ihren flaumigen Kopf.

Sie sagte: »Du bist ein gutes Mädchen, Dixie, und ich werde dafür beten, dass dieser vermissten Kleinen nichts passiert ist.«

24

Noch auf dem Gelände des Bayfront ertönte der für Michael, Paco oder Guidry reservierte Klingelton meines Handys. Mit pochendem Herzen hielt ich an und meldete mich. Es war Guidry.

»Wo bist du gerade?«, fragte er.

Ich nahm das Telefon vom Ohr und sah es entgeistert an.

»Wieso willst du das denn wissen?«

»Entschuldigung. Eigentlich wollte ich sagen, dass ich gerne wissen würde, wo du dich im Moment aufhältst ... weil ich gerne kurz deine Zeit in Anspruch nehmen würde ... wenn du so nett wärst, mir eine Audienz zu gewähren.«

»Ich komme gerade aus dem Bayfront Village und fahre jetzt zum Sea Breeze an der Midnight Pass, um Billy Elliot auszuführen.«

»Wen?«

»Billy Elliot ist ein Windhund. Wir drehen auf einem Parkplatz unsere Runden.«

»Ich hätte gern, dass du dir kurz etwas anhörst. Es dauert nur eine Minute. Wir treffen uns auf dem Parkplatz des Sea Breeze.«

Wenigstens war er höflich.

Außerhalb der Saison herrscht bei uns kaum Verkehr, trotzdem brauchte ich eine Viertelstunde, um vom Bayfront über den Siesta Drive und die Nordbrücke auf die Insel zu gelangen, dann schließlich über die Midnight Pass Road zu Toms Appartementblock. Guidrys Blazer stand neben dem Eingang auf einem Gästeparkplatz. Als ich mich mit meinem Bronco danebenstellte, stieg er aus und setzte sich neben mich auf den Beifahrersitz.

Guidrys Mundpartie hatte in den letzten Tagen ein paar neue Falten bekommen. Selbst in seinem edlen Leinenjackett und der perfekt geschnittenen Tuchhose wirkte er müde und abgespannt. Ich musste meine Hand zur Faust zusammenpressen, weil sie ständig zu ihm hinüberstrebte und die Falten um seine Lippen herum nachziehen wollte.

Aus seiner Jacketttasche zog er ein kleines Abspielgerät und platzierte es auf dem Armaturenbrett.

»Mrs Salazar hat den Anruf der Entführer aufgezeichnet. Hör dir das doch bitte mal an.«

Da ich Maureen schon sehr lange kannte und sie mich gebeten hatte, das Lösegeld zu deponieren, war es gut nachvollziehbar, dass Guidry dachte, ich würde die Stimme des Entführers vielleicht erkennen. Für wahrscheinlich hielt ich es nicht, aber einen Versuch war es allemal wert.

Guidry schaltete das Gerät an, und eine gedämpfte Männerstimme sagte ein Wort, das ich nicht verstand, gefolgt von: »Salazar, wir haben Ihren Mann geschnappt.«

Im weiteren Verlauf folgte all das, was Maureen schon an mich weitergegeben hatte, aber ich hörte gar nicht richtig zu.

»Und?«, fragte Guidry. »Kommt dir die Stimme bekannt vor?«

Mich schauderte. »Lass den Anfang noch mal hören.«

Er spulte zurück und startete das Band erneut. Wieder die gedämpfte Stimme, wieder dieses seltsame erste Wort, das klang wie »Momissus«. Sagte er »*No,* Mrs Salazar ...« oder machte er cool einen auf Rapper: »*Yo,* Mrs Salazar ...?«

Ich signalisierte mit erhobener Hand, das Band anzuhalten. »Noch mal von vorn. Nur den Anfang.«

Es dauerte nur ein paar Sekunden, das Band zurückzuspulen und neu zu starten, aber mir kam es wie eine Ewigkeit vor. Nachdem ich den Anfang noch einmal gehört hatte, gab ich Guidry ein Zeichen, abzuschalten.

Guidrys graue Augen fixierten mich.

Mir hatte es regelrecht die Sprache verschlagen, aber ich

war von einer Großmutter großgezogen worden, die mir beigebracht hatte, stets die Wahrheit zu sagen.

Ich sagte: »Die Stelle ganz am Anfang, die so klingt, als würde er stottern, ehe er ›Mrs Salazar‹ sagt.«

»Ja?«

»Er stottert nicht. Er sagt zuerst ›Mo‹, dann korrigiert er sich. Nur Maureens engste Freunde nennen sie Mo.«

»Du weißt, wer dieser Mann ist.« Das war keine Frage.

»Er hätte Victor niemals ermordet.«

»Dann hat er auch nichts zu befürchten.«

Ich holte tief Luft. »Er heißt Harry Henry und ist seit unserer Zeit auf der Highschool in Maureen verknallt. Harry ist eine Art Strandpenner und schlägt sich mit Jobs auf Angelbooten durch. Ich würde ihm keine Entführung zutrauen, und er würde nie jemanden umbringen. Da bin ich mir sicher. Aber ich bin mir auch sicher, dass das auf dem Band seine Stimme ist.«

Ich verzichtete darauf, hinzuzufügen, dass ich niemanden außer Harry kannte, der dumm genug wäre, eine Leiche an einem Anker mit einem so langen Seil zu versenken, dass sie an die Oberfläche treiben würde.

Guidry steckte das Abspielgerät wieder ein. »Noch einmal, du bestätigst also, was Mrs Salazar gesagt hat?«

»Maureen hat dir gesagt, dass dies Harrys Stimme ist?«

»Warum überrascht dich das?«

In meinem Kopf überschlugen sich Antworten der Art »Weil sie seit über fünfzehn Jahren quasi ein Paar sind und sie eigentlich zu ihm halten sollte« oder »Weil sie mir verschwiegen hat, dass dies Harrys Stimme ist« oder »Weil etwas an der ganzen Sache gewaltig faul ist.«

Ich sagte: »Ich glaube, man kennt einen anderen Menschen nie wirklich ganz. Nicht einmal, wenn man mit ihm oder ihr praktisch großgeworden ist.«

»Mrs Salazar zufolge lebt Mr Henry auf einem Hausboot an der Midnight Pass Marina.«

Das war anscheinend eine weitere Sache, die er bestätigt haben wollte.

»Ich bin nie auf seinem Boot gewesen und hab es auch nie gesehen, aber ich habe gehört, dass er da wohnen soll.«

»Okay, vielen Dank, Dixie.«

Er streckte die Hand nach dem Türgriff aus, aber ich hielt ihn zurück. »Guidry?«

»Was?«

»Denkst du manchmal, du wärst lieber nicht hierher gekommen? Vermisst du New Orleans?«

Beinahe dachte ich schon, er würde aussteigen, ohne mir zu antworten, aber dann lief ein Schatten über sein Gesicht.

»Ich wünsche mir niemals, ich wäre nicht hierher gekommen. Jedoch vermisse ich das New Orleans, in dem ich aufgewachsen bin, das New Orleans aus der Zeit, bevor die Dämme brachen.«

»Katrina.«

Er schüttelte den Kopf. »Dieses Wort wurde zum Inbegriff allen Unheils, aber nicht Katrina hat für den Niedergang der Stadt gesorgt, sondern menschliche Nachlässigkeit. Die Katastrophe war schon eingetreten, bevor die Dämme wirklich brachen.«

Als würde er die Bitterkeit in seiner Stimme bedauern, spannte er die Lippen und atmete tief durch.

»Für Touristen bedeutete New Orleans tolles Essen, die Preservation Hall, Mardi-Gras-Trubel. Für die Menschen jedoch, die wirklich dort lebten, bedeutete New Orleans der bekloppte alte Prediger, der die Passanten auf dem Jackson Square ständig zuquasselte, die Transvestiten, die in Netzstrumpfhosen und mit Federn geschmückt die Bourbon Street entlangstöckelten, enorm talentierte junge Musiker im Park, normale Leute, die ihren Tag mit Beignets im Café du Monde begannen, sie alle nahmen aufeinander Rücksicht, schauten einander in die Augen, weil sie alle dazugehörten. Und wenn ein Beerdigungszug die Straße entlang zog, konnte jeder, der Lust hatte, mitmachen, ein wenig tanzen, ein bisschen herumkaspern, weil wir alle wussten, dass man das Leben nicht zu ernst nehmen darf, oder es bringt einen um.«

Guidry hatte noch nie so lange ununterbrochen geredet, und als er fertig war, errötete er fast ein bisschen unter seiner Bräune, als wäre es ihm peinlich gewesen, mich an seiner leidenschaftlichen Verbundenheit mit seiner Heimatstadt teilhaben zu lassen.

Und just in dem Moment verfiel ich ihm endgültig. Ich beugte mich nur kurz über den Abgrund der Liebe und fiel mitten hinein. Und es hatte gar nichts damit zu tun, dass er aussah wie ein italienischer Graf mit einem Weinberg hinter dem Haus. Nichts damit, dass er kultiviert, intelligent und absolut integer war. Es hatte auch nichts damit zu tun, dass er ein Wahnsinnsküsser war – und das war er in der Tat. Es hatte mit dieser verborgenen Leidenschaft zu tun, die er soeben offen gezeigt hatte.

Viele Kerle sehen gut aus und sind klug und kultiviert. Und einige wenige besitzen makellose Integrität. Okay, man trifft sie überwiegend in Filmen und in Büchern, manche jedoch sind aus Fleisch und Blut. Guidry besaß alle diese Qualitäten und dazu noch diese Leidenschaft für eine Stadt, in der die Menschen einander respektierten.

Wie hätte ich ihn nicht lieben können?

Ich war zu Tode erschrocken darüber.

»Guidry, glaubst du, diese Typen haben Jaz umgebracht?«

Sein Gesicht zuckte leicht, als liefe ein Schatten darüber hinweg. »Ich weiß es nicht, Dixie. Ich hoffe inständig, dass es nicht so ist.«

Seine Hand glitt zwischen den Sitzen zu mir herüber, sodass die Fingerspitzen mich am Schenkel berührten, beiläufig nur, aber ich war trotzdem wie elektrisiert.

Er öffnete schwungvoll die Tür und ließ mich mit verwirrten Gefühlen zurück.

25

Ich stakste auf das Sea Breeze zu wie jemand, der sich unter Wasser fortbewegt. Sogar die Fahrt nach oben in dem verspiegelten Aufzug war irgendwie anstrengend. Ein Blick auf meine Spiegelbilder zeigte mir eine endlose Prozession traurig dreinblickender Blondinen in zerknitterten Cargoshorts und losen weißen T-Shirts. Keine dieser Frauen wusste, wo Paco sich befand und ob es ihm gut ging. Sie wussten auch nicht, wo Jaz sich befand und ob sie noch am Leben war. Und keine von ihnen hielt es für möglich, dass Harry Henry Maureens Mann entführt und ermordet hatte. Alle Anzeichen deuteten jedoch darauf hin, dass er der Täter war.

In Toms Appartement bellte Billy Elliot bereits voller Begeisterung hinter der Tür, als ich aufsperrte und eintrat. Der hauchdünne, rosafarbene Schal lag nicht mehr auf dem Sofa. Tom saß mit irgendwelchen Papieren beschäftigt am Küchentisch. Als ich niederkniete, um Billy Elliots Leine am Halsband einzuklinken, lenkte Tom seinen Rollstuhl ins Wohnzimmer.

Er sagte: »Victor Salazar wurde offenbar ertränkt.«

Das war keine gezielte Frage, sondern eher ein diskreter Anstoß, ihm unter der Hand ein paar gezielte Informationen zukommen zu lassen. Zu gar nichts ließ ich mich anstoßen. Wenn das Sheriff's Department noch nicht bekanntgegeben hatte, dass Victor bereits tot war, als er ins Meer geworfen wurde, dann hatte das seinen Grund. Außerdem schwirrten in meinem Kopf zu viele Geheimsachen herum. Ließe ich nur eine davon heraus, würden die anderen gleich hinterherflattern. Viele Leute würden gern hinter die Geheimnisse anderer kommen, aber Geheimnisse sind wie Bienenstiche – zu viele auf einmal können sich fatal auswirken.

Ich sagte: »Ja, hab ich auch gehört.«

»Konntest du mit deiner Freundin sprechen?«

Ich schüttelte den Kopf. »Ich krieg keine Nummer raus. Sie ist geheim.«

Ehe Tom noch mehr Fragen stellen konnte, drängte ich mit Billy Elliot zur Tür hinaus.

Als ich Billy nach unserem Lauf zurückbrachte, arbeitete Tom bereits wieder am Küchentisch. Ich hängte die Leine auf und streichelte Billys Kopf.

Ich rief: »Bye, Tom« und verdrückte mich. Keinesfalls wollte ich, dass Tom irgendwelche Fragen über Maureen stellte.

Auf dem Weg zum Aufzug fiel mir ein, dass ich Tom ja gar nicht gefragt hatte, was es mit dieser neuen Freundin auf sich hatte. Das ist das Problem, wenn man die eigenen Geheimnisse für sich behält. Man tut's und kommt nicht dazu, andere Leute nach ihren zu fragen.

Den restlichen Nachmittag über zerbrach ich mir ununterbrochen den Kopf über die Frage, was zum Teufel Maureen eigentlich im Schilde führte. An jenem Abend, an dem sie mich um Hilfe gebeten hatte, war sie sehr überzeugend rübergekommen. Ihre Verzweiflung schien echt zu sein, und ich hatte ihr jedes Wort geglaubt, aber mittlerweile misstraute ich jedem Wort, das von ihr kam.

Sie hatte mir gesagt, sie habe sich die Nachricht der Entführer so oft vorgespielt, dass sie sie auswendig kannte, und trotzdem hatte sie mir nicht gesagt, dass es Harry Henrys Stimme gewesen war. Dass sie die Stimme erst später erkannt hatte, schien ja kaum möglich. Und als ich sie gefragt hatte, ob sie Harry hin und wieder sehen würde, war sie sofort in die Defensive gegangen und hatte alles geleugnet. Sie hatte mit zu viel Nachdruck die treue Ehefrau hervorgekehrt.

Den Äußerungen Harrys zufolge hatte Maureen seit

Jahren davon gesprochen, ihren Mann für ihn zu verlassen, sich aber dann immer wieder anders entschieden. Harry hatte bestritten, Maureen in den letzten paar Jahren gesehen zu haben, aber ich hatte ihm nicht geglaubt. Inzwischen war ich noch mehr davon überzeugt, dass er gelogen hatte.

Während ich Katzenklos saubermachte, fragte ich mich, ob Maureen Harry vielleicht einmal zu viel gesagt hatte, sie würde Victor verlassen, ohne es zu tun. Könnte das Harry dazu gebracht haben, Victor zu entführen? Ihn zu töten?

Während ich mit meinen Katzen Fang-die-Feder spielte, fragte ich mich, ob Maureen und Harry sich vielleicht für ein paar Jahre getrennt hatten. Wenn dem so war, hätte es sein können, dass Harry aus lauter Sehnsucht den Verstand verloren und Victor entführt hatte, nur um sie wieder für sich zu haben.

Während ich Trink- und Fressnäpfe auswusch, fragte ich mich, ob Harry diesen Anruf mit der Lösegeldforderung wirklich ernst gemeint hatte. Wie ich Harry kannte, meinte er vielleicht, so ein Anruf würde dazugehören, weil er aus Filmen wusste, dass Entführer nun einmal Lösegeldforderungen stellten.

Während ich von einer Katzenwohnung zur nächsten rödelte, fragte ich mich auch, was wohl aus dieser Reisetasche voller Geld geworden war, die ich in dem Pavillon abgestellt hatte. Hatte Harry sie abgeholt? Wenn ja, wo war sie jetzt?

Victor war nicht nur entführt, sondern in den Kopf geschossen worden, und ich bezweifelte sehr, dass Harry Henry je eine Waffe in der Hand gehabt, geschweige denn jemanden erschossen hatte. Und außerdem, da konnte Guidry den Hinrichtungsaspekt noch so sehr herunterspielen, werden doch normale, gesetzestreue Bürger nicht aus nächster Nähe per Kopfschuss getötet und dann mit den Füßen an einem Anker festgebunden und über Bord geworfen. Mir ging zudem Toms misstrauisches Gesicht nicht aus dem Kopf, als ich gesagt hatte, Maureen habe einen mit mehr als einer Million Dollar bestückten Safe bei sich zu Hause. Maureen zufolge war Victor Ölhändler gewesen. Aber warum sollte ein Ölhändler so viel Bargeld bei sich zu Hause haben?

Als ich bei Big Bubba ankam, war ich vom vielen Nachgrübeln ganz erschöpft. Um mir also die Anstrengung zu ersparen, meinen Arm ständig auf und ab zu bewegen, während Big Bubba darauf ritt und mit den Flügeln schlug, setzte ich ihn auf sein Laufrad, von dem er aber sofort wieder heruntersprang. Ich verübelte es ihm nicht, da Laufräder für einen Vogel doch wahrscheinlich dasselbe sind wie Laufbänder für Menschen, und auf dem Arm eines Menschen zu reiten kommt aus menschlicher Sicht wahrscheinlich einem Ritt auf einem mechanischen Bullen gleich. Jeder würde den echten Bullen vorziehen.

Eine halbe Stunde später, nach einer Menge Vogelgymnastik mit Big Bubba, gab ich ihm frisches Obst und hängte einen neuen Hirsekolben in seinen Käfig. Dann drapierte ich die Nachtdecke über den Käfig und ließ ihn, während er sich selbst Witze erzählte, alleine.

Ich wog gefühlte zwei Tonnen, als ich auf Hettys Haus zutrottete. Als sie die Tür öffnete, sah sie genauso niedergeschlagen aus, wie ich es war. Nur Ben wuselte voller Energie um ihre Beine herum.

»Hetty, es gibt Neuigkeiten von Jaz.«

Sie ging einen Schritt zur Seite, um mich einzulassen. »Komm in die Küche, wir können ein Tässchen Tee trinken, während wir uns unterhalten.«

Winston lag schlafend in einem Fleckchen Abendsonne, die durch das Küchenfenster hereinschien. Er hob kein Augenlid, als ich hereinkam.

Während Hetty eine Kanne Tee machte und einen Teller Plätzchen bereitstellte, redete sie pausenlos über das Wetter und über Ben und über die auf ihrem Fensterbrett wachsende Minze. Ich wusste, dass sie redete, um hinauszuzögern, was ich ihr zu sagen hatte.

Als ihr die Beiläufigkeiten ausgegangen waren, setzte sie sich zu mir an den Tisch. »Okay, schieß los. Ich ahne es. Jaz ist was zugestoßen.«

»Sie wird vermisst, Hetty. Und zwar ganz offiziell. Erinnerst du dich an den Mann, der sich als ihr Stiefvater ausgab? Nun ja, das war gelogen. Er ist US-Marshal und extra abgestellt, um auf sie aufzupassen. Sie ist die einzige Zeugin eines Bandenmords in L.A. und steht unter Zeugenschutz. Bis zum Prozessbeginn wurde sie hierher in Sicherheit gebracht. Diese jungen Straßenrowdys, die bei Reba im Haus aufkreuzten, waren auf der Suche nach ihr, um sie zum Schweigen zu bringen.«

Hetty hörte gespannt zu, als würde sie die Wegbeschreibung zu einem Ort bekommen, wo sie dringend hinwollte.

Mit belegter Stimme flüsterte sie: »Dixie, haben diese Kerle Jaz umgebracht?«

»Das weiß man nicht. Der Marshal sagt, sie hat all ihre Sachen zurückgelassen, weshalb er nicht glaubt, dass sie freiwillig weggegangen ist.«

Ihr stiegen Tränen in die Augen. »Diese Sachen, die wir bei Wal-Mart gekauft haben – alles ganz billiges Zeug, aber sie freute sich so sehr, als ob Weihnachten wäre. Wahrscheinlich hat ihr kaum jemand mal irgendwas geschenkt.«

»Ihre Eltern, sagt der Marshal, haben sie verlassen, als sie noch ganz klein war. Sie wurde von ihrer Großmutter aufgezogen. Diese ist vor ein paar Monaten gestorben, und Jaz kam ins Heim.«

Hetty schaute zu Ben hinunter, ihrem Pflegekind gewissermaßen, der gerade auf ihren Füßen lag.

»Wie kam der Marshal dazu, dir das alles zu erzählen? Wenn jemand unter Zeugenschutz steht, ist doch eigentlich Diskretion geboten?«

Mein Gesicht begann zu glühen. »Mein Bruder hat ihn verdroschen, worauf Guidry dazukam und ihn verhaften wollte. Aus dem Grund wies er sich aus und erklärte alles.«

»Dein Bruder hat ihn verdroschen?«

Mein Gesicht glühte nun richtig. »Ich fürchtete, der Marshal wollte mich angreifen, und so hab ich ihn die Treppe runtergetreten, die zu meinem Garagenappartement hinaufführt. Gerade als ich in Aktion war, kam mein Bruder angefahren und wollte mich natürlich sofort beschützen. Mein Bruder wird schnell, hm, handgreiflich, wenn man ihn reizt.«

Hetty verbarg ein Lächeln hinter ihrer Hand. »Ich finde das schön. Das gehört sich so für Brüder, ihre Schwestern zu beschützen.«

»Der Marshal hätte allen Grund gehabt, sauer zu sein und ihn zu verklagen oder sonst was, aber er ließ es auf sich beruhen.«

Hettys Gesicht verdüsterte sich wieder. »Jaz wird also vermisst, und kein Mensch weiß, wo sie ist.«

»Ich fürchte, so ist es.«

Sonst gab es nichts mehr zu sagen, und ich musste dringend nach Hause und ein paar Millionen Jahre schlafen.

Als sie mich zur Tür begleitete, sagte Hetty: »Sie ist ein gutes Mädchen, Dixie. Sie hat sicher Besseres verdient.«

Ich dachte daran, was Cora gesagt hatte. »Ich glaube, sie alle haben sicher Besseres verdient, Hetty.«

An der Tür sagte sie: »Solltest du was hören, lass es mich bitte wissen.«

»Natürlich.«

Ich war schon fast am Auto, als Hetty mir nachrief: »Dixie, wenn sie Jaz finden, heißt das dann, dass sie nach Kalifornien zurück muss?«

Zuerst dachte ich, sie meinte, wenn sie Jaz' Leiche fänden. Aber als ich mich umdrehte, um sie anzusehen, erkannte ich, dass sie eine lebende Jaz meinte.

»Das weiß ich nicht, Hetty.«

»Ich dachte nur, wenn sie hier in Florida bleiben könnte und wenn sie das wollte, weißt du, also ich wäre jedenfalls froh, sie hier bei mir zu haben.«

Meine Augen brannten, und ich brauchte mehrere Anläufe, um zu sagen: »Ich werde es weitergeben.«

Beim Wegfahren murmelte ich: »An *wen* weitergeben? An die Regierung? An diese Bande? Niemand kümmert es, wo sie lebt.«

Das stimmte natürlich so nicht. Hetty kümmerte es sehr wohl.

Als ich nach Hause kam, erwartete mich Michael bereits mit einem kleinen Abendessen auf der Veranda. Ich düste schnell nach oben, um zu duschen und mich umzuziehen, und gesellte mich zu ihm. Ella thronte in Divenpose auf einem Liegestuhl, mit einer dünnen Leine, die sie nun zu akzeptieren schien, an einem Bein des Liegestuhls festgebunden. Die beiden einsamen Gedecke auf dem Tisch machten einen kläglichen Eindruck. Normalerweise wären es drei gewesen.

Am Horizont zog ein dünnes Wolkenband auf, das uns den Sonnenuntergang wohl vermiesen würde, aber wir setzten uns trotzdem mit Blick gen Westen, nur für den Fall des Falles.

Zu essen gab es zuerst eine kalte Gemüsesuppe, eine Vichyssoise, dann ging es mit Brathuhn und grünem Salat weiter. Dazu aßen wir warmes Baguette und tranken kühlen Weißwein. Gesprochen wurde nicht viel, überwiegend sagten wir nur immer wieder »Mmmmm«.

Die Wolkenbank am Horizont erglühte golden und safrangelb, als die Sonne dahinter untertauchte, und der Himmel leuchtete im Licht gelber und rosafarbener Strahlen. Die Sonne selbst jedoch versank im Meer, ohne sich richtig zu zeigen, verborgen hinter einem feinen Gespinst wie eine Stripteasetänzerin.

Als das Farbenspiel über den Wolken verblasste, servierte

Michael noch einen Teller mit Erdbeeren, die an der Spitze in Schokolade getaucht waren.

Michael aß vielleicht eine oder zwei davon, ich ein halbes Dutzend. Bei Schokolade kann ich nun mal nicht widerstehen.

Ich hatte mich ausreichend vollgestopft, als ich sagte: »Ich habe Guidry heute bei Tom Hale auf dem Parkplatz getroffen. Er hat mir ein Band mit dem Anruf vorgespielt, den Maureen von den Entführern bekommen hat.«

»Ach ja?«

»Ich bin mir ziemlich sicher, dass es die Stimme von Harry Henry war. Zu Beginn nannte er sie sogar Mo, verbesserte sich aber nachträglich zu Mrs.«

Michael schnaubte durch die Nase, vielleicht um auszudrücken, wie dumm er es von Harry fand, sich so zu verraten, oder um auszudrücken, für wie dumm er Harry generell hielt.

»Maureen hatte Guidry bereits zuvor gestanden, dass es Harry war.«

Michael zog mit seinem Weinglas kleine Kreise auf dem Tisch.

Ich sagte: »Als sie an jenem Abend bei mir war, war sie völlig außer sich wegen des Anrufs. Sie zitierte ihn wortwörtlich. Kommt dir das nicht seltsam vor? Dass sie den genauen Wortlaut auswendig kannte, aber dass es Harrys Stimme gewesen war, wusste sie erst nach dem Auffinden von Victors Leiche. Ist das nicht seltsam?«

»Alles an dieser Frau ist seltsam.«

»Cora Mathers ist der Ansicht, dass alle Menschen von Grund auf gut sind, und nur wer nicht genügend geliebt wird, entwickelt sich zu einem schlechten Menschen. Glaubst du das?«

»Verdammt, Dixie, das weiß ich doch nicht.«

»Hetty Soames will Pflegemutter von Jaz werden, falls man das Mädchen lebend auffindet.«

»Warum nicht?«

»Michael, hast du eine Ahnung, wo Paco ist?«

Er stand auf und begann, den Tisch abzuräumen.

»Paco und ich haben folgende Vereinbarung getroffen: Er rät mir nicht, wie man ein Feuer löscht, und ich rate ihm nicht, wie man Verbrecher fängt. Paco ist, wo immer er gerade ist. Und wenn er zu Ende geführt hat, was immer er gerade tut, dann wird er wieder hier sein. Ende der Diskussion.«

Ich trug Ella nach drinnen und half Michael beim Aufräumen der Küche. Dann gab ich ihnen beiden einen Gutenachtkuss, ging in meine Wohnung und fiel ins Bett.

In meinen Träumen betrat ich ein Restaurant auf der Suche nach dem perfekten Fremden. Ich hatte keine konkrete Vorstellung, wie der aussehen könnte, ließ mich einzig und allein von meinem inneren Führer leiten. Im Barbereich entsprach keiner der auf den zahlreichen Hockern aufgereihten Personen den Kriterien, die mein Führer festgelegt hatte; also wechselte ich auf die andere Seite und fasste die an den Esstischen Sitzenden ins Auge. Zu keinem zog es mich in irgendeiner Weise hin.

Gerade, als ich schon dachte, ich hätte meine Traumbotschaft falsch verstanden, kam ein Mann durch eine Doppeltür aus der Küche hervor. Er trug eine hohe Kochmütze und eine makellose weiße Schürze. In einer Hand hielt er eine lebende Steinkrabbe. Als er mich sah, blieb er stehen, und für kurze Zeit stellten die herumrudernden Scheren der Krabbe die einzige Bewegung dar. Die Restaurantgäste verstummten, beobachteten nur, wie wir einander beobachteten, und die Kellner stellten sich geflissentlich an einer Wand auf.

Ich bewegte mich auf ihn zu, langsam und bedächtig. Er wartete, die Krabbe mit ihren Knopfaugen hielt er in Schulterhöhe. Im Raum war es mucksmäuschenstill.

Ich erreichte ihn und nahm ihm die Krabbe aus seiner

Hand. Dabei hielt ich sie etwas zur Seite, um ihren zupackenden Scheren zu entgehen.

Der Mann sagte: »Gut. Ich habe darauf gewartet, dass Sie das begreifen.«

Beim Aufwachen fuhr ich hoch und starrte in die Dunkelheit. Ich hatte nicht die geringste Ahnung, was der Traum bedeuten könnte, aber er war auch nicht verwirrender als mein Leben im Wachzustand.

26

Der Wind hatte aufgefrischt, und es roch nach Regen, als ich am nächsten Morgen das Haus unter einem tiefen, milchigen Himmel verließ. Ein paar Möwen kreisten unruhig über den Wellen, und die zum Strand hin vorauseilende Brandung versuchte, dem wild bewegten Meer zu entkommen. Ich stand eine Weile auf der Veranda, um den nach Salz duftenden Tag einzuatmen, und stapfte dann die Treppe hinunter zum Carport. Auf sämtlichen Autos schliefen Seevögel, die sich schlauerweise schon mal ein trockenes Plätzchen reserviert hatten, ehe der Himmel seine Schleusen öffnete.

In Tom Hales Appartement brannte noch kein Licht, und ich lotste Billy Elliot mit einem Minimum an Zärtlichkeiten leise hinaus. Ein zarter Parfumhauch in der Luft deutete auf weiblichen Besuch hin, und ich wollte Tom keinesfalls bei ausführlicheren Zärtlichkeiten stören.

Auf dem Parkplatz warf die Sicherheitsbeleuchtung große Lichtkreise auf das Oval, das Billy und ich bei weiterhin bedecktem Himmel umrundeten. Beide schauten wir immer wieder nach oben, Billy vielleicht in Erwartung einer warmen Dusche, ich dagegen wollte unbedingt trocken bleiben. Schließlich befanden sich, abgesehen von Ruthie und Big Bubba, noch sieben Katzen und ein Frettchen unter den Klienten dieses Tages. Somit würde ich hinterher sowieso voller Katzenhaare sein, und ich hoffte nur, es würden nicht auch noch alle an meinen nassen Klamotten festkleben.

Nachdem Billy ein letztes Mal das Bein gehoben hatte, damit auch ja alle Hunde wussten, dass er noch immer die

Nummer Eins in seinem Revier war, trabten wir zurück in die Eingangshalle. Vor uns kam eine voluminöse Dame in hautengen Leggings aus dem Aufzug. Sie hatte eine verknautschte Frisur und führte einen quirligen Yorkie an der Leine. Der Yorkie, der locker in jede Handtasche gepasst hätte, tänzelte aufgeregt herum, während die Frau den Eindruck machte, als wäre sie gerade mal zwei Minuten wach.

Billy Elliot schaute höchst interessiert auf den Yorkie hinunter.

Als die Frau die Tür nach draußen öffnete, sagte sie: »Der Kleine ist noch nicht ganz stubenrein.«

Sie meinte wohl, erklären zu müssen, warum sie im Morgengrauen mit einem Hund an der Leine und wie ein ungemachtes Bett aussehend das Haus verließ, woraus ich schloss, dass sie zum ersten Mal in ihrem Leben Hundemutter geworden war.

Als wir den Aufzug betraten, sah sich Billy Elliot ein letztes Mal sehnsüchtig nach dem Yorkie um – als hätte er selbst gerne so einen Hund gehabt. Ich glaube, egal ob Zwei- oder Vierbeiner, wir sehnen uns alle nach einem passenden Gefährten.

In Toms Appartement brannte nun Licht, und ich roch den Duft von frischem Kaffee. Ich warf rasch einen Blick in die Küche, konnte aber Tom nicht sehen, also drückte ich Billy Elliot kurz zum Abschied und glitt hinaus. Nun war ich mir ganz sicher, dass Tom Gesellschaft hatte, denn die meisten Menschen hinterlassen schon in der Luft einen gewissen Eindruck, und man spürt ihre Anwesenheit, selbst wenn man sie nicht sieht. Ich hoffte nur, diese Frau würde besser zu Tom passen als seine letzte Freundin. Nicht, dass es mich was anginge, aber für Tom war das Beste gerade gut genug.

Der Himmel war nach wie vor bedeckt, und es war weiterhin mit Regen zu rechnen. Bei jedem Zwischenstopp machte ich mich auf ein paar Tropfen gefasst. In Rekordtempo verabreichte ich Ruthie ihre vorletzte Pille und brauste mit dem Bronco zu Big Bubba.

Als ich dort ankam, war immer noch kein Tropfen gefallen. Ich eilte die Treppe hinauf, nahm die Nachtdecke ab und öffnete die Käfigtür. Ich unterzog ihn einem prüfenden Blick, um mich zu vergewissern, dass er nicht aus Langeweile einen Vogelkoller entwickelt hatte, aber sein Gefieder war glänzend und unversehrt. Er neigte den Kopf und beäugte mich ebenso eindringlich wie ich ihn, nur dass bei mir beide Augen aktiv waren.

Er sagte: »Hast du mich vermisst?« Nicht wütend, sondern in lockerem Plauderton.

Ich sagte: »Zum Frühstück könnte ich Ihnen heute Morgen Banane anbieten, Eins-a-Importqualität. Serviert mit getoasteten Honigpops und besten Sonnenblumenkernen auf einem Bett von Bio-Kolbenhirse.«

Er sagte: »Haltet den Kerl!« Daraufhin lachte er wie ein irr gewordener Santa Claus.

In der Küche machte ich seine Banane und ein paar Apfelscheiben zurecht. Als ich ins Sonnenzimmer zurückkam, saß er auf seinem Käfig und blickte zum *Lanai,* der ihm aber ohne Sonne wohl nicht sonderlich reizvoll erschien.

Ich überlegte schon, ob ich ihn nicht vielleicht zu ein paar Runden auf seinem Laufrad ermuntern sollte, aber mir war klar, dass er lieber dem Tau beim Verdunsten zusehen würde. Also öffnete ich die Schiebetür zum *Lanai,* damit er in die feuchte Luft hinauswatscheln konnte.

»Während du beim Training bist, mache ich dein Haus sauber und servier dir das Frühstück. Willst du vielleicht noch die Nachrichten sehen?«

Er übersprang die Türritze vor dem *Lanai* mit einem eleganten Satz, während ich den Fernseher anstellte und in einen Werbespot für Pillen geriet. Auf die Reklame folgten die Lokalnachrichten, in denen der jüngste Entführungs- und Mordfall immer noch ein Thema war.

Mit ernster Miene sagte eine Sprecherin: »Mrs Salazar ist nicht erreichbar, und auch sonst gibt es keine neuen Entwicklungen in dem Fall. Einem Sprecher des Sheriff's Department von Sarasota zufolge laufen die Ermittlungen in dem Mordfall jedoch auf Hochtouren.«

Die Nachrichtenfrau hatte mit keinem Wort erwähnt, dass Harry Henry der Anrufer mit der Lösegeldforderung gewesen war. Mir war nicht klar, was das heißen könnte, aber ich war trotzdem seltsam erleichtert, als wäre vielleicht alles doch nur ein Missverständnis gewesen, eine Verwechslung, die sich mittlerweile geklärt hatte.

Auf Reklametricks falle ich zwar nicht so leicht herein, aber wenn es um alte Freunde geht, bin ich ziemlich naiv.

Ich schaltete auf einen nicht kommerziellen Sender um, damit Big Bubba von der Reklame keine Gehirnwäsche verpasst bekam, und machte mich auf den Weg zu Hetty. Der Himmel hatte nun eine Farbe wie Schimmel, und es war windstill. Kein Blatt bewegte sich. Selbst die Vögel schienen den Atem anzuhalten, wie in Erwartung eines Wolkenbruchs ungeahnten Ausmaßes.

Und wirklich sah es von Minute zu Minute mehr danach aus, also fuhr ich möglichst weit in Hetty Zufahrt hinein, damit ich später beim Weggehen nicht so weit spurten musste. Als ich klingelte, öffneten Hetty und Ben so schnell die Tür, dass ich meinte, sie hätten mich schon längst erwartet. In den düsteren Räumen des Hauses brannte überall Licht. Wie durch eine stillschweigende Vereinbarung blieben wir gleich hinter der Tür im Flur stehen.

»Gibt's was Neues?«, fragte Hetty.

»Nein. Bei dir?«

»Gar nichts. Dabei hat sie meine Nummer, Dixie. Und ich weiß, dass sie mir vertraut. Sie würde sich melden, wenn sie könnte.«

Ich hätte auch bei Hetty anrufen können. Das wäre einfacher gewesen. Oder Hetty hätte mich anrufen können.

Wahrscheinlich hatte ich aus demselben Grund bei ihr vorbeigeschaut, aus dem sie mich schon erwartet hatte – wir
brauchten die gegenseitige Vergewisserung, dass alles unternommen wurde, was unternommen werden konnte.

Ich sagte: »Wir werden wohl abwarten müssen.«

»Warten worauf?«

Darauf wollte ich nicht antworten, denn ich fürchtete, wir
warteten beide darauf, dass jemand Jaz' Leiche finden würde.

Vielleicht aus Angst davor, ich könnte diesen Gedanken
aussprechen, sagte sie: »Es kann jetzt jede Minute los-
prasseln.«

Ich machte die Tür auf und trat hinaus. »Sollte ich was
hören, lass ich es dich wissen.«

Ich trottete zum Bronco, und als ich rückwärts wegfuhr,
standen Hetty und Ben in der Tür und sahen mir nach. Mit
der sanften Beleuchtung im Hintergrund sahen sie aus wie
die Antwort auf alle Gebete der gesamten verzweifelten
Menschheit.

Der Village Diner war wie ausgestorben, und die wenigen
anwesenden Gäste reckten die Hälse in Richtung Fenster
und verschlangen ihr Essen doppelt so schnell wie sonst. Judy
kam mit meinem Kaffee angeflitzt, und Tanisha winkte mir
aus der Durchreiche zur Küche zu, um mich wissen zu lassen,
dass mein Frühstück bereits in Arbeit war.

Judy sagte: »Da braut sich was zusammen.«

»Sieht ganz danach aus.«

»Dixie, hast du dieses Entführungsopfer gekannt?«

»Ich ging mit seiner Frau zur Schule, hab ihn aber nur
ein-, zweimal gesehen. Wieso?«

»Ach, in den Nachrichten ist ständig davon die Rede, und
es heißt, die Frau wäre hier zur Schule gegangen. Da hab ich
gedacht, du könntest sie vielleicht kennen, wenn ihr alle von
hier seid.«

»Er war nicht von hier.«

»Venezuela, hieß es.«

»Ich glaube, das ist richtig.«

»Etwas ist faul an der ganzen Sache, Dixie. Hoffentlich bist du mit dieser Frau nicht befreundet, denn ich wette eine Million Dollar, dass sie es getan hat.«

»Hast du denn eine Million Dollar flüssig?«

»Ich müsste das Geld in Raten auszahlen, aber ich weiß, dass ich recht habe.«

»Ich weiß nicht, wie sie ihren eigenen Mann entführen könnte. Wie sollte sie das denn anstellen? Und dann müsste sie das Geld noch an sich selbst auszahlen. Das glaub ich alles nicht.«

»Na ja, aber was, wenn sie ihn kalt gemacht und jemanden organisiert hat, um ihn über Bord ins Wasser werfen zu lassen? Was, wenn er schon tot war, als er über Bord ging? Sie sagen nicht genau, wie er zu Tode kam, ist dir das aufgefallen? Angeblich soll er erst noch obduziert werden. Warum haben sie das noch nicht gemacht?«

So geht es einem als Expolizistin ständig. Die Leute stellen mir Fragen über polizeiliche Ermittlungen und denken, ich würde die Antwort darauf wissen.

Tanisha hatte mein Frühstück fertig und klingelte, worauf Judy sofort losdüste, um es zu holen. War mir gerade recht, denn was sie soeben gesagt hatte, gab mir das Gefühl, ich hätte eins über die Birne gekriegt. Mir war es ein Rätsel, warum ich nicht selbst darauf gekommen war. Könnte vielleicht Maureen Victor ermordet haben? Ich fragte mich, ob Guidry diese Möglichkeit schon in Betracht gezogen hatte.

Wenn sie die Mörderin war, dann wäre das Geld, das ich zum Pavillon geschleppt hatte, gar nicht bei den Entführern gelandet, sondern zurück in ihren Safe gewandert, und mich hätte sie seit Donnerstag zum Narren gehalten.

Das Unwetter brach gerade los, als Judy mir das Frühstück servierte. Im Diner wurde es sofort um ein paar Grad kühler, und das gedämpfte Prasseln verlieh dem Raum die Anmutung eines kuscheligen Zufluchtsorts.

237

Ich verspeiste mein Frühstück ohne einen einzigen Blick in Richtung Fenster. Das Unwetter interessierte mich nicht, denn ich war viel zu sehr damit beschäftigt, was Judy gesagt hatte. Damit, dass Victor bereits tot war, als er über Bord geworfen wurde, hatte sie definitiv recht, und sobald die Obduktion abgeschlossen war, würde auch die Öffentlichkeit davon erfahren.

Wenn dann noch publik würde, dass Harry Henry die Lösegeldforderung gestellt hatte, würde alle Welt annehmen, Harry Henry hätte Victor Salazar ermordet, und er hätte darüber hinaus eine Million Dollar Lösegeld unter der Matratze. Wenn nun Maureen Victor selbst um die Ecke gebracht hatte, würde sie Harry dann alles ausbaden lassen? Dumme Frage. Natürlich würde sie das tun! Vor die Frage gestellt, wem gegenüber sie besonders loyal war, würde Maureen immer sich selbst an erster Stelle nennen.

Ich blieb auf keinen Kaffee mehr, sondern verließ den Diner, noch während der Regen wie in undurchsichtigen Lagen schräg niederpeitschte. Ich war nass bis auf die Haut, als ich am Bronco angekommen war, und als ich den Motor anließ und mich ein kalter Lufthauch aus der Klimaanlage anblies, zitterte ich. Um die Scheiben freizubekommen, ließ ich das Gebläse extralang laufen; dann stellte ich die Scheibenwischer vorne und hinten an und fädelte mich in den spärlichen Verkehr ein. Ich zockelte südwärts, aber als ich an der Abzweigung zu mir nach Hause angelangt war, fuhr ich einfach in südlicher Richtung weiter.

Ich wollte noch einmal mit Harry Henry reden, und dieses Mal würde ich mich nicht von ihm anlügen lassen.

27

An der Marina hüllten der Regen und der von der Bucht aufsteigende Dunst die Boote und die Seevögel ein, und die wenigen vorbeieilenden Passanten waren nahezu unsichtbar. Nass wie eine gebadete Maus stapfte ich auf der Suche nach Harrys Hausboot den hölzernen Pier entlang. Angeblich handelte es dabei um ein dreizehn Meter langes Relikt aus einer Zeit, in der Hausboote weitestgehend aus kastenförmigen Aufbauten auf pontongestützten Plattformen bestanden. Aber auch ohne diese Beschreibung hätte ich es sofort an der vorne angebrachten Galionsfigur erkannt – eine Schaufensterpuppe mit einem aufgemalten Bikini. Harry hielt das wohl für einen besonders raffinierten Touch.

Vor dem Pier segelte ein Quintett weißer Pelikane mit gelben Schnäbeln durch den Regen. Einer ihrer schlichteren braunen Artgenossen hatte es sich kompakt zusammengefaltet auf Harrys Deck bequem gemacht, und ein noch junger Kanadareiher mit schmutzigbraunen Federn stand auf der Kabine und machte seine Halsübungen.

Das Ruderboot eines vor Anker liegenden rosafarbenen Katamarans war an einer Seite des Hausboots festgebunden, ein Schnellboot auf der anderen. Ein Mann so glänzend nass wie ein Delfin sammelte an Bord des Schnellboots leere Bierdosen zusammen und warf sie in einen schwarzen Müllsack.

Ich nickte ihm zu, stieg vom Pier auf Harrys Hausboot und klopfte an der Kabinentür. »Harry, hier ist Dixie! Bist du da?«

Keine Antwort. Außer dem Rauschen des Regens und

dem Klatschen der Wellen unten an den Pontons war nichts zu hören.

Ich ging um die Hauptkabine herum, auf der Suche nach irgendeiner Spur von Harry oder Hef. Alles, was ich sah, waren sauber geschrubbte Planken und sorgfältig verstaute Ausrüstungsgegenstände. Harry mochte vielleicht exzentrisch sein, aber er war immerhin ordentlich. An der Seite zum Hafen hin lagerten Angelsachen – diverse Angelruten sowie Fischhaken in der Größe von einem bis zu zwei Metern, daneben Bojen, Bleigewichte, Wurfnetze, Kescher, Angelschnur, Schnorchel und Harpunen. Sogar ein brusthoher Stapel hölzerner Krebsfallen stand herum – genau fünf Stück, die pro Person gesetzlich erlaubte Höchstzahl. Über den Stapel waren ein paar Meter Baumwollschnur geworfen, mit der man die Ausgangsklappen zubinden konnte. Ich mag diese Ausgangsklappen. Wenn eine Falle zu lange unter Wasser zurückgelassen wird, löst sich die Schnur auf und die Klappe geht hoch, sodass der Krebs entkommen kann.

Wieder an der Kabinentür angekommen, klopfte ich noch einmal, nur für alle Fälle.

Hinter mir rief der Mann von dem Schnellboot: »Harry ist nicht da.«

Ich drehte mich um und rief durch den Regen: »Haben Sie eine Ahnung, wo er sein könnte?«

»Der Schlüssel ist oberhalb der Tür! Normalerweise wissen das die Damen, die hierher kommen.«

Ehe ich erwidern konnte, dass ich keine von Harrys Gespielinnen war, grinste er mich vielsagend an und trottete davon, schwang munter seinen Plastiksack und ignorierte einfach den Regen und die Tatsache, dass er triefendnass war.

Ich wartete, bis er außer Sicht war, und versuchte dann, den Schlüssel auf dem Sims oberhalb der Tür zu ertasten. Ja, er war da, aber ich zog meine Hand gleich wieder zurück. Wenn eine Frau den Schlüssel mit Harrys Erlaubnis benutzte, war das in Ordnung, aber von mir erwartete Harry

240

das nicht unbedingt. Und eine Erlaubnis, sein Hausboot in seiner Abwesenheit zu betreten, hatte ich erst recht nicht. Somit käme es einem Einbruch gleich, würde ich mir mit dem Schlüssel Zutritt verschaffen.

Andererseits hatte Harrys Nachbar doch gesagt, ich könnte Harrys Reich betreten. Fast könnte man sogar sagen, er hatte mir die Erlaubnis dazu gegeben. Möglicherweise war er gar nicht befugt dazu, aber woher sollte ich das wissen? Ich hatte bei Harry vorbeigeschaut, und jemand, der sein allerbester Freund sein könnte, hatte mich auf den Schlüssel hingewiesen. Wie, so fragte ich mich, würde eine verantwortungsbewusste, gesetzestreue Tiersitterin in dem Fall normalerweise reagieren? Die Antwort lautete, sie würde sich den Schlüssel schnappen, reingehen und auf Harry warten.

Ich griff wieder nach oben und nahm mir den Schlüssel. Ich schaute mich um, um sicherzugehen, dass mich niemand von den anderen Booten aus beobachtete – nur für den Fall, dass ich mich selbst belog. Dann sperrte ich auf und huschte hinein.

Die Kabine war ebenso penibel aufgeräumt wie das Deck. Ein viereckiger Raum mit grob genarbten Zypressenwänden, an denen gerahmte Aufnahmen maritimen Lebens hingen. Eine schmale Pritsche, die Steppdecke ringsherum sauber eingesteckt. Eine makellose Einbauküche mit Esstresen. An einer Wand stand ein länglicher Holztisch mit zwei Schubladen an der Vorderseite. Obendrauf lagen zwei feinsäuberliche Stapel *Sports Illustrated* und *Reader's Digest*. Was sich in den Schubladen befand, wusste ich nicht.

Drei Dinge lagen klar auf der Hand: Erstens, Harry war nicht zu Hause. Zweitens, was ich da gerade trieb, war nicht rechtens und gehörte sich einfach nicht. Drittens, ich wollte wissen, was sich in diesen Schubladen befand.

Sie waren so aufgeräumt wie alles andere auch. Die erste enthielt Scheckbücher, Überweisungsvordrucke, einen

Taschenrechner, ein Päckchen Batterien sowie mehrere Kugelschreiber und gespitzte Bleistifte. Die zweite Schublade enthielt ein Telefonbuch, Garantieunterlagen für einen Bootsmotor, eine Digitalkamera und einen Karton mit edlem Briefpapier. Ich öffnete ihn. Es sah nicht so aus, als hätte Harry das Briefpapier je benutzt, denn der Stapel mit den Umschlägen war noch immer mit einem Schmuckband umwickelt. Da war auch noch ein rosafarbener Umschlag von der Art, wie man sie für Grußpostkarten benutzt. Meine Finger zitterten, als ich ein gefaltetes Blatt Papier herauszog.

Die schnörkelige Handschrift erkannte ich sogar nach fünfzehn Jahren sofort wieder, die gedrungenen Buchstaben, die kleinen, offenen Kringel anstatt der I-Pünktchen. Menschen, die nie richtig erwachsen werden, behalten, glaube ich, ihre Teenager-Handschrift ihr ganzes Leben lang bei. Beim lesen hatte ich Maureens Stimme im Ohr.

Mrs Salazar, wir haben Ihren Mann entführt.
Wenn Sie ihn lebendig wiedersehen wollen, packen
Sie eine Million Dollar in kleinen Scheinen in eine
Reisetasche und hinterlassen Sie diese morgen um
Mitternacht in Ihrem Pavillon. Schalten Sie nicht die
Polizei ein, und sagen Sie niemandem etwas davon.
Wir beobachten Sie, und sollten Sie mit jemandem
sprechen, töten wir Ihren Mann und werfen ihn den
Haien zum Fraß vor.

Leise sagte ich vor mich hin: »Oh, Mo.«

Nun war mir klar, warum Maureen die Worte des Entführers so genau im Kopf gehabt hatte. Sie hatte den Text selbst verfasst, hatte vielleicht mehrere Entwürfe gemacht und dann die endgültige Version Harry überlassen, der sie nur noch abzulesen brauchte.

Damit hatte sie auch meine Erinnerungen an eine unbeschwerte Zeit getrübt, die mir wertvoll gewesen war, eine

Zeit, in der Geld für sie noch nicht mehr zählte als Liebe, und in der ich noch nicht die Erfahrung machen musste, dass die Liebe, wenn man sich denn für sie entscheidet, einem nicht dauerhaft gehört.

Die Frage lautete: Wie sollte ich mich nun verhalten?

Es gibt manche alte Freundschaften, die sind wie ein warmes Nest, in das man sich zurückziehen kann, wenn man Trost braucht. Andere dagegen sind wie Riesentintenfische mit langen Fangarmen mit kratzigen Saugnäpfen dran, die einen umklammern und dauerhafte Narben hinterlassen.

Von Maureen hatte ich mich deshalb benutzen lassen, weil sie einfach Pech mit ihren Eltern gehabt hatte. Ich hatte Verständnis für sie gehabt und mich aus Mitleid zum Narren halten lassen. Wer von uns beiden war also nun das Dummchen?

Ich zog mein Handy heraus und wählte Guidrys Nummer. Es meldete sich die Mailbox, und ich musste nicht lange um den heißen Brei herumreden.

Ich sagte: »Harry Henrys Lösegeldforderung wurde von Maureen Salazar selbst verfasst. Solltest du einen Durchsuchungsbefehl für Harrys Hausboot bekommen, findest du den Zettel in einer Schublade in einem langen Tisch.«

Ich steckte mein Handy wieder ein. Bevor ich den Zettel jedoch in die Schublade zurücklegen konnte, öffnete sich die Tür der Kabine. Schnell steckte ich den Zettel in die Hosentasche und drehte mich um.

Maureen war auf Regen eingestellt. Sie trug einen rosafarbenen, knielangen Kunststoff-Regenmantel, dazu passende glänzende Stiefel und einen breitkrempigen Hut. Sie sah hübsch aus, lächerlich und abstoßend.

Während noch immer Wasser von mir auf Harrys makellosen Boden tröpfelte, sagte ich: »Ich weiß genau, was Sache ist.«

Sie klimperte ungerührt mit den Wimpern. »Ich weiß nicht, wovon du sprichst.«

243

»Ach, halt doch den Mund, Mo. Ich hab deine Lügen satt.«

Sie überlegte, was sie antworten sollte, und entschied sich dann für die Variante Vertraulichkeit von Frau zu Frau.

»Dixie, Victor war kein guter Ehemann, wie ich immer gesagt habe. Er hat mich wie ein Spielzeug benutzt – weißt du, wie diese Tennisschläger mit dem Ball an einem Gummiband. Jetzt hat er einmal zu viel zugeschlagen, und mein Gummiband ist zerrissen.«

Sie hielt inne und lächelte, war wohl sehr stolz auf diesen komischen Vergleich und versuchte, ihn sich zu merken, um ihn bei der nächsten passenden Gelegenheit gleich wieder anbringen zu können.

»Ich wollte ihn ja verlassen, glaub mir, aber ich kam nie damit durch. Er fing an, zu jammern und zu betteln, und dann kam wieder dieser Schläger ins Spiel. Und wenn ich ihm versprach, ihn nicht zu verlassen, schenkte er mir einen großen, teuren Klunker. Harry meint, ich wäre deswegen geblieben, aber das stimmt nicht. Victor war einfach nur stärker als ich.«

Zwischen kalten Lippen presste ich hervor: »Und deshalb hast du ihn ermordet.«

Ihre rosafarbenen Lippen öffneten sich erstaunt. »Glaubst du das wirklich? Du glaubst, ich hätte meinen Mann umgebracht? Wie kannst du nur!«

Es wäre vielleicht klug gewesen, so zu tun, als würde ich auf sie eingehen. Aber klug war gestern. Jetzt war Ehrlichkeit angesagt.

»Ich weiß überhaupt nicht mehr, was ich noch glauben soll. Wenn du ihn nicht selbst ermordet hast, dann weißt du, wer der Täter ist. Also, wer ist es, Mo? Wer hat Victor ermordet?«

Während ich mich darauf gefasst machte, Harrys Namen zu hören, begutachtete sie ihre manikürten Nägel. »Wie er heißt, weiß ich nicht. Victor hat uns nie vorgestellt.«

Wenn ihre Geschichte darauf hinauslief, war es schlecht um Harry bestellt.

Ich sagte: »Victor war gar nicht mit alten Kumpels aus Südamerika verreist, stimmt's? Das war 'ne reine Erfindung von dir.«

»Nicht alle können so stark sein wie du, Dixie.«

»Ehrlichkeit hat mit Stärke nichts zu tun, Mo. Du entscheidest dich dafür, so wie du dich entscheidest, Unterwäsche zu tragen oder nicht.«

Sie präsentierte ein schalkhaftes Lächeln. »Ich mag keine Unterwäsche.«

»Hör zu, Mo. Wenn du keine Erklärung für Victors Tod hast, musst du damit rechnen, dass dir oder Harry, oder vielleicht euch beiden eine Anklage wegen Mordes droht. Also leg schon los. Vielleicht kann ich dir ja helfen, und du ersparst dir eine Menge Ärger.«

Sie wirkte hoffnungsvoll. »Es hat mit seinen Geschäften zu tun. Wie ich dir schon gesagt habe, hatte er eine Menge Feinde wegen seiner Geschäfte.«

»Seine Geschäfte als Ölhändler.«

»Öl war es nicht direkt.«

»Victor war Drogenhändler, stimmt's?«

»Nein, Unsinn, er hat Drogen importiert. Bei dir klingt das so nach Dealer. Victor stand in direktem Kontakt mit den Erzeugerländern – Kolumbien, Afghanistan und was es sonst noch gibt. Er ließ das Zeug an Männer liefern, die man Captain nennt, so wie in der Army, und die haben es dann weiterverteilt. Victor war Geschäftsmann. Er hat niemandem wehgetan.«

»Du sprichst von Heroin und Kokain?«

Sie wich meinem Blick aus. Selbst Maureen war nicht so dumm, zu glauben, diese Drogen wären harmlos.

Ich dachte an Jaz und die vielen anderen Kids, deren Leben von Drogen zerstört werden könnte.

Ich dachte an junge Männer wie Paulie und seine Freunde,

245

die mit Drogen handeln, welche von Verbrechern wie Victor ins Land geschafft werden. Diese Jungs verdienen sich damit Geld für schnelle Autos und coole Klamotten, und wenn sie Pech haben, werden sie abgeknallt oder landen im Knast. Leute wie Victor dagegen leisten sich Luxusjachten und Trophäenweibchen wie Maureen und millionenweise Bargeld zu Hause in ihren Safes. Da war es ein schwacher Trost, dass Victor nun auch tot war, denn für jeden »Geschäftsmann« vom Kaliber Victors, der abtritt, stehen mehrere andere parat, um seinen Platz sofort zu übernehmen.

Ich sagte: »Sag mir, wie er zu Tode gekommen ist. Die Wahrheit, bitte.«

»Er hatte sich mit jemandem unten am Aussichtspavillon verabredet, jemandem, der mit einem Boot dorthin kam. Das kam oft vor, weshalb ich mir auch nichts dabei dachte. Ich hörte nur einen Schuss, und dann hörte ich, wie ein Boot sehr schnell wegfuhr. Mir war gleich klar, dass da etwas Schlimmes passiert war, ich rannte runter zum Pavillon und fand Victor tot auf dem Boden.«

Sie sah mich aus verwirrten Augen an. »Da war kaum Blut. Das überraschte mich. Und auch sein Kopf, das sah alles gar nicht so schlimm aus. Nur ein kleines Loch in der Stirn.«

Ich äußerte mich dazu nicht weiter, woraufhin sie schließlich fortfuhr.

»Ich wusste, dass er tot war, und ich wusste auch, dass sein Tod mit seinen Geschäften zu tun hatte. Was hätte ich tun sollen, er war nun mal tot, und wenn ich die Polizei gerufen hätte, hätten sie ihre Nase in alles gesteckt. Ich dachte mir, sie nehmen mir alles weg, das Geld, die Autos, die Jachten, alles vielleicht. Da hab ich mich an Harry gewandt, und wir kamen auf die Idee mit der Entführung. Wenn Victor entführt worden wäre, würde sein Verschwinden keinerlei Aufsehen erregen, und niemand würde herausfinden, wie er sein Geld verdient hat. Also kam Harry mit seinem Boot angefahren, und wir banden Victor an den Füßen an einem Anker fest, und dann fuhr Harry mit ihm raus und warf ihn über Bord. Dann fuhr er nach Hause und wartete bis zum späten Abend und rief mich an und hinterließ diese Nachricht.«

»Woraufhin du gleich zu mir kamst.«

»Genau. Das fand ich cool von dir, dass du mir geholfen hast, Dixie.«

»Nachdem ich das Geld zum Pavillon gebracht hatte und du mich nach Hause gefahren hattest, gingst du zum Pavillon zurück und nahmst das Geld einfach wieder mit, stimmt's?«

Sie wirkte stolz auf sich selbst. »Es war gar kein echtes Geld, nur Telefonbücher.«

Ich hätte ausrasten können! Kein Mensch hatte mich beobachtet, als ich über diesen dunklen Pfad zum Pavillon geschlichen war, und in dieser verdammten Tasche war gar kein Geld gewesen. Ich kam mir vor wie der letzte Trottel.

»Und warum dann die Pressekonferenz?«

Sie wirkte erstaunt angesichts der Frage. »Das macht man so, Dixie. In gewissen Kreisen, meine ich. Wenn reiche Männer entführt werden, beruft die Familie immer eine Pressekonferenz ein.«

»Harry wurde als der Anrufer identifiziert, der die Lösegeldforderung gestellt hat.«

»Ich weiß. Ich fühl mich deswegen auch ganz schlecht.«

»Ist dir klar, was das bedeutet? Sie glauben, Harry ist der Entführer.«

»Nun ja, sie können nicht beweisen, dass er es war. Er ist auch nicht polizeilich bekannt oder so. Ich glaube nicht, dass er einsitzen müsste.«

Am liebsten hätte ich ihr sofort eine gescheuert. Stattdessen holte ich tief Luft und beschloss, sie aus einer anderen Richtung anzugehen.

»Du sagtest, Victor wurde von einem Konkurrenten ermordet. In dem Fall musst du doch einen bestimmten Verdacht haben.«

Sie schüttelte den Kopf. »Es könnten eine Menge Leute gewesen sein. Sieh mal, irgendein großes Tier aus Kolumbien hat sie alle kontaktiert und seinen Besuch für diese Woche angekündigt. Er will den gesamten nordamerikanischen Markt in die Hände eines einzigen Brokers legen. Deshalb kommen die Leute von überallher zusammen, um zu sehen, wer dieser Hauptverantwortliche sein wird. Victor ging davon aus, dass er es sein würde. Vermutlich hat ihn ein anderer Händler ermordet, um sein Erscheinen bei diesem Treffen zu verhindern.«

Bei diesen Worten drehte sich alles in meinem Kopf, aber was Maureen da sagte, ergab durchaus Sinn.

»Hast du eine Ahnung, wie dieser Typ aus Kolumbien heißt?«

»Nein, aber laut Victor ist er einer von Escobars Leuten. Ich weiß nicht, wer Escobar ist, aber angeblich sei mit diesen Leuten nicht zu scherzen. Victor klang fast verängstigt.«

Da wäre mir an Victors Stelle auch ganz anders geworden. Pablo Escobar, das ehemalige Oberhaupt des Medellín-Drogenkartells, ist zwar seit über fünfzehn Jahren tot, aber seine früheren Vertrauten verwenden seinen Namen noch immer, um Angst und Schrecken zu verbreiten. Und nun sollte einer dieser Leute in Sarasota aufkreuzen. Dieser Besuch würde die Drogenwelt erdbebenartig erzittern lassen.

»Du musst der Polizei die Wahrheit sagen.«

Sie schüttelte den Kopf wie ein vierjähriges Mädchen vor einem Löffel Spinat. »Das kann ich nicht, Dixie. Am Ende denken sie noch, ich wäre Victors Geschäftspartnerin gewesen.«

»Wenn du nichts sagst, dann tu's ich.«

Sie blickte mich entgeistert an. So müssen junge Erdmännchen aussehen, dachte ich, die zum ersten Mal in ihrem Leben ihre Nase aus dem Boden ins Tageslicht recken.

»Mo, ich weiß von dem Zettel, den du für Harry geschrieben hast. Dieser Lösegeldanruf war deine Idee.«

Empört sagte sie: »Das hat er dir erzählt?«

Ich zog den Zettel aus meiner Tasche. »Hab ich gefunden. Den kriegt die Polizei.«

Es war dumm von mir, ihr den Zettel vor die Nase zu halten. Maureen konnte verdammt schnell sein. Mit einem hinterlistigen Blick riss sie mir den Zettel aus der Hand und rannte zur Tür hinaus, ich in Windeseile hinterher.

28

Anstatt auf den Pier zu springen und zu fliehen, rannte Maureen um die Ecke der Kabine herum auf das Achterdeck und verschwand im Zwielicht. In ihrer kindlichen Art dachte sie vielleicht, sie könne entkommen, indem sie sich unsichtbar machte. Dass sie sich vor mir verstecken könnte.

Der Regen war in ein feines Nieseln übergegangen, und im Nebel traten die Umrisse schlafender Möwen und Pelikane wie dunkle, geisterhafte Erscheinungen hervor. Zitternd vor Wut schlich ich mit suchenden Blicken vorsichtig über das schlüpfrige Deck. Maureen war ihr ganzes Leben damit durchgekommen, andere zu benutzen, aber dass sie nun Harry für die Entführung Victors verantwortlich machen wollte, würde ich ihr auf keinen Fall durchgehen lassen. Maureen war gut zehn Zentimeter größer als ich, aber ich war schon immer die Athletischere von uns beiden gewesen, und meine Empörung gab mir zusätzliche Energie. Ich wusste, wenn ich sie finden würde, könnte ich sie überwältigen.

Ich tastete mich um eine Gruppe von Liegestühlen herum, aber sie war nicht dahinter. Ich spähte hinter einen Stapel aufgerollter Seile und unter einen auf Deck festgezurrten Tisch. Weit und breit keine Spur von ihr. Nur noch eine Möglichkeit gab es. Ich blieb vor Harrys aufeinandergestapelten Krebsfallen stehen. Sie ergaben einen idealen Schutzschild für eine Frau, die glaubte, sie hätte das Recht, alte Freunde für ihre egoistischen Zwecke zu missbrauchen.

Ich wartete einfach ab, still wie ein Mungo, bis sie sich zu erkennen geben würde.

Nach einigen Minuten tauchte zeitlupenartig die Krempe

ihres rosafarbenen Regenhuts hinter dem Stapel auf, dann
sahen mich ihre großen, besorgten Augen über die Kante
hinweg an.

Ich war mittlerweile ein Vulkan kurz vor dem Ausbruch.
Mein ganzer Ärger, die Wut und die Enttäuschung brachen
sich in einem Aufschrei Bahn, der jeden Dschungel meilen-
weit durchdrungen hätte.

»HAST DU MICH VERMISST?«

Als hätte ich ihr eine Kugel in den Kopf gejagt, tauchte
sie gleich wieder ab und schob den ganzen Stapel auf mich
zu. Mit jedem Moment immer noch wütender, bekam ich
die oberste Falle, als sie herunterfiel, mit beiden Händen
zu fassen. Ich holte damit zum Schlag aus, und Maureen
quiekte wie eine Maus, als sie seitlich auswich. Sie fürchtete
sich jetzt vor mir. Zum ersten Mal, seit wir uns kannten,
lernte sie jene Seite an mir kennen, die sich dem Bösen gestellt und gesiegt hatte, jene Seite, die mich dazu befähigt
hatte, einen Mann zu töten.

Mit vor Angst wackeligen Beinen versuchte sie auf dem
ohnehin glitschigen Deck zu entkommen, aber einer ihrer
rosafarbenen Plastikstiefel geriet in das Fluchtloch einer
der Fallen, die sie umgestoßen hatte. Völlig aus dem Gleichgewicht geraten und wild mit den Armen rudernd, fluchte
sie und zappelte mit dem Bein, als wollte sie das Ding von
sich werfen, aber eine Krebsfalle wird man so schnell nicht
wieder los. Vor allem, wenn man nicht die Größe und die
Form des Ausgangs kennt und wenn man nicht weiß, dass
man den Fuß exakt in den richtigen Winkel zur Öffnung
bringen muss, um ihn rauszukriegen. Noch dazu, wenn man
dabei von einer wild gewordenen Furie attackiert wird.

Meine Stimme auf Normalmaß herabsenkend, sagte ich:
»Harry war dir immer treu ergeben, seit er dich kannte.
Ich lass es nicht zu, dass du ihn weiterhin so schlecht be-
handelst.«

Sie wurde verdammt schmallippig, und ich hatte plötzlich

das Gesicht ihrer Mutter vor Augen. »Was bist du nicht gnädig und erhaben! Du glaubst immer, klüger zu sein als alle anderen. Auf der Highschool hieß es immer: ›Schlaf nicht mit Jungs, Mo, du wirst sonst schwanger. Rauch kein Gras, Mo, sonst wird nichts aus dir.‹ Und nun? Aus wem ist nun nichts geworden? Ich besitze ein großes Haus und bin steinreich, und du bist nur eine kleine Tiersitterin mit einem toten Mann und einem toten Kind.«

Bis auf den heutigen Tag weiß ich nicht, wie es zu dieser Reaktion von mir kam. Um ehrlich zu sein, ich kann mich nicht erinnern, eine bestimmte Absicht verfolgt zu haben. Ich stürzte lediglich auf sie los. Sie schrie und taumelte zurück, die Augen vor Schreck weit aufgerissen. Mit der Krebsfalle an einem Fuß stürzte sie auf die niedrige Reling, verlor das Gleichgewicht und schrie abermals auf. Ihr Plastikregenmantel war rutschig, und die Reling war nass, und von einem Augenblick auf den anderen glitt sie nach hinten ab und fiel in das dunkle Wasser.

Meine Wut verflog im Nu. Ich fühlte Entsetzen und Schuld auf mir lasten. Maureen war nie eine gute Schwimmerin gewesen, ich aber auch nicht. Wir waren mehr am Strand als im Wasser zu Hause. Ich rannte zum Vorderdeck und hielt verzweifelt nach Hilfe Ausschau. Keine Menschenseele. Ich rannte zurück an die Stelle, an der Maureen über Bord gegangen war und schaute ins Wasser. Die Bay ist nicht tief, aber Maureen war in Panik und hatte eine schwere Krebsfalle an ihrem Fuß hängen. Da konnte sie leicht die Orientierung verlieren.

Länger als drei Minuten unter Wasser sind genug, um das Bewusstsein zu verlieren. Nach fünf Minuten ist das Gehirn aufgrund des Sauerstoffmangels bereits dauerhaft geschädigt. Ich versuchte abzuschätzen, wie lange Maureen schon unter Wasser gewesen sein mochte. Eine halbe Minute mindestens. Vielleicht länger.

Mist!

Altes Deputy-Wissen ließ mich mein Handy an einem regensicheren Ort hinterlegen, bevor ich über die Reling kletterte. Als ich in das dunkle Wasser plumpste, hörte ich eine männliche Stimme rufen und einen Hund bellen.

Mein Fuß berührte etwas, und ich stieß mich ab, um daneben tiefer zu gelangen. Meine Finger spürten Maureens glatten Regenmantel. Nach einer Schrecksekunde, als ich schon dachte, ich könnte einen Hai berührt haben, bewegte ich mich voran, um ihren glitschigen Arm zu fassen zu kriegen. Maureen stürzte sich auf mich und packte mich an den im Wasser treibenden Haaren. Ertrinkende kooperieren nicht mit ihren Rettern. Sie machen sich nicht einfach schlaff, damit man sie an die Oberfläche befördern kann. Stattdessen geraten sie in wilde Panik. Sie umklammern ihre Retter, versuchen, auf sie hinaufzusteigen, um an die Luft zu kommen. Nun liefen wir beide Gefahr, zu ertrinken. Maureen wurde von einer Krebsfalle nach unten gezogen, ich von Maureen.

Während ich mich von ihr freikämpfte, erkannte mein Körper die Gefahr und bewirkte einen Verschluss in der Kehle, damit kein Wasser in die Lunge eindringen konnte. Ich war nur kurz unter Wasser gewesen, aber das Gefühl, dringend atmen zu müssen, versetzte mich in dieselbe Art blinden Schreckens, in dem Maureen sich befand.

Plötzlich bewegte sich etwas auf mich zu, zwei Arme umschlangen mich und zogen mich nach oben. Innerhalb von Sekunden befand sich mein Kopf über Wasser, und ich röchelte und keuchte. Ich hörte noch mehr Männer laut rufen und das Gepolter von Schritten auf dem Pier. Jemand hob mich in Richtung Deck, von wo aus mich kräftige Arme auf die Planken hievten.

Ich krabbelte auf allen Vieren zur Kabinenwand und lehnte mich dagegen, während Harry Maureen aus dem Wasser fischte. Sie heulte und würgte, und sie hatte ihren rosafarbenen Hut verloren. Harry legte sie aufs Deck, löste vorsichtig die Krebsfalle von ihrem Fuß und trug sie in die Kabine.

Neben mir ging ein Mann in die Hocke. Er sagte: »Gut, dass Harry Sie reinspringen gesehen und gleich Hilfe geholt hat. Ihrer Freundin geht es auch gut.«

Ich sagte: »Sie ist nicht meine Freundin.«

Hef kam angerannt und beschnüffelte mit seiner warmen Schnauze meinen Hals, woraufhin ich in Tränen ausbrach und mein Gesicht in sein nasses Fell drückte. Nach einer Weile kam Harry zurück, und von jeder Menge Schulterklopfen begleitet bedankte er sich bei den Männern, die geholfen hatten, Maureen und mich zu retten.

Nachdem die Männer wieder abgezogen waren, fasste mich Harry unter den Achseln und zog mich hoch. Dabei brauchte er nicht ein einziges Mal Luft zu holen. Harry war verdammt stark.

»Bist du okay?«

Ich nickte nur, keuchte noch immer und hatte wackelige Knie, aber mir war nichts passiert. Das Schlimmste war der Ärger.

Er sagte: »Komm schon, lass uns reingehen. Du bist ja klitschnass.«

Ich kniete nieder, um mein Handy von der geschützten Stelle hervorzuholen, und ließ mich von Harry in die Kabine führen. Hef folgte uns mit wedelndem Schwanz. Mo hatte ihren Regenmantel und die Stiefel ausgezogen und saß, in ein großes Handtuch gewickelt, auf Harrys Bett. Als ich hereinkam, warf sie mir einen mörderischen Blick zu.

Harry brachte mir Handtücher und führte mich zu einem Stuhl.

Ich sagte: »Du hast uns das Leben gerettet. Danke.«

Er grinste und zuckte mit den Schultern. »Ich bin mit Wasser besser vertraut als ihr beide. Was ist denn passiert?«

»Dixie hat mich über Bord geschubst«, sagte Maureen. »Fast wäre ich ertrunken.«

Ich sah von ihr zu Harry. Beide hatte ich nie für perfekt gehalten, aber wer ist das schon? In jungen Jahren ist man mehr geneigt, die Fehler von Freunden zu übersehen und ihnen ihre Schwächen zu verzeihen, weil man ja weiß, dass man noch nicht ausgebacken ist. Aber nun waren wir erwachsen. Alle drei hatten wir genug Zeit im Ofen des Lebens verbracht, um zu unserer Idealform aufzulaufen.

Ich sagte: »Ich hab Mos Zettel gefunden, den du bei deinem vorgetäuschten Lösegeldanruf vorgelesen hast. Sie hat ihn mir aus der Hand gerissen und rannte aufs Deck hinaus. Ich verfolgte sie, ihr Fuß geriet in eine Krebsfalle, und sie fiel über Bord.«

Harry sagte: »Ich hab gesehen, wie du hinterhergesprungen bist. Hef und ich kamen gerade nach Hause. Ich rief um Hilfe, und die anderen Männer kamen angelaufen.«

Er kapierte offenbar gar nicht, was es bedeutete, dass ich von dem Zettel und dem gefälschten Lösegeldanruf wusste.

»Maureen hat mir gesagt, dass Victor schon tot war, als du ihm den Anker ans Bein gebunden und ihn zu dieser Bucht gebracht hast.«

Er zog seine Mundwinkel nach innen, und ich nahm an, dass es ihm langsam dämmerte.

»Wenn Maureen nicht auspackt und erzählt, dass Victor von einem anderen Drogenhändler, einem Konkurrenten, ermordet wurde, wirst du wohl wegen Entführung und Mordes angeklagt werden.«

Er sah mich zweifelnd an. Dann richtete sich sein Blick auf Maureen. »Mo, soll das heißen, du hast deinen Alten gar nicht umgebracht? Ich meine, hast du ihn wirklich nicht umgebracht?«

Sie sah ihn böse an. »Ich hab dir doch gesagt, dass ich ihn nicht umgebracht habe!«

»Ich dachte, du hättest das nur gesagt, weil ich es nicht wissen sollte. Nur aus dem Grund hab ich dir überhaupt geholfen.«

Nun musste ich die Dinge erst mal auf die Reihe kriegen. Harry hatte die ganze Zeit geglaubt, Maureen hätte Victor ermordet. Um allen Verdacht von ihr abzuwenden, hatte er sich zu dem vorgetäuschten Lösegeldanruf überreden lassen. Und in der Annahme, dass niemand beweisen könnte, dass sie ihn umgebracht hatte, wenn seine Leiche spurlos verschwand, hatte Harry die Leiche in einem Boot weggeschafft und über Bord geworfen. All das hatte der arme Kerl nur getan, um Maureen zu schützen.

Maureen teilte meine Sympathie für ihn scheinbar nicht.

Sie zuckte mit den Schultern. »Das ist dein Problem, Harry. Ich hab's dir gesagt. Und dieser Zettel, den Dixie gefunden hat, ist im Wasser. Niemand wird ihn je zu Gesicht bekommen, und niemand wird beweisen können, dass es ihn je gegeben hat. Wie auch immer, den Entführeranruf hast du zu verantworten, nicht ich.«

In Harrys Gesicht stand das blanke Entsetzen geschrieben. »Du wolltest es doch so!«

»In dem Fall steht Aussage gegen Aussage, Harry, und niemand wird dir glauben.«

Ich hatte ganz vergessen, dass Harry notfalls sehr schnell sein kann. In Sekundenbruchteilen stand er vor ihr und packte sie mit einer Hand am Arm. »Das würdest du mir antun?«

Mit einer leichten Drehung zur Seite riss sie den anderen Arm hoch und fuchtelte vor seinem Gesicht herum. »Nimm deine Finger weg! Wer zum Teufel, glaubst du, dass du bist? Ein Niemand bist du!«

Harry zuckte zusammen, als hätte ihn ein Schlag getroffen. Über ihren Kopf hinweg traf mich sein trauriger Blick, der sich mit allem abzufinden schien. Ich hatte den Eindruck, Harry war mehr von ihren gehässigen Worten enttäuscht als von ihrer Habgier und ihrer verlogenen Unaufrichtigkeit.

Hef war Harrys Treue gegenüber Maureen fremd. Ihm

ging es nur darum, dass jemand versucht hatte, seinem Freund wehzutun. Wie vom Blitz getroffen, rannte der Hund mit gefletschten Zähnen auf Maureen zu.

Während Harry sie noch immer festhielt, trat sie mit dem Fuß nach Hef. »Nimm diesen verdammten Köter weg.«

Der gutmütige Harry ließ sich ja so manches bieten, aber nun war auch er mit seiner Geduld am Ende.

Kreidebleich vor Wut sagte er: »Meinen Hund trittst du nicht.« Zu mir sagte er: »Dixie, ruf die Polizei.«

Sie lachte. »Du Blödmann, Dixie ist meine Freundin. Das würde sie nie tun.«

Ich zog mein Handy aus der Tasche und wählte Guidrys Nummer. Dieses Mal ging er persönlich ran, und das Geräusch laufender Scheibenwischer sagte mir, dass er im Auto unterwegs war.

»Ich bin gerade mit Harry Henry und Maureen Salazar auf Harrys Hausboot. Die beiden wollen mit dir darüber sprechen, wie sie Salazars Entführung vorgetäuscht haben. Maureen will dir auch noch was von einem rivalisierenden Drogenhändler erzählen, der vermutlich Victor ermordet hat.«

»Verwendest du einen Geheimcode?«

»Ja, sein Boot liegt in der Midnight Pass Marina. Fünf Minuten? Das wäre super. Wir erwarten dich.«

»Es regnet. Gib mir fünfzehn.«

Ich steckte das Handy wieder ein und lächelte Harry und Maureen zu. »Der Detective ist unterwegs.«

Guidry schaffte es tatsächlich in zehn Minuten, was bei diesem Wetter einem wahren Rekord gleichkam. Ich öffnete die Tür, als er klopfte. Mit einem fragenden Blick auf mein verdrecktes, durchnässtes Äußeres trat er ein.

Harry hatte Maureen noch immer fest im Griff, aber sie machte den Eindruck, als würde sie bei der geringsten Chance die Flucht ergreifen.

Maureen sagte: »Ich will meine Anwältin sprechen.«

257

Guidry nickte. »Jederzeit. Sie kann gerne zu uns aufs Revier kommen.«

»Sie wird das gerne tun.«

Rührend, mit welchem Nachdruck sie betonte, dass ihr Anwalt eine Frau war. Maureen war offenbar in einer Zeit stehengeblieben, als es noch nicht selbstverständlich war, dass Frauen Anwälte wurden. Als Betthäschen eines Drogenhändlers geht der gesellschaftliche Wandel wohl spurlos an einem vorüber.

In einer Hinsicht hatte sie jedoch eindeutig recht: Sie brauchte definitiv einen Anwalt.

29

Nachdem Guidry mir versprochen hatte, Hef würde die Nacht nicht im Knast verbringen müssen, verließ ich die Marina. Eigentlich war ich mir ziemlich sicher, dass Maureens Anwältin sie noch vor dem Abend freikriegen würde. Die polizeiliche Anzeige einer vorgetäuschten Entführung gilt nur als Bagatelldelikt, ebenso die illegale Beiseiteschaffung einer Leiche. Höchstwahrscheinlich würden sie beide mit einer Geldstrafe davonkommen. Andererseits glaubte ich zwar Maureens Geschichte und ging davon aus, dass die Cops sie auch glauben würden, aber dennoch war nicht auszuschließen, dass beide in Verdacht geraten könnten, Victor ermordet zu haben.

Auf dem Nachhauseweg dachte ich, was für eine merkwürdige Vorstellung es war, dass sich zurzeit ein ganzer Clan von Drogenbossen in Sarasota versammelte. Wir Floridaner vermuten sowieso, dass nicht wenige der geschmacklosen Klötze von Herrenhäusern, die unsere Gegend verschandeln, mit Geldern aus dem Drogenhandel gebaut wurden, aber wir gaukeln uns gerne vor, dass deren Besitzer *pensionierte* Drogenhändler sind. Wenn es stimmte, was Maureen gesagt hatte, waren viele davon noch im Geschäft. Ich stellte mir vor, wie ihre Kollegen in Privatjets auf dem Privatflughafen von Sarasota einflogen, jeder Einzelne so reich und bis an die Zähne bewaffnet wie eine ganze Nation, alle in Seidenanzügen und mit dunklen Brillen, alle in großer Sorge über einen möglichen Machtverlust an den neu zu ernennenden Häuptling des nordamerikanischen Drogenmarkts. Ich kam mir beinahe vor wie eine Statistin in *Die Sopranos*.

Als ich an unserer Zufahrt angekommen war, hatte sich der Regen in ein sanftes Plätschern verwandelt. Von den Eichen und Meertrauben am Straßenrand tropfte es schwer, und sämtliche Sittiche hatten sich im tiefen Laub versteckt. Ich stellte das Auto im Carport ab und düste die Treppe zu meiner Wohnung hinauf. Drinnen war ich bereits ausgezogen, bevor ich vor der Waschmaschinen-Trockner-Kombination in der Flurnische stand. Alles musste rein, die nassen Shorts, das T-Shirt, die Unterwäsche und die durchgeweichten Keds. Derart vom Regen in die Traufe gekommen, hätte es mich nicht gewundert, wenn mir Flossen gewachsen wären.

Ich schleppte mich hundemüde unter die Dusche, um mir unter warmem Wasser den Film von Schlamm und Enttäuschung abzuspülen. Danach schaffte ich es gerade so bis zum Bett, wo ich sofort erschöpft einschlief.

Ich träumte, ich würde mich an einen Ort mit sehr viel flaumig-weißem Zeug begeben, das ich für Wolken hielt. Ich war ganz aus dem Häuschen, weil ich dachte, ich wäre im Himmel. Vielleicht würde mich Gott, wenn ich nett fragen würde, zu Todd und Christy führen. Ich kam an ein großes goldenes Tor mit einem Rundbogen, der mich an Karikaturdarstellungen des Himmels erinnerte. Ich läutete und wartete, leicht verärgert, dass mich niemand in Empfang nahm. Nach einer Weile vernahm ich eine Stimme, die mich komplett einhüllte, ohne dass ich erkannt hätte, woher sie kam. Es war eine melodiöse Stimme, die ich mit Harfen- oder Celloklängen in Verbindung brachte, typischen Himmelsinstrumenten.

Die Stimme sagte: »Bist du dir sicher, dass du wirklich eintreten möchtest? Denn du musst wissen, es gibt kein Zurück.«

Ich antwortete, ich sei ganz sicher, worauf sich das Tor mit einem Klicken öffnete. Ich schritt hindurch und sah mich um. Drinnen war es strahlend hell, keine Spur von Wolken oder gar Regen, nur schöne Blumen, Schmetterlinge, Singvögel und plätschernde Bäche – die Standard-Himmelsausstattung.

Die Stimme meldete sich wieder, und dieses Mal befand sie sich vor mir. »Komm hier lang, Schätzchen.«

Das fand ich witzig, ein Erzengel oder was immer es war, der mich ›Schätzchen‹ nannte. Ich folgte der Stimme und kam an eine Stelle, an der ein paar Frauen gerade ein Picknick abhielten. Es gab gebratenes Hühnchen, Wassermelone und Kartoffelsalat und die kleinen grünen Oliven, die ich so sehr liebe. Die Frauen, alte und junge, dicke und dünne, hell- und dunkelhäutige, hatten alle ein zufriedenes Lächeln im Gesicht. Sie genossen das Leben und ließen es sich gut gehen.

Ich sagte: »Entschuldigung, ich bin auf der Suche nach Gott.«

Sie wandten mir ihre glücklichen Gesichter zu, und ihre Worte klangen wie Wind, der durch silberne Flöten gleitet.

Die Stimme von vorhin sagte: »Schätzchen, DAS BIN ICH.«

Ich wachte mit einem Lächeln auf und fühlte mich so glücklich wie schon lange nicht mehr.

Es dauerte nicht lange, bis mir wieder einfiel, dass Jaz immer noch vermisst wurde und vielleicht schon tot war, woraufhin ich aufstand und mich beschäftigte, um mich abzulenken. An diesem Tag hatte ich schon mein Möglichstes getan.

Nackt zockelte ich in die Küche, um mir eine Tasse Tee zu machen. Während ich wartete, bis das Wasser kochte, sah ich über das Spülbecken zum Fenster hinaus. Es regnete immer noch, und dem Himmel nach zu urteilen, würde es noch lange weiterregnen. Als ich meinen Tee in das Büro-Schrank-Kabuff trug, schaltete ich im Vorbeigehen meinen CD-Spieler ein. Mir war nach Patsy Clines klarer, geradliniger Stimme zumute. Angeregt von einem neuen Energieschub,

261

beantwortete ich die Anrufe einiger neuer und alter Kunden, die in der Zwischenzeit eingegangen waren, und erledigte meinen Bürokram. Dann zog ich, immer noch nackt, den Staubsauger hervor und wuselte durch die Wohnung. Das Badezimmer machte ich ebenfalls sauber, die nassen Handtücher gab ich gleich zu meinen nassen Sachen in die Maschine. Ich hab es wie Harry Henry gern zu Hause sauber und ordentlich. So habe ich das Gefühl, ich hätte meine kleine Welt im Griff.

Danach hatte ich bis zu meiner Nachmittagsrunde noch etwas Zeit, und ich schlüpfte in Jeans und T-Shirt, darüber zog ich einen gelben, reflektierenden Regenmantel. Den dazu passenden Südwester mit dieser bescheuerten breiten Krempe, die im Nacken herunterhing wie ein schlaffer Schmetterlingsflügel, setzte ich ebenfalls auf. Mit diesem Regenzeug kam ich mir vor wie ein Kindergartenkind, aber ich würde wenigstens nicht noch einmal nass werden bis auf die Haut. Dafür hatte ich Platzangst und schwitzte wie verrückt. Vorsichtig ging ich die glatte Treppe hinunter und stakste über die Veranda zu Michaels Hintereingang. Er saß vor einer Tasse Kaffee und einem Stück Kuchen an seinem Küchenblock und sah erbärmlich aus.

Ella saß neben ihm auf ihrem Bewunderungsstuhl, und als ich hereinkam, blieben ihre Augen einen Moment lang offen stehen. Dieses Verhalten zeigen Katzen in der Dunkelheit, und vielleicht nahm sie ja an, in meiner Anwesenheit würden gleich sämtliche Lichter ausgehen. Entweder dies, oder sie dachte aufgrund meines Auftritts ganz in Gelb, vor ihr stünde plötzlich ein Löwe.

»Willst du ein Stück Zitronen-Pie?«, fragte Michael.

Wie Guidry hatte auch er neue Stressfalten an den seitlichen Mundpartien. Die dunklen Ängste, die in unseren Köpfen lauerten, hinterließen bei uns allen Spuren.

Ich zog den Mantel aus und nahm den Hut ab, dann erst goss ich mir eine Tasse Kaffee ein. Er schnitt ein Stück

Kuchen für mich ab, und ich setzte mich zu ihm an den Küchenblock.

»Keine Neuigkeiten von Paco?«

Er runzelte die Stirn. »Du weiß doch, Paco geht es gut. Er ruft an, sobald er kann.«

»Ich hab nur gedacht, er hätte vielleicht angerufen.«

»Wenn er es tut, lass ich es dich wissen.«

Ella beobachtete uns mit besorgter Miene.

Ich aß ein paar Bissen Kuchen und nahm einen Schluck Kaffee. »Guidry hat Maureen und Harry auf die Wache gebracht, um sie zu vernehmen.«

Michaels Augenbrauen gingen hoch. Ein gutes Zeichen. Ich hatte es geschafft, ihn abzulenken.

»Ich trau mich fast gar nicht zu fragen, was diese beiden Knallköpfe zustandegebracht haben, um verhaftet zu werden«, sagte er.

»Erst mal musst du wissen, dass Maureen behauptet, ihr Mann wäre Drogenimporteur gewesen.«

»Häh?«

»Er handelte mit Heroin und Kokain, und zwar im großen Stil. Er hat sich das Zeug direkt bei den großen Kartellen in Südamerika und Afghanistan besorgt. In meinen Augen ist er ein Großdealer – sie nennt es ›Importhandel‹.«

Er machte große Augen. »Und sie ist trotzdem bei ihm geblieben?«

»Vergiss nicht, wir sprechen hier von Maureen Rhinegold. Die ist auch als Maureen Salazar kein Iota klüger geworden. Sei's drum, sie sagt, es findet angeblich eine Riesenumstrukturierung in der Drogenwelt statt. Ein großer Macker aus Kolumbien, einer von Pablo Escobars Leuten, ist nach Sarasota gekommen, um sich mit sämtlichen Drogenbossen dieses Landes zu treffen. Er will einen US-Amerikaner als zentrale Figur des gesamten nordamerikanischen Drogenmarkts installieren. Maureen meint, jemand habe Victor ermordet, um ihn auszuschalten.«

»Weiß sie, wer es war?«

»Angeblich weiß sie's nicht, aber das könnte sich ändern, falls sie an Victors Geschäften beteiligt war und ihr dafür ein paar Jährchen Knast drohen.«

Bei dem Gedanken wirkte Michael nicht mehr ganz so erbärmlich.

»Harry glaubte, Maureen hätte Victor umgebracht. Er half ihr, weil er sie vor einer Mordanklage schützen wollte. Er rief sie an, damit sie der Polizei eine Lösegeldforderung vorweisen konnte, und er fuhr mit Victors Leiche raus, um sie in der Bucht von Venice zu versenken.«

»Armer Trottel.«

»Für ihn gab's nicht viel zu überlegen. Maureen hatte ihm den Text für den Anruf vorher genau aufgeschrieben. Vermutlich war es auch ihre Idee, Victor über Bord zu werfen.«

Michael grinste. »Zu schade, dass sie ihm nicht zu einem kürzeren Seil geraten hat.«

»Das ist alles andere als lustig, Michael!«

Er stand auf, um seinen Teller mit Wasser abzuspülen. »Ich find's trotzdem lustig.«

Ich verschwieg ihm, dass ich gerade beinahe ertrunken wäre. Im Moment wäre das eine zu lange Geschichte gewesen, aber ich würde sie ihm später erzählen. Er sollte wissen, dass Harry mir das Leben gerettet hatte.

Er packte den Teller in die Spülmaschine und lehnte sich gegen den Tresen. »Was ist aus dieser Kleinen geworden? Dieser – wie war noch mal ihr Name? Wurde sie schon gefunden?«

Ich holte tief Luft. »Jaz ist ihr Name. Nein, noch nicht.«

Er schüttelte den Kopf. »Klingt nicht gut.«

»Wenn diese Bandenmitglieder ihr auflauerten, als sie das Resort verließ, um zu Hetty zurückzulaufen, hätten sie sie unbemerkt schnappen können. Auch Schreien hätte nichts genützt. Die Leute sitzen alle bei eingeschalteter Klimaanlage in ihren Häusern. Da hätte sie kein Mensch gehört.«

Michael verschränkte die Arme. Er überlegte wohl, was er mit diesen Bandentypen gerne anstellen würde.

Ich sagte: »Mir gehen diese Jungs nicht aus dem Kopf, besonders dieser Paulie. Mir schien er ein ziemlich guter Junge. Zumindest nicht so zynisch wie die beiden anderen.«

»Gute Jungs ermorden keine anderen Kids.«

»Warum hat seine Mutter nicht besser auf ihn aufgepasst? Wie konnte er dealen und in Häuser einbrechen, ohne dass sie davon wusste? Entweder hat sie schlicht und einfach keine Zeit, oder sie ist strunzdumm. Oder es war ihr einfach egal.«

Michael sah mich vielsagend an. »Warum machst du denn die Mutter allein verantwortlich? Der Junge hat doch auch einen Vater.«

Ich antwortete nicht, weil ich wusste, dass es sich um keine echte Frage handelte. Michael wusste genau, warum ich die Mutter verantwortlich machte.

»Wenn unsere Großeltern uns nicht zu sich genommen hätten, dann wären wir vielleicht genauso geendet wie Paulie«, sagte ich.

Er sah mich lange und eindringlich an. »Die Frau von einem Kollegen ist im neunten Monat schwanger. Weil er so nervös ist, hat sie ihm ein paar chinesische Anti-Stress-Kugeln besorgt. Die rollt man zur Entspannung auf der Handfläche hin und her, aber jetzt ist er noch hibbeliger als zuvor.«

»Was willst du damit sagen?«

»Du wälzt dieses ganze Zeug in deinem Kopf herum wie ein paar Anti-Stress-Kugeln, aber es bringt dir nichts. Und diesen Kids bringt es auch nichts. Es spielt keine Rolle, warum diese Kerle auf die schiefe Bahn geraten sind. Sie haben einen anderen Jugendlichen ermordet, und dafür werden sie bezahlen müssen. Basta. Hör auf, alles daran festzumachen, dass unsere Mutter uns im Stich gelassen hat. Und um Himmels willen grüble nicht ständig darüber nach, was aus uns geworden wäre, wenn sie uns nicht verlassen hätte, oder wenn unsere Großeltern uns nicht zu sich genommen hätten. Darauf gibt es keine Antwort, also hör auf, endlos darauf herumzureiten.«

Das ist mit das Beste, wenn man eine Familie hat. Sie sagen einem klipp und klar, wenn man sich ungeschickt und dumm verhält. Michael hatte recht. Es war sinnlos, ständig Fragen zu wälzen, die ich nicht beantworten konnte.

»Du hast recht«, gab ich zu.

»Und ob ich recht habe. Und hoffentlich bist du jetzt quitt mit Harry Henry und Maureen Rhinegold. Wie heißt sie denn jetzt noch mal?«

»Salazar, und ich bin quitt mit ihnen, ja.«

Ich bedankte mich für den Kuchen, schmuste Ellas Kopf ab und zog meinen Regenmantel wieder an. Als ich mir den gelben Hut über die Ohren zog, machte Ella ein alarmiertes Gesicht.

»Ich breche früher zu meiner Nachmittagsrunde auf.«

Michael sagte: »Zum Abendessen gibt's Hackbraten und Püree. Schlecht-Wetter-Essen.«

Allzu verräterisch rief ich: »Toll!«

Als echte Fleischkatze liebe ich Hackbraten, besonders mit Tomatensauce, so wie Michael ihn zubereitet. Paco dagegen isst nicht viel Fleisch, also erwartete Michael Paco wohl nicht zurück, wenn er Hackbraten zum Abendessen machen wollte.

Ich ging nach oben, um meine Pflegeutensilien zu holen, und fuhr bei leichtem Regen los. Im Auto brauchte ich wenigstens diesen bekloppten Hut nicht zu tragen. Die Sittiche hielten sich noch immer in den Bäumen versteckt, und die Straße war von unten her aufgeweicht. Als ich über den Golf zum Horizont blickte, war kaum feststellbar, wo das Meer endete und wo der Himmel anfing. Die ganze Welt war grau und trostlos.

Ich fragte mich, ob Guidry die Vernehmung von Harry

und Maureen schon beendet hatte und ob sie vielleicht gegen Kaution freigekommen waren. Und ich fragte mich auch, ob Harry Maureen jemals verzeihen würde.

Als mir bewusst wurde, dass mich die beiden schon wieder beschäftigten, faselte ich was von »Anti-Stress-Kugeln« vor mich hin.

Es ging mich nicht das Geringste an, wie es um Maureen und Harry stand. Meine Rolle in ihrem Drama war ausgespielt, ein für alle Mal. Und ich würde mich auch nie wieder in die Probleme anderer verwickeln lassen. Egal, wie lange ich jemanden gekannt hatte, die Leute konnten ihre Problemchen genauso gut bei einem netten Therapeuten oder Geistlichen abladen, denn ich hatte die Nase gestrichen voll.

Das schwor ich mir und meinte es verdammt ernst.

Ich hätte aber bedenken sollen, dass man bei den besten Vorsätzen, dieses oder jenes unter keinen Umständen wieder zu tun, sehr oft, ehe man es sich versieht, bis zum Hals in einer ähnlichen Sache drinsteckt.

Für meinen Lauf mit Billy Elliot vor dem Sea Breeze hatte ich meinen Hut wieder aufgesetzt, aber entweder, weil er sich mit mir schämte, oder wegen des Regens, war er schon nach einer Runde auf dem Rennoval zufrieden und wollte zurück ins Haus. Bei meinen Katzen bestimmte lethargische Müdigkeit die Tagesordnung. Der Dauerregen vor dem Fenster hatte sie eingelullt, und keine Einzige hatte Lust, sich groß zu verausgaben. Mir ging es nicht anders, und ich versprach ihnen, beim nächsten Mal doppelt so lange mit ihnen zu spielen.

Vor meinem Besuch bei Big Bubba nahm ich den Hut ab. Der Regenmantel war schon erschreckend genug, nicht dass er sich auch noch von einem gelben Dschungelriesen verfolgt fühlte. Jedoch hatte ihn der unerbittliche Regen derart zermürbt, dass er meine Anwesenheit ohnehin kaum registrierte.

Ich sagte: »In ein paar Tagen hast du dein Frauchen wieder.«

Er krähte: »Haltet den Kerl!«, stand aber nicht so richtig dahinter.

Ich gab ihm noch frisches Obst und einen neuen Hirsekolben und ging zur Tür hinaus. Auf der Veranda setzte ich den Regenhut wieder auf und machte mich auf den Nachhauseweg. Bei Hetty schaute ich nicht vorbei. Nach einem Gespräch über Jaz war mir in dem Moment nicht zumute. Den Hut nahm ich nicht einmal im Bronco ab. Ich sehnte mich nur danach, nach Hause zu kommen und Michaels Trostessen zu genießen.

An der Old Stickney Point Road bremste ich abrupt ab, um nicht voll einen khakifarbenen Hummer zu rammen, der vor mir herausschoss und auf die Midnight Pass Road einbog. Der Fahrer konnte mich nicht mal sehen, denn er fuhr ohne Scheibenwischer. Über das Lenkrad gekrümmt, versuchte er wohl gerade, die Bedienelemente ausfindig zu machen. Am Steuer saß Paulie, der Junge, der seine Fingerabdrücke auf Big Bubbas Körnerglas hinterlassen hatte.

Ich griff unter den Regenmantel und fummelte mein Handy aus der engen Jeanstasche, um Guidry anzurufen. Ich erreichte seine Mailbox.

Ich hinterließ eine Beschreibung und das Kennzeichen des Hummers, obwohl ich mir sicher war, dass es sich um einen Mietwagen handelte. Ich sagte: »Ich nehme die Verfolgung auf und ruf dich an, sobald ich eine Adresse habe.«

Dann steckte ich das Handy zurück in die Tasche und ergriff mit beiden Händen das Lenkrad, den Blick starr durch den Regen gerichtet, um den jungen Killer, der mich vielleicht zu Jaz führen würde, nicht aus den Augen zu verlieren.

30

Die Sonne stand fahl und tief am Horizont und warf einen spärlichen, gelben Lichtschein durch den Regen. Anstatt die Sicht zu verbessern, wirkte das Licht wie eine alles eintrübende Linse. Da mir aber die Umgebung vertraut war, fand ich mich mithilfe bekannter Orientierungspunkte gut zurecht, der Hummer vor mir bremste jedoch vor jeder Abzweigung in östlicher Richtung auf Kriechgeschwindigkeit ab. Dabei drehte Paulie den Kopf jedes Mal zur Seite, um in die Straße hineinzuspähen, ehe er wieder Vollgas gab und zur nächsten Seitenstraße weiterbrauste. Diese Straßen sehen alle gleich aus, und an manchen gibt es nicht einmal Schilder. Von daher war es kein Wunder, dass er Probleme hatte, die richtige Abzweigung zu finden.

Paulie bog schließlich links in Richtung Bay ab, dicht gefolgt von mir. Die Straße war typisch für die Insel, gewunden und beiderseits dicht bewaldet und mit viel Platz zwischen den Grundstücken der Anlieger. Unter den Bäumen war es dunkel und düster, und ich geriet immer wieder in Schlaglöcher, aus denen braunes Schmutzwasser hervorspritzte. Paulie hatte das Licht eingeschaltet, ich fuhr jedoch ohne weiter. Ich wollte keine Aufmerksamkeit erregen.

Je näher wir an die Bay herankamen, umso öfter bremste Paulie zögerlich an der einen oder anderen Zufahrt ab. Vermutlich hielt er nach einer bestimmten Adresse oder der Besonderheit eines Hauses Ausschau.

Noch langsamer fuhr er, als er an eine Stelle kam, an der das Unwetter Schäden an der Stromleitung und der Kanalisation verursacht hatte. Am Straßenrand standen mehrere Einsatzwägen, und ein großer, orangefarbener Bagger positionierte sich mitten auf der Straße. Die Baustelle war bereits abgesperrt worden, und mehrere Männer in schwarzer Regenschutzkleidung verfolgten die Aktion vom Straßenrand aus. Hinter dem Bagger stand neben einer Straßenlampe ein LKW mit Hubarbeitsbühne, in der zwei Männer herumhantierten. Als wäre er erstaunt über den Einsatz, blieb Paulie einen Moment lang sogar ganz stehen und sah den Arbeitern zu, ehe er in die Zufahrt zu einem einstöckigen Wohnhaus einbog. Das Garagentor setzte sich in Bewegung, und an einem der beleuchteten Fenster ging der Vorhang etwas zur Seite. Ein Mädchen erschien im hellen Lichtschein und blickte zu den Arbeitern auf die Straße hinaus. Sie winkte wie in Panik, und ihr Mund ging auf und zu, als würde sie versuchen, Aufmerksamkeit zu erregen.

Es war Jaz.

Jemand riss sie weg, und der Vorhang schloss sich wieder.

Während Paulie noch abwartete, bis das Garagentor oben war, hielt ich ruckartig hinter dem Fahrzeug der Telefongesellschaft an.

Das Garagentor hatte seinen höchsten Punkt erreicht, und Paulie fuhr hinein.

Aus den Tiefen meines Kopfes ertönte von irgendwoher eine monoton-nüchterne Stimme: *Du weißt, was du zu tun hast.*

Die Sache mit inneren Stimmen ist die, dass sie einen sofort zur Tat rufen. Da bleibt keine Zeit, lange hin und her zu überlegen und die Folgen abzuwägen. Mein nächster Schritt wäre für jeden normalen Menschen der absolute Wahnsinn gewesen, aber normale Menschen wurden nie direkt mit sich selbst konfrontiert.

Als sich das Garagentor ächzend und quietschend wieder zu schließen begann, riss ich die Autotür auf und rannte los wie der Teufel. Das Garagentor war noch gut einen Meter weit geöffnet, als ich dort ankam. Ich tauchte darunter hindurch und näherte mich im Entengang der Rückseite des Hummers.

Paulie schaffte Mitnahmetüten von Siesta Grill aus dem Hummer und überlegte wohl gerade, wie er alle auf einmal hineintragen könnte. Er balancierte und stapelte sie mal so und mal so, was ihn schier überforderte, schaffte es aber dann schließlich doch, mit beiden Armen alle zu packen. Da er keine Hand freihatte, um seine tief hängende Hose vor dem Herunterrutschen zu bewahren, musste er breitbeinig watschelnd zum Hintereingang gehen. Er trat mit dem Fuß gegen die Tür, um auf sich aufmerksam zu machen, und als die Tür aufging, ließ er ein paar Tüten fallen.

Der junge Typ an der Tür sagte: »Verdammter Mist, Paulie, das gute Essen!«

Paulie sagte: »Na dann heb's doch auf! Soll ich mich um alles alleine kümmern?«

Er ging hinein und stieß die Tür mit dem Fuß zu. Ich kroch weiter voran. Fast alle Leute, die ich kenne, sperren die Innentüren ihrer Garagen niemals ab. Wenn ich Glück hatte, würden sich auch Bandenmitglieder an diese Regel halten. Ich lauschte mit einem Ohr an der Tür und hörte Männerstimmen, die sich unterhielten, Rufe, dann Stille. Ich schloss daraus, dass sie das Essen nach nebenan in einen anderen Raum getragen hatten.

Vorsichtig tastete ich nach dem Türknauf. Er ließ sich drehen, und ich drückte die Tür weit genug auf, um hineinsehen zu können. Die Küche war so verdreckt und zugemüllt, dass sogar einem Orang-Utan schlecht geworden wäre, aber niemand war drinnen. Aus einem Raum, wohl dem Wohnzimmer, drangen tiefe Stimmen, die darüber argumentierten, wer was bestellt hatte. Die Stimmen erstaunten mich. Ich hatte junge Stimmen erwartet, aber dies waren die sonoren Stimmen erwachsener Männer.

Vollgepumpt mit Adrenalin schlich ich weiter vorwärts.

Ich hatte keinerlei Plan und auch keine Waffe. Ich wusste lediglich, dass junge Männer, Bandenmitglieder, Jaz gefangen genommen hatten und dass sie noch am Leben war.

Im Wohnzimmer sagte eine ruppige Stimme: »Endlich schleppst du mal keine Pizza an oder diese verdammten Chicken Nuggets. Ich bin nicht extra von so weit angereist, um hier Fast Food zu fressen.«

Mehrere andere Männer gaben eindeutig zustimmende Töne von sich; offenbar hatten sie alle von ihrem bisherigen Essen die Nase gründlich voll. Aber wer waren sie?

Ich bewegte mich etwas schneller vorwärts. Sie waren so laut, dazu kam noch der Baggerlärm draußen auf der Straße, dass niemand die Schritte meiner Keds auf dem Küchenboden hören würde.

Ein anderer Mann sagte: »Wenigstens einer dieser Taugenichtse ist für was zu gebrauchen. Ich weiß immer noch nicht, warum sie überhaupt hier sind.«

Eine überdrehte Stimme antwortete: »Wie oft soll ich das noch erklären? Sie sind hier, um sich diese Göre zu schnappen. Wenn wir zulassen, dass sie vor Gericht aussagt, kriegen wir alle jede Menge Ärger.«

Entsetzt hörte ich andere Männer sagen, dass der Job noch nicht erledigt sei. Als ob Jaz ein tollwütiges Tier wäre, das sie gefangen hatten und nun unschädlich machen müssten. Alle stimmten darin überein, dass sie in großer Gefahr waren, solange sie lebte.

Eng an die Wand gedrückt, schlich ich mich aus der Küche in den Essbereich, in dem ein mit Aktenmappen und Laptops überhäufter Tisch stand. Der Raum bildete den unteren Teil eines Ls zwischen der Küche und dem Wohnzimmer. Vorsichtig schob ich mich bis an die Ecke vor und spähte mit einem Auge in den Wohnbereich.

In dem Raum befanden sich etwa zwölf Männer, und es war sofort klar, wer welchen Rang hatte. Zwei von ihnen saßen alleine auf einem großen Sofa. Sie trugen teure

Leinenhosen und Anzughemden. Ihre Schuhe waren auf Hochglanz poliert, die Socken lang genug, damit kein Stückchen Bein hervorblitzte. Beide hatten ein altmodisches Klapptischchen für Essen und Wein vor sich stehen, und sie mussten auch nicht aus den Mitnahmeboxen essen, sondern hatten Teller und Besteck bekommen. Drei weitere, ähnlich gekleidete und mit Beistelltischchen versehene Herren saßen in Clubsesseln.

Die anderen Männer waren jünger und wie Juniorgeschäftsführer oder mittlere Angestellte gekleidet. Sie saßen mit ausgestreckten Beinen auf dem Boden, auf ihrem Schoß die aufgeklappten Styroporbehälter. Sie tranken auch keinen Wein, sondern Dosenbier. Die Jüngsten der Runde, in weiten Sackhosen und Schlabber-T-Shirts, waren Paulie und seine beiden nichtsnutzigen Freunde. Sie waren eifrig, aber unbeholfen bemüht, die Männer auf dem Sofa und den Sesseln zu bedienen, achteten genau darauf, dass jeder das gewünschte Essen bekam, schenkten Wein ein und offerierten zusätzliche Servietten sowie Salz und Pfeffer aus den Mitnahmetüten.

Auf der gegenüberliegenden Seite des Raums lehnte ein dunkler Mann mit breiter Brust und schwarz gelocktem Bart in einem Türrahmen und verfolgte das Geschehen. Alle, sogar die Obermacker auf dem Sofa und den Sesseln, behandelten ihn mit größtem Respekt, und ich wusste gleich, dass er der gefährlichste Mann im Raum war. Er trug einen exklusiven Maßanzug, ein schwarzes Seidenhemd und eine schwarze Krawatte. Pechschwarzes Haar kringelte sich um seine Ohren, und an den Handgelenken blitzten massive Goldarmbänder. Trotz des düsteren Wetters lagen seine Augen hinter einer dunklen Brille verborgen. Alles an diesem Mann verriet, dass er ein Herz aus Stein hatte, schwarzem Stein, so schwarz wie sein Anzug.

Plötzlich war mir alles klar, und mein Herz raste wild wie ein panischer Vogel in einem Käfig. Der Mann im Türrahmen war das große Tier aus Kolumbien, von dem Maureen gesprochen hatte, der hier war, um eine Art nordamerikanischen Drogenzar einzusetzen, und die Männer, die aussahen wie Geschäftsführer, waren Unterweltbosse. Aus eiskaltem Kalkül heraus hatte ihr Kumpel, der Unterweltführer aus L.A., Paulie und seine Freunde beauftragt, Jaz zu ermorden. Ohne sie würde es keinen Mordprozess gegen die für ihn arbeitenden Straßendealer geben und somit auch keinerlei Konsequenzen für ihn.

Mit einer Essenstüte in einer Hand näherte sich Paulie dem Mann im Türrahmen. Wie an eine lauernde Schlange gerichtet, sagte er: »Äh, Sir, wo wollen Sie denn essen?«

Schweigend winkte er Paulie mit gekrümmtem Zeigefinger heran. Alle im Raum hörten zu essen auf und sahen gebannt auf Paulie, wie er ihm die Tüte brachte. Schweigend nahm der Mann die Tüte entgegen, worauf Paulie wie ein eingeschüchterter Hund davontrottete und sich wieder auf den Boden setzte. Der Mann in der Tür reichte die Tüte nach hinten weiter.

In dem Moment tauchte Jaz hinter ihm auf, nahm ihm die Tüte aus der Hand und verschwand wieder aus dem Blickfeld.

Ich musste mich ungünstig bewegt haben, denn der Kolumbianer drehte den Kopf in meine Richtung. Einen ausgedehnten Moment lang starrten wir einander an, er aus seiner dunklen Brille hervor, ich wie eine Art gelber Haubenvogel.

In dem Gedanken, Angriff sei immer noch die beste Verteidigung, trat ich nach vorne und zeigte mich ihm in all meiner reflektierenden Pracht. Ich denke mal, alle waren ziemlich platt.

Ich sagte: »Ich bin wegen des Mädchens hier.«

Fluchende Männer sprangen auf die Beine und griffen nach ihren Waffen. Essen fiel zu Boden, Weingläser kippten um, Bierdosen wurden weggekickt. Hinter dem Mann im

Türrahmen erschien Jaz und sah mich mit schreckgeweiteten Augen an.

Ich straffte die Schultern und machte ein zu allem entschlossenes Gesicht. Was genau ich sagen würde, wusste ich nicht, hoffte aber, wenn ich nur schnell genug sprechen würde, könnte ich sie vielleicht davon überzeugen, dass es eine nette Idee wäre, Jaz mit mir zusammen gehen zu lassen.

Ich sagte: »Mit diesem Treffen habe ich nichts zu tun. Ich kenne nicht einmal den Grund dafür. Ich bin nur wegen Jaz gekommen. Lasst sie frei, und ich werde keinem ein weiteres Wort sagen.«

Es folgte eine lange, eisige Pause, dann winkte mich der Mann im Türrahmen mit gekrümmtem Finger heran, so wie er Paulie bedeutet hatte, ihm die Essenstüte zu bringen. Jaz verfiel in lautes Schluchzen.

Seltsamerweise steigerte sich meine Wahrnehmungsfähigkeit, sodass ich Farben, Gerüche und Klänge viel intensiver erlebte. Ich wusste, sie würden mich zu Jaz in diesen Raum stecken, und ich wusste auch, sie konnten mich als Zeugin des Geschehens unter keinen Umständen am Leben lassen. An Flucht war auch nicht zu denken. Sie würden mir sofort eine Kugel in den Rücken jagen, und bei dem Lärm auf der Straße würde niemand den Schuss hören. Das einzig Gute an dieser Entwicklung war, dass Jaz nicht mehr allein sein würde.

Im Stillen betend, Michael möge durch meinen Tod nicht völlig am Boden zerstört sein, schritt ich voran. Als ich dicht bei ihm war, packte der Kolumbianer Jaz am Handgelenk, zog sie aus dem Raum und schubste sie zu mir. Als Nächstes erwartete ich seinen Befehl, stillzustehen, um uns zu exekutieren, und ich nahm ihre Hand und drückte sie. Egal, was passieren würde, wir waren wenigstens zusammen.

Alle folgenden Geschehnisse schienen gleichzeitig abzulaufen.

Zuerst streckte der Kolumbianer mir die Hand mit dem

Zeichen Pacos entgegen – Zeige- und Mittelfinger zu einem V gespreizt wie eine geöffnete Schere.

Als Nächstes wandte er sich den anderen zu und brüllte laut: »Keine Bewegung! Alle sind verhaftet!«

Aus einer geschickten Drehung des Armes heraus war eine Dienstmarke in der Hand des Kolumbianers erschienen, der in Wirklichkeit Paco war, und er hielt sie so, dass alle Männer im Raum sie sehen konnten. In der anderen Hand hielt er eine Waffe, und ich wusste, er hatte sie aus einem Halfter gezogen, das er unter seinem Jackett verborgen trug. Das Jackett war nun offen, und auf dem Halfter stand in weißen Großbuchstaben POLICE.

Mit tiefer Stimme sagte er: »Meine Schwester kommt mit dem Mädchen raus. Nicht schießen.«

In meiner Verwirrung darüber, dass der kolumbianische Drogenboss in Wirklichkeit Paco war, dachte ich, er sei verrückt geworden und führe Selbstgespräche. Dann fiel mir auf, dass er zusätzlich zu dieser schusssicheren Weste, die er unter seinem Seidenhemd trug und die seine Brust breiter machte, auch noch verkabelt war. Er sprach mit jemandem außerhalb des Hauses.

Zu mir sagte er: »Geh jetzt!«

Ich nahm Jaz an der Hand und rannte mit ihr zur Küche. Von schrillen Angstschreien begleitet, ließ sie sich von mir durch die Küche zum Hintereingang zerren. Wir stürmten durch die Tür in die Garage, und ich tastete blind die Wand nach dem Schalter ab, mit dem sich das Garagentor öffnen ließ. Als das Tor nach oben ratterte, zog ich Jaz darauf zu, und wir tauchten darunter hindurch und rannten quer über den aufgeweichten Hof. An meinem Bronco angekommen, quetschte ich sie hinein, stieg selbst ein und packte das Lenkrad mit beiden Händen, um nicht komplett die Fassung zu verlieren.

Im nächsten Moment kam der Bagger auf der Straße zum Stillstand, und der Baggerführer sowie die umstehenden

276

Arbeiter rissen sich ihre Regenmäntel und Hüte vom Leib und gaben sich mit ihren richtigen Jacken und Helmen als Angehörige der Spezialeinheit SWAT zu erkennen. Die hydraulische Arbeitsbühne wurde in Position gebracht, damit die darauf befindlichen Scharfschützen ihre Zielfernrohre auf den Vordereingang des Hauses richten konnten. Streifenwagen aus beiden Richtungen kamen mit kreischenden Bremsen zum Stehen, um die Straße abzuriegeln, und über uns ertönten die Flapp-Flapp-Geräusche eines Helikopters. Ein Gewimmel von Männern in dunklen schusssicheren Westen tauchte wie aus dem Nichts auf. Alle hatten bestimmte Initialen auf ihren Westen – FBI, DEA, SCSD, SIB, SWAT –, und alle trugen sie ein Sturmfeuergewehr.

Aus einem Megafon ertönte es laut: »Kommen Sie mit erhobenen Händen heraus!«

Ich hielt das Lenkrad so fest umklammert, dass meine Schultern bebten. Jeder der Männer in diesem Haus war bewaffnet, und jeder hatte mittlerweile erkannt, dass Paco kein kolumbianischer Drogenboss war, sondern ein Undercoveragent, der sie hereingelegt hatte. Zwei Möglichkeiten hatten sie: ihrem Verbrechenskatalog auch noch Polizistenmord hinzuzufügen oder die Waffen zu strecken und herauszukommen.

Jaz saß wie erstarrt neben mir und atmete flach wie ein gestresster Hund.

Die Haustür öffnete sich, und nacheinander kamen die Männer einzeln und mit erhobenen Händen heraus. Ich wartete gespannt, bis endlich Paco in der Tür erschien. Er hatte die Waffe weggesteckt, trug aber sein Halfter mit der Aufschrift POLICE deutlich sichtbar zur Schau. In Situationen wie diesen sind die Nerven der Beteiligten bis zum Zerreißen gespannt, und ich wusste, er wollte von den Einsatzkräften auf keinen Fall verwechselt werden.

In Sekundenschnelle war jeder der Männer aus dem Haus

mit Handschellen gefesselt und zu den gepanzerten Spezialfahrzeugen abgeführt worden.

Paco setzte sich von den anderen ab und stapfte durch den feuchten Dunst in Richtung Bronco. Die dunkle Brille hatte er abgenommen, er sah aber immer noch aus wie ein Gangster. Ich ließ das Fenster herunter, und er beugte sich zu mir herein und küsste mich. Dabei piekste sein Bart meine Wangen.

»Fahr jetzt bitte nach Hause«, sagte er.

Er versicherte Jaz mit erhobenem Daumen und einem verschmitzten Lächeln, dass alles in Ordnung war, drehte sich dann um und verschwand inmitten der Menge Uniformierter.

Ich blickte zu Jaz und sah, dass sie sich erneut fürchtete. Sie hatte nun Angst vor mir.

»Ist der wirklich Ihr Bruder?«, fragte sie.

»Das ist eine lange Geschichte, aber er hat nur gespielt, er wäre ein Verbrecher. In Wirklichkeit ist er ein Undercoveragent. Du bist jetzt in Sicherheit. Die Typen, die dich verfolgt haben, landen alle im Knast. Du musst dich nicht mehr verstecken.«

Ihr Gesicht verzog sich, und sie brach in heftiges Schluchzen aus. Ich nahm sie in die Arme und hielt sie fest, klopfte ihr dabei ein paar Mal sanft auf den Rücken, wie ich es früher bei Christy getan hatte.

Sie sagte: »Er hat es nicht ... nicht zugelassen ... dass sie mir wehtun. Sie wollten es, und er hat sie davon abgehalten.«

Ich drückte sie fester an mich. »Sie können dir nie wieder was tun.«

Jaz weinte noch immer, als die gepanzerten Wägen mit ihren Insassen abfuhren. Sie weinte, während Männer das Loch absperrten, das sie in der Straße gegraben hatten. Sie weinte, während das Spezialfahrzeug mit der Hebebühne abfuhr. Sie weinte, als hätte sie literweise Tränen, die vergossen werden mussten.

Schließlich beruhigte sie sich und schien einzuschlafen. Matt sagte sie: »Wo muss ich jetzt hin?«

»Ich habe die Anordnung, dich nach Hause zu bringen.«

Mit schwacher Stimme sagte sie: »Ich hab kein Zuhause.«

»Doch, das hast du. Vorausgesetzt, du bist damit einverstanden. Hetty würde dich gerne zu sich nehmen.«

Das Licht, das sich in dem Moment auf ihrem Gesicht brach, war wie ein wunderbarer Sonnenaufgang.

31

Das einzige Geräusch auf der Fahrt zu Hetty war das leise Quietschen der Scheibenwischer.

Als wir dort ankamen, stürmte Jaz aus dem Auto und rannte zur Haustür, so schnell sie mit ihren dünnen Beinen nur konnte. Hetty musste uns kommen gehört und durch ihr Guckloch geschaut haben, denn ich hörte, dass sie einen Freudenschrei ausstieß, ehe sie die Tür öffnete. Während ich lächelnd hinter ihr stand, fiel Jaz in Hettys Arme, und die beiden wiegten sich einen Moment lang im Türrahmen und drückten einander, als hätten sie einen lange verlorenen Schatz gefunden.

Hetty nahm Jaz schließlich zur Seite, damit ich vorbeikonnte, woraufhin wir alle in die Küche zogen und Hetty sich sofort daranmachte, heiße Schokolade für Jaz zu machen. Ben kam auf Jaz zugelaufen, um sich drücken zu lassen, und Winston beehrte sie mit einem überdeutlichen »Ich liebe dich«-Augenaufschlag.

Ich blieb lange genug, um Hetty genau zu berichten, was geschehen war. Jaz war noch immer völlig benommen und nicht wirklich in der Lage, die Ereignisse zu verstehen. Sie war noch ein Kind und wusste lediglich, dass böse Menschen ihr Schlimmes angetan hatten und ihr noch Schlimmeres antun wollten und dass sie nun in Sicherheit war. Es konnte zehn Jahre oder noch länger dauern, ehe sie die ganze Tragweite dessen verstehen würde, was sie durchgemacht hatte.

Als ich die beiden allein ließ, sprach Hetty schon darüber, in welcher Farbe sie Jaz' zukünftiges Zimmer streichen könnten. Eine weniger fantasiebegabte Frau hätte sich

280

vielleicht Gedanken über den Schulwechsel von L.A. nach Sarasota gemacht, aber dies ist nun mal Hettys Art, Schwerpunkte zu setzen.

Ich fuhr überglücklich nach Hause. Dort angekommen, steuerte ich direkt Michaels Küche an. Er stand, in eine Dampfwolke gehüllt, am Herd und strahlte über das ganze Gesicht, als er mich kommen sah.

»Paco hat angerufen. Er ist schon unterwegs nach Hause. Ich mache Bouillabaisse.«

Am Küchenblock war für zwei gedeckt, mit Weingläsern und Stoffservietten.

Natürlich verstand ich sofort, dass an diesem Abend drei wirklich eine zu viel gewesen wären.

Michael nickte in Richtung Tresen, auf dem eine tragbare Thermobox stand. »Da drin ist der Hackbraten mit Beilagen. Ich hab heiße Ziegelsteine reingepackt, damit alles schön warm bleibt.«

»Danke sehr. Ich liebe dich.«

»Ich dich auch, Kleine.«

Die Tragebox war erstaunlich schwer, aber Michael ist ja immer sehr großzügig. Ich schlurfte raus in den Regen, über die Veranda und meine Treppe hinauf. Ich stellte die Tragebox auf meinen Frühstückstresen und eilte den Gang entlang ins Bad, um lange und ausgiebig zu duschen. Ich fühlte mich extrem einsam.

Als ich schön warm und blitzsauber war, schlüpfte ich in einen dicken Bademantel und ging in die Küche, in der die Thermobox einsam und verlassen auf dem Tresen stand. Ich hob den Deckel, und mir stiegen himmlische Düfte in die Nase. Ich machte Inventur: ein Bräter mit Michaels Hackbraten, ein Gefäß mit Tomatensauce, ein verschlossenes Glasgefäß mit Kartoffelpüree und ein weiteres mit grünen Bohnen mit Mandelsplittern. Sogar eine Form mit warmem Heidelbeerkuchen gab es. Der Kuchen schrie geradezu nach Vanilleeis, welches ich, Wunder über Wunder, zufällig im kleinen Gefrierfach meines Kühlschranks vorrätig hatte.

Ich verschloss die Box wieder und musste dabei an Michael und Paco denken und die Art, wie Menschen einander ihre Liebe zeigen. Ich dachte daran, wie sich Liebe in kleinen und ganz großen Gesten ausdrücken kann – einem Lächeln, einem ermunternden Wort, einem besonderen Essen, hübschen Servietten zu einem Abendessen zu zweit. Ich dachte daran, wie diese kleinen Gesten Ausdruck von Treue und Zusammengehörigkeit sind. Vor allem musste ich daran denken, dass Liebe keine Sache für Feiglinge ist.

Ich ließ die Box auf dem Tresen stehen, ging ins Wohnzimmer und fischte mein Handy aus der Tasche, die ich aufs Sofa geworfen hatte. Ich wählte Guidrys Nummer.

Er ging ran, was gut war, denn falls er nicht rangegangen wäre, hätte ich vielleicht den Mut verloren und nicht einmal eine Nachricht hinterlassen.

Ich sagte: »Ich hab Hackbraten und Kartoffelpüree hier. Hättest du Lust, zum Essen zu kommen?«

Mein Herz schlug einmal, zweimal, dreimal.

»Ich liebe Hackbraten«, sagte Guidry.

»Na, wunderbar.«

»Zehn Minuten?«

»Zehn Minuten ist in Ordnung.«

Ich drückte die rote Taste und rannte an meinen Dielenschrank. Außer Atem kramte ich wie wild darin herum, bis ich einen fünfarmigen Messingleuchter und fünf Kerzen fand. Die Kerzen passten nicht zueinander, und den Leuchter hätte man aufpolieren müssen, aber es musste auch so gehen. Ich düste ins Wohnzimmer und stellte den Leuchter auf meinen Kaffeetisch, steckte die Kerzen rein und zündete sie an. Ohne Licht, nur im Licht der Küchenlampe, sahen die Kerzen nicht mal schlecht aus, sogar ein bisschen romantisch. Sogar Stoffservietten fand ich noch, die vom langen Liegen in der Schublade nur leicht verknittert waren. Ich faltete sie feinsäuberlich neu und legte sie neben dem silbernen Besteck auf den Kaffeetisch.

Schließlich legte ich noch eine CD von Regina Carter ein, sicher das Schönste, was es an Musik gibt. Für die Aufnahme spielte sie auf Paganinis Geige. Dann öffnete ich barfuß, außer Atem und im Bademantel die Verandatür und bat Guidry herein.

32

Nachdem wir uns alle von der Großrazzia erholt hatten, die Paco und seine Leute veranstaltet hatten, organisierte Michael ein Riesenfestessen, zu dem wir fast alle Leute einluden, die wir kannten. Bei Sonnenuntergang kamen wir auf dem Piniendeck zusammen.

Guidry brachte eine Kiste erlesener französischer Weine mit. Tom Hale brachte seine neue Freundin mit, die gleich bei mir gewonnen hatte, als sie ihre Sandalen auszog und mit Billy Elliot am Strand entlanglief. Auch Jaz und Ben liefen ein Stück weit mit, aber sie waren beide so fasziniert von den am Strand auslaufenden Wellen, dass sie sich einfach hinsetzten und wie gebannt zusahen, als wäre es Fernsehen. Cora brachte ein frisches Schokoladenbrot mit. Pacos Geheimdienstkumpel und Michaels Kollegen von der Feuerwehr brachten ihre Frauen und die Kinder mit. Max brachte jamaikanisches Ginger-Bier mit, Reba Chandler exklusive belgische Schokolade. Ethan Crane kam mit seiner neuen Flamme, ebenfalls Anwältin, und ich war nur ein klein bisschen eifersüchtig. Mein alter Freund Pete Madeira brachte sein Saxophon mit und spielte für uns. Tanisha brachte einen Korb Pasteten mit und tauschte binnen kürzester Zeit Rezepte mit Michael aus, während es Judy nicht lassen konnte, herumzugehen und zu schauen, ob auch jeder genug zu essen hatte.

Das Gespräch drehte sich immer wieder um die konzertierte Aktion der Behörden gegen dieses Haus voller Unterweltbosse. Nach monatelanger Planung, mehreren Tausend Arbeitsstunden und auch ein paar Pausen zwischendurch und natürlich dank Pacos Undercover-Identität hatten sie genügend Beweismaterial gesammelt, um die staatenübergreifenden Machenschaften mehrerer Unterweltbosse samt ihrer Handlanger zu beenden. Sie saßen alle in Untersuchungshaft, keiner war gegen Kaution freigekommen. Wäre Victor Salazar nicht ermordet worden, säße er mit ihnen ein.

Die Bandenmitglieder, die nach Florida gekommen waren, um Jaz zu ermorden, damit sie nicht wegen eines in Kalifornien begangenen Verbrechens gegen sie aussagen konnte, mussten sich nun zusätzlich wegen Zeugeneinschüchterung, Raubmord, Freiheitsberaubung und Entführung vor Gericht verantworten. Paulie hatte sich bereit erklärt, gegen die anderen auszusagen, um mildernde Umstände geltend zu machen, aber trotzdem würden sie alle die besten Jahre ihres Lebens im Gefängnis verbringen. Aufgrund der neuen Vorwürfe war Jaz' Aussage nicht mehr erforderlich. Sie war nun frei, ganz sie selbst zu werden, mit allen Möglichkeiten, die sie gehabt hatte, als noch die Fingerabdrücke Gottes auf ihr zu sehen waren.

Harry Henry hatte sich, traurig, aber doch klüger, mit Hef auf sein Hausboot zurückgezogen. Harry hatte eine Anklage wegen illegaler Beseitigung einer Leiche am Hals – nichts, wofür ihm eine Haftstrafe drohen würde –, Maureen stand wegen des Vorwurfs einer vorgetäuschten Straftat unter Anklage. Auch sie würde deswegen nicht ins Gefängnis wandern. Vielleicht würde sie dem Sheriff's Department eine Entschädigung für den Ermittlungsaufwand bezahlen müssen, aber das war nicht viel mehr als die Summe, die sie jede Woche für ihre Haare und die Nägel ausgab. Das FBI stellte noch Ermittlungen an, ob ihr Haus, ihre Autos oder die Boote für den grenzübergreifenden Drogenhandel benutzt worden waren. Aber weder sie noch Harry hatten jemanden ermordet oder entführt, und Maureen hatte eine teure Anwältin engagiert und würde also nicht viel verlieren – außer Harry. Maureen hatte keine Vorstellung davon, wie groß *dieser* Verlust war.

Wir aßen im letzten Licht der untergehenden Sonne, einige von uns an dem langen Tisch, den mein Großvater gezimmert hatte, andere hatten sich auf Stühlen und Liegen niedergelassen. Die Kinder zockelten ans Wasser und aßen, während sie sich die Zehen von den Wellen kitzeln ließen. Cora saß auf einem massiven Teakholzstuhl, auf ihrem Schoß räkelte sich Ella. Guidry saß so dicht neben mir am Tisch, dass ich seine Wärme spüren konnte.

Hetty und Jaz blieben zum Essen, brachen aber dann bald auf, weil Hetty meinte, all diese Gespräche über ihre Rettung würden Jaz nur belasten. Hetty war nun Jaz' offizielle Pflegemutter, und Jaz wirkte, als ob sie das große Los gezogen hätte und ihr Glück noch immer nicht begreifen konnte. Paco, nun frisch rasiert, mit kurzen Haaren und in Jeans, erkannte sie nicht mal, und wahrscheinlich war ihr sowieso noch gar nicht bewusst, was in diesem Haus überhaupt geschehen war. Hetty jedoch wusste Bescheid und ging, während Jaz einige Plastikbehälter mit Resten zum Auto trug, auf Paco zu und schloss ihn fest in die Arme.

»Danke, dass Sie mein Mädchen gerettet haben«, sagte sie.

Er zeigte ein breites, verlegenes Lächeln. »Hab ich doch gern gemacht. Wirklich.«

Nachdem Hetty und Jaz weggefahren waren, sah mich der Chauffeur der Limousine, die Cora aus dem Bayfront gebracht hatte, mit großen, beeindruckten Augen an, als hätte er einen Rockstar vor sich.

Er sagte: »In den Nachrichten hab ich in einer Aufnahme vom Hubschrauber aus gesehen, wie Sie und dieses Mädchen aus dem Haus gerannt sind. Und all die schwer bewaffneten Polizisten, die von überallher ausschwärmten.«

Im weichen Lichtschein einer Zitronella-Kerze sagte Cora: »Dixie ist wie Wonder Woman.«

Eines von den Kindern kam angerannt, um seiner Mutter eine Kaurimuschel zu zeigen, und gleich kamen noch mehr, um sie sich anzusehen. Guidrys Arm legte sich um mich, und er zog mich zu sich heran, was sofort Michaels wachsamen Blick auf uns lenkte, in dem sich Hoffnung und vorsichtige Zurückhaltung die Balance hielten.

Mit den Lippen an meinem Ohr sagte Guidry: »Hey, Wonder Woman.«

Ich drehte meinen Kopf zur Seite, und alle Partygeräusche verstummten.

Ich wollte ihm mit »Hey, selber« antworten, aber seine Lippen legten sich auf meine.

Habe ich schon erwähnt, dass Guidry ein toller Küsser ist?

Oh ja, das ist er.